문정파인데 대놓고 영리를 취할 수 없었기 때문이다. 주루와 객잔에서 관리비를 받거나 속가제자를 들여서 사사료를 받는 게 수입의 전부였다. 그나마 문파를 운영하는 데만도 많은 자금이 필요해서 재물이 쌓이지 못하는 형편이었다.

반면에 세가는 남 눈치 볼 것 없이 영리를 추구했다. 주루와 객잔도 직접 운영하고, 무림의 온갖 사업에 뛰어들었다.

세가가 무림의 중심에 선 이유는 더 있었다. 바로 세가는 혈연(血緣)으로 이루어진 집단이라는 것이다.

제아무리 역사가 깊은 문파라 하더라도 결국 흩어지면 남남이다.

문파의 비전 절기를 제자들에게 전수하지 않고 독차지하려는 스승이 어디 하나둘인가.

장문인 자리를 차지하려고 서로 죽고 죽이는 사형제들은 또 얼마나 쉽게 볼 수 있는가.

내부에서 서로 싸우다가 구파일방에 끼지 못하고 사라져 버린 문파는 바닷가의 모래알처럼 많았다.

그에 반해 세가는 애초에 가족과 친척으로 구성됐으니 기반이 탄탄했다.

물론 세가도 내부 다툼이 없는 건 아니었다.

세가의 후계자인 소가주가 되려고 형제들끼리 죽고 죽이거나 장로들 간에 알력 다툼이 일어나고는 했다. 하지만 구파일방과 비교하면 조족지혈에 불과했다.

구파일방의 고수 한 명보다는 서로 똘똘 뭉친 세가의 열 명이 일단 쪽수로 먹고 들어가는 것이다.

시선을 달리하고 보니 예전에는 몰랐던 사실도 깨달았다.

구파일방에서도 오대세가와의 연을 만들려 노심초사하고 있다는 것을 알 수 있었다.

이가장에 중대사가 있으면 소림에서는 반드시 제자를 파견하여 도왔다. 또 이가장의 어린 자녀를 소림의 속가제자로 들이기 위해 갖은 노력을 기울였다. 그들이 커서 세가의 중심이 되면 당연히 소림에도 짭짤한 떡고물이 떨어질 테니까.

그렇게 해서 유청은 어린 나이에 세상의 법칙을 깨우쳤다.

'무림은 무공으로 움직이는 게 아니라 돈의 흐름에 따라 움직인다!'

같은 또래 아이들이 어떻게 구파일방의 속가제자라도 될 수 없을까 고민할 때, 그는 오대세가에 대한 꿈을 키웠다.

'먼저 돈을 벌자! 물론 무공도 익혀야 된다! 왜? 번 돈을 지켜야 되니까!'

그러나 얼마 지나지 않아 유청의 꿈은 단박에 산산조각나고 말았다.

거지의 얘기를 들은 지 딱 삼 개월이 되던 날.

거리를 쏘다니며 오대세가 얘기를 주워듣는 게 하루 일과이던 유청은 드디어 결심을 내렸다.

'오대세가에 맞먹는 가문을 만들자!

유청은 아버지에게 그 얘기를 하려고 집을 향해 뛰었다.

그의 집은 동네 외곽에 있었다. 집을 지은 지 백여 년이 되었으나 보수 한 번 제대로 하지 않아 여름에는 비가 새고 겨울에는 얼음이 얼었다. 누가 봐도 그런 집안이 세가가 될 가능성은 없어 보였다.

하지만 어린 그의 마음은 한 점의 의심도 없었다.

집으로 달리던 유청은 문득 걱정거리가 생겼다.

'그런데 내가 가주가 되면 아버지는 어떡하지? 아하, 장로 자리를 드리면 되는구나!

그는 되는 대로 자기 합리화를 해버렸다. 그만큼 유청의 세가에 대한 바람은 간절했다.

그는 집에 도착하자 방문을 열어젖히며 들어가 소리쳤다.

"아버지! 우리 가문도 세가로 만들어요!"

"무슨 소리냐?"

방에 앉아 책장을 넘기던 아버지는 고개도 돌리지 않고 담담하게 말했다.

"우리 유씨 가문도 세가를 만들자구요! 하남의 최고 세가 유가장으로 새롭게 태어나는 거예요!"

"뭣이?!"

성인군자 같던 아버지의 얼굴이 확 바뀌었다. 유청은 화들짝 놀라 엉덩방아를 찧었다.

"재상을 배출한 우리 가문이 뭐가 모자라 하찮은 장사치가 된단 말이냐!"

아버지는 그걸로 멈추지 않고 방구석에 놓인 회초리를 들었다.

"자고로 근묵자흑(近墨者黑)이라 했거늘, 네놈이 시정잡배들과 어울려 다니더니 이제는 가문을 말아먹으려고 헛된 망상을 꾸는구나! 어서 종아리를 걷지 못할까!"

유청은 평소에는 잘도 도망쳤건만, 그날은 아버지의 흉흉한 기세에 질려 꼼짝없이 회초리를 맞았다.

철썩철썩.

한 대, 한 대에 핏물이 맺히고 가로로 길게 피멍이 들었다.

언제 아버지가 새로 해왔는지 대나무로 만든 새 회초리는 그날따라 부러지지도 않았다. 어쩐지 매일 글공부를 하지 않고 밖으로 싸돌아다녀도 아무 말이 없는 게 이상하다 싶었다.

'아주 벼르고 별렀구나!'

그러나 유청은 회초리를 맞는 것보다 자신의 현실을 깨달은 허탈함에 더욱 가슴이 아팠다.

아버지의 말에 따르면, 유청의 고조할아버지는 황제 폐하 옆에서 천하를 호령하는 재상이었다고 한다. 때문에 관직에 미련을 버리지 못한 아버지는 다시 가문을 일으키기 위해 책읽기에 여념이 없었다. 유청도 아버지의 등쌀에 못 이겨 매일같이 글공부를 해야 했다.

"책 속에 황금이 있느니라."

아버지가 글공부를 시작할 때면 항상 하는 말이었다.

'지랄!'

유청은 그때마다 잔뜩 찡그린 얼굴이 들통나지 않게 고개를 숙이며 생각했다. 백날 책을 들춰봐야 보이는 것이라고는 시커먼 먹물과 허연 종이뿐인데 어디서 황금이 나온단 말인가!

유청과 단둘이 사는 아버지는 글공부하러 오는 아이들의 부모에게서 사사료를 받아 생활을 유지했다. 하지만 그래봤자 고작 쌀 몇 되가 전부였다.

자신은 세가를 이뤄 군림천하할 꿈을 꾸는데 허구한 날 방구석에 틀어박혀 공자 왈 맹자 왈이라니! 몇 대 할아버지가 재상을 지냈으면 무슨 소용인가? 당장 다 쓰러져 가는 집에서 매일 끼니나 걱정해야 하는 판인데.

그제야 자신이 얼마나 철없는 생각을 했는지를 깨달았다.

세가는 아무나 시켜주나? 세가를 만들려면 가장 중요한 것이 돈과 혈연이다.

그런데 유청의 집은 돈은 한 푼도 없거니와, 아는 친척 하나 없었다.

게다가 유청은 어머니가 누군지도, 얼굴도 몰랐다. 그가 어릴 때 어머니가 도망갔다는 얘기는 동네 어른들한테 엿들어서 알고 있었다.

자신을 버리고 도망친 어머니.

지긋지긋한 가난이 그렇게 싫었을까, 아니면 방에 틀어박혀 글만 읽는 아버지가 답답했을까.

유청은 한숨을 내쉬며 생각했다.

'장하십니다, 어머니. 선견지명이 있으셨군요.'

그랬다. 오대세가라는 헛된 꿈을 접고 다시 생각해 보니, 자신의 집안은 세가는커녕 하루 빌어먹고 살기에도 벅찼던 것이다.

유청은 마른하늘에 날벼락이 떨어진 기분이었다.

하지만 그대로 주저앉아 포기할 수는 없었다. 아버지처럼 평생 책만 끼고 살다가 죽을 수는 없었다.

다음날 유청은 진로를 바꾸기로 결심했다.

어느 세가에든 일단 들어가는 것이 중요했다. 물론 자신 같은 어린애를 대뜸 총관이나 하인으로 써줄 세가는 없을 것이다.

사정이 그렇다면 허드렛일을 하는 최하급 하인이어도 좋다. 세가에 들어가서 힘을 기른 뒤 그 세가의 중심이 되면 된다. 아니, 충분한 자금과 연줄이 생긴다면 스스로 세가를 만들 수도 있을 것이다.

하지만 열 살의 어린 유청으로서는 세가의 하인으로 들어가는 것조차 불가능했다.

무림세가의 하인은 일개 상인이나 객잔의 점소이와는 차원이 달랐다. 세가의 위세가 하인들에게까지 이어지는 것이다.

상인이 어쩌다 세가의 하인들에게 밉보이기라도 하면 다시는 물건을 팔 수 없었다. 당연히 상인들은 세가의 하인들에게 뒤로 뇌물을 주며 공급 줄이 끊이지 않도록 아부를 했다. 사정이 그러하니 연줄이 있고 뒷돈을 주어서야 세가의 하인으로 들어갈 수 있었다.

'돈과 연줄이 있어야 세가에 들어갈 수 있을 텐데, 그 돈과 연줄을 만들려면 일단 세가에 들어가야 한다고?'

기분이 더러웠다. 세상의 모든 것이 자신을 골탕먹이는 것 같았다. 구파일방도, 오대세가도, 글공부도 다 싫어졌다.

하루하루가 지날수록 세가를 향한 꿈은 점점 멀어져만 갔다.

그러던 어느 날이었다.

아이들은 모여서 여전히 구파일방 얘기에 시간 가는 줄 모르고 있었다. 길을 가던 유청은 그 모습을 보자 괜히 부아가 치밀어 올랐다.

안 그래도 그날 이후로 아버지 때문에 종일 방에 틀어박혀 글공부만 해야 했는데, 무림의 진면목이 뭔지도 모르고 떠드는 애들이 눈엣가시 같았던 것이다.

그때 한 아이가 무공 동작을 펼치며 말했다.

"잘 봐! 이게 바로 소림의 나한십팔수(羅漢十八手)야!"

여호준이란 이름의 아이는 얼마 전에 소림사의 속가제자로 들어간 사촌을 만나고 온 터였다. 여호준은 사촌이 자랑삼아 나한십팔수를 시전하는 것을 구경했다. 다시 동네로 돌아온 여호준은 자기가 속가제자라도 된 듯한 기분에 빠져서 아이들에게 자랑을 하는 중이었다.

여호준이 팔과 다리를 움직여서 나한십팔수의 초식을 선보였다.

"이게 바로 헌원과호야! 다음은 선인지로!"

물론 여호준의 동작은 제대로 된 나한십팔수와는 거리가 멀었다. 사촌의 나한십팔수를 한 번 구경만 하고 와서 흉내 내는 거라 엉성하고 조잡하기 이를 데 없었다.

그러나 나한십팔수는 소림 무공에서도 일반에 널리 알려진 권법 중의 하나인만큼 겉모습을 흉내 내는 것은 그리 어렵지 않았다. 때문에 여호준의 동작은 얼핏 그럴싸하게 보였고, 무공을 모르는 아이들은 박수를 치며 환호했다.

유청은 얘기를 듣는 것만도 짜증나는데 직접 눈으로 소림 무공을 보고 있자니 울컥 열이 받쳤다.

결국 참지 못하고 한마디 내뱉었다.

"쳇, 나한십팔수? 탁발이나 다니는 중들이 뭐가 대단하다고 호들갑이야?"

"뭐야? 너, 지금 뭐라고 했어?"

중얼거린다는 것이 그만 화를 참지 못해서 소리가 커진 모양이다. 하지만 유청은 들었으면 또 어떠냐는 심정이 되었다.

"탁발이나 다니는 중들이라 그랬다."

"이 자식이 감히!"

여호준은 나한십팔수를 멈추고 유청의 코앞으로 다가왔다. 소림에 대한 유청의 비웃음이 마치 자신을 모욕했다는 양 분기가 탱천해 있었다.

"뚫린 입이면 다야? 네가 뭔데 소림사에 대해 함부로 말해?"

"허어, 십구(十九)나한 나셨군. 하인한테도 설설 기는 소림 중놈의 무공이 그렇게 대단해? 그걸 흉내 내는 네 꼬라지가 가관이어서 그랬다, 왜?"

"뭐라고?!"

여호준은 더 말을 하려다가 멈췄다.

그는 유청이 어떤 아이인지 잘 알고 있었다. 유청은 어릴 때부터 아버지한테 글공부를 해서 이것저것 아는 것이 많아 동네 아이들과의 말싸움에 한 번도 져본 적이 없었던 것이다.

더 이상 말싸움을 해봤자 자신만 손해라고 생각한 여호준은 돌아서며 말했다.

"하긴 방구석에 틀어박혀 글만 읽는 샌님이 무공에 대해 뭘 알겠어?"

"뭐야?"

그런데 예상 밖으로 그 말이 유청을 격분케 했다.

"나도 할 줄 아는 무공 있어!"

"뭔데?"

"…음양오행권!"

유청의 대답에 여호준은 씨익 웃었다. 자신의 꾐에 빠져든 것이다. 여호준은 유청에게 손가락을 까닥이며 말했다.

"좋아! 내 나한십팔수랑 네 음양오행권이랑 한번 겨뤄보자!"

"와아아!"

아이들은 뜻밖의 구경거리에 환호성을 지르며 유청과 여호준의 주위를 빙 둘러쌌다.

유청은 그제야 자신이 실수했다는 것을 깨달았다. 음양오행권을 할 줄 안다는 말은 여호준에게 반박하느라 엉겁결에 꺼낸 것이었다. 음양오행권이 저잣거리에서도 쉽게 볼 수 있어서 말한 것일 뿐, 구경은 많이 했지만 직접 따라 해본 적은 없었다.

하지만 여기서 물러설 수는 없었다. 말을 꺼낸 이상 어떻게든 소림의 나한십팔수를 이기고 싶었다. 소림을 포함한 구파일방만이 무림의 전부인 줄 아는 아이들의 콧대를 꺾어주고 싶었다.

여호준이 손가락을 까닥이며 유청을 도발했다.

"그 잘난 음양오행권 구경 좀 해보실까! 내가 선수(先手)를 양보하마!"

유청은 음양오행권을 떠올리려고 애썼다. 그러나 머리 속에서는 기억이 나도 막상 몸을 어떻게 움직여야 할지를 몰랐다.

그러다가 예전에 저잣거리에서 만두 가게 주인이 음양오행권으로 채소 가게 주인이랑 싸우던 일이 생각났다. 부추 값이 턱없이 올라서 만두 장사가 힘들다고 싸웠던가? 어쨌든 만두 가게 주인이 하던 동작 중 가장 단순한 초식이 머리에 생생히 떠올랐다.

그것이 바로 후에 유청이 세가에 들어가서 유일하게 할 줄 아는 초식이 된 백호복운이었다.

'좋아, 해보는 거야.'

유청은 만두 가게 주인이 하던 백호복운을 머리 속에 그렸다.

발을 앞으로 크게 내딛으며 순식간에 뛰어들어서 반대편 주먹을 상대의 복부에 힘차게 찔러 넣는다.

"간닷!"

유청은 양 주먹을 허리춤에 붙이고 앞으로 훌쩍 뛰었다.

설마하던 심정으로 보고만 있던 여호준은 유청이 과감하게 달려들자 멈칫하며 아무런 대응도 하지 못했다. 여호준은 이럴 줄 알았으면 선수를 양보한다는 말은 하지 말걸 하고 후회했다. 그러나 이미 엎질러진 물동이였다.

턱!

유청의 왼발이 지면에 힘차게 닿았다. 동시에 유청은 여호준의 배를 향해 젖 먹던 힘까지 다해 오른 주먹을 내질렀다.

'당장 할 수 있는 것이라고는 백호복운 일 초식뿐이다. 이번 공격으로 끝장을 봐야 한다!'

유청은 필살의 각오를 다지며 손톱이 살 속에 박힐 정도로 주먹을 세차게 움켜쥐었다.

그때였다.

물컹.

무언가 이상한 기분이 발에 느껴졌다. 그와 동시에 몸이 휘청거리며 옆으로 기울어졌다.

다급히 고개를 숙인 유청은 사태를 깨달았다. 유청이 크게 내딛은 왼발 바로 밑의 땅바닥에 개똥이 있었던 것이다.

'내가 미쳐!'

약에도 쓰려면 없다는 개똥을 재수없게 지금 밟게 될 줄이야!

차라리 개가 제대로 퍼질러 싼 개똥이라면 충분히 보고 나서 피할 수 있었을 것이다. 하지만 유청이 밟은 것은 하필이면 질질 흘려 싼 설사똥이었다. 그러니 무공이랍시고 처음 백호복운을 흉내 내는 마당에 그런 걸 피할 만큼 시야가 넓을 리 없었다.

주루루룩.

결국 개똥을 밟은 유청은 백호복운을 채 펼치지도 못하고 여호준을 향해 미끄러졌다.

'이것 봐라?'

이유는 모르겠지만 여호준은 기세 좋게 뛰어들던 유청이 균형을 잃고 비틀거리며 쓰러지자 쾌재를 불렀다. 그는 자신의 품을 향해 날아오는 유청의 정수리를 향해 자유롭게 양권(兩拳)을 내질렀다.

퍼억!

속가제자 사촌를 한 번 보고서 흉내 낸 여호준의 나한십팔수가 제대로 된 무공이라 할 수는 없었다. 하지만 여호준은 골목대장을 차지할 만큼 또래 아이들 중에서는 완력이 제일 셌다. 그런 여호준의 양권을 무방비 상태에서 맞게 되자, 유청은 뒤로 벌러덩 넘어가 버렸다.

털퍼덕!

유청은 넘어지자마자 다시 일어나 덤벼들려 했다. 하지만 주먹에 정수리를 정통으로 맞았는지 다리에 힘이 풀려서 제자리에 도로 쓰러지고 말았다.

여호준은 그런 유청을 보며 호기롭게 소리쳤다.

"하하하! 어디서 시정잡배나 하는 삼류 무공을 배워다가 무림의 태산북두 소림 무공에 맞서려 하느냐!"

"……."

유청은 할 말이 없었다. 아니, 할 말은 많았지만 차마 할 수가 없었다.

음양오행권이 삼류 무공인 것은 맞지만 여호준의 나한십

팔수도 어설픈 흉내 내기에 지나지 않는다는 것을 잘 알고 있었다. 자신이 진 것은 단지 운이 더럽게 나빴을 뿐이다.

하지만 그렇다고 해서 어떻게 변명할 수 있겠는가?

개똥을 밟아서 졌다고 말이다.

그런 말을 했다가는 여호준과 아이들에게 더욱 놀림감이 될 게 뻔했다.

유청이 아무 말이 없자 여호준은 그가 패배를 인정한 것으로 생각했다. 여호준은 땅에 침을 퉤, 뱉더니 말했다.

"얘들아, 가자!"

여호준이 몸을 돌리자 아이들은 나한십팔수를 가르쳐 달라면서 그의 뒤를 졸졸 따라갔다.

유청은 옷에 묻은 흙먼지를 털며 몸을 일으켰다. 머리를 정통으로 맞았는지 아직도 속이 울렁거리고 다리가 떨렸다.

하지만 몸이 아픈 것보다 마음이 더욱 비참했다.

유청의 분노는 처음에는 아버지에게로 향했다.

매일같이 회초리를 맞으며 글공부나 할 시간에 차라리 무공을 수련했더라면 지금 같은 수모는 겪지 않았을 텐데.

그러다 분노는 만두 가게 주인에게로 방향 전환을 했다.

백호복운의 발 구르는 동작만 아니었더라면 설사 개똥을 밟았다고 해도 그렇게 꼴사납게 미끄러지진 않았을 것이다.

생각하면 할수록 열이 뻗쳐 올랐다.

"음양오행권 같은 하급 무공이나 하는 놈! 평생 만두나 팔

다가 뒈져라!"

그때였다. 누군가의 목소리가 옆에서 들려왔다.

"방금 음양오행권이 하급 무공이라고 했느냐?"

고개를 돌리자 웬 중년 남자 한 명이 유청을 지그시 쳐다보고 있었다.

중년 남자는 전신에 청록색 도포를 두르고 머리에는 소요건(逍遙巾)을 쓰고 있었는데, 그 모습이 사뭇 장중해 보였다. 동네에서 흔히 볼 수 있는 잡배들한테서는 찾아볼 수 없는 분위기였다.

유청은 잠시 멍하니 남자를 쳐다보다가 말했다.

"그럼 음양오행권이 하급 무공이지 무슨 신공절학이라도 된단 말인가요?"

"신공절학이 따로 있는 게 아니다. 수련하기에 따라서 하급 무공도 될 수 있고 신공절학도 될 수 있는 게 무공이다."

"쳇! 그래서 개나 소나 다들 음양오행권을 그렇게 열심히 수련하나?"

유청은 안 그래도 화를 풀 곳이 없어 짜증나던 차에 웬 도사 나부랭이가 개똥철학을 늘어놓나 하는 심정이었다. 그러니 입에서 고운 말이 나올 리가 없었다.

하지만 남자는 담담한 표정으로 말했다.

"음양오행권이 시중에 유행한다는 것은 그만큼 평판이 있었다는 뜻이지. 과거의 음양오행권은 지금과 많이 달랐다."

남자는 말과 동시에 몸을 움직였다. 왼발을 비스듬히 앞으로 내밀고 서서 양 주먹을 가슴 위로 자연스럽게 들어 올렸다.

"아까 네가 하려던 것이 음양오행권의 백호복운 초식이 맞느냐?"

"그런데요?"

"잘 보아라."

탓!

남자가 땅을 차며 왼발을 치켜올렸다. 그 모습은 유청이 봤던 만두 가게 주인의 백호복운과는 크게 달랐다. 남자는 발을 일직선으로 쭉 뻗어 허리 위까지 들어 올렸던 것이다.

다음 순간 남자는 높이 들어 올린 발을 그대로 땅에 내리꽂으며 동시에 주먹을 내질렀다.

터엉!

남자의 발이 땅을 구르자 엄청난 소리가 귀를 때리고 뇌를 진동시켰다. 곧 지축이 부르르 떠는 진동이 전신에 느껴졌다.

유청은 입을 딱 벌렸다.

방금 눈앞에서 펼쳐진 백호복운은 만두 가게 주인의 그것이 아니었다. 여호준이 흉내 내던 어설픈 나한십팔수와는 비교도 되지 않았다.

신공절학은 일 초식으로 바람을 가르고 땅을 흔든다더니, 남자의 백호복운이야말로 유청이 꿈에도 그리던 신공절학이 아니고 무엇이겠는가!

유청은 생전 처음 제대로 된 무공을 보게 되자 자신의 좁았던 시야가 확 넓어지는 것 같은 느낌을 받았다.

하지만 다시 생각해 보니 남자의 무공은 무언가 많이 어색했다. 남자의 백호복운 초식은 분명 비범한 위력을 보였으나 그 동작이 너무 크고 느렸다.

유청은 알았다는 듯이 비웃으며 말했다.

"위력만 있으면 뭐 해요? 그렇게 발을 높이 드는데 어느 누가 맞아준답니까? 때리기도 전에 피해 버리겠네."

그러나 남자는 유청의 비꼬는 말에도 아랑곳하지 않고 진지하게 말했다.

"방금 것은 수련할 때의 자세다. 음양오행권의 진전(眞傳)은 강한 위력을 키우기 위해 일부러 동작을 크게 잡아서 매일같이 반복 수련을 하는 데 있다. 실전 시에는 발을 작은 폭으로 디뎌서 빠르게 권을 출사하거나, 또는 반대로 한달음에 적의 가슴 깊숙이 뛰어들어 가 권을 폭발시키지. 이렇게 말이다."

남자는 말을 마치기도 전에 발을 살짝 들었다. 그리고…….

텅!

남자의 신형이 갑자기 사라지더니 유청의 코앞에 백호복운을 펼친 자세로 나타났다.

얼마나 빨리 움직였는지 남자의 모습이 나타난 뒤에야 땅을 구르는 진각 소리가 들려왔다. 하지만 그것이 끝이 아니었다.

쉬이익!

남자가 권을 찌르면서 생겨난 바람이 유청의 귓가를 스치며 뒤로 날아갔다. 유청의 머리카락이 바람에 흩날려 위로 떠올랐다가 잠시 후 가라앉았다.

남자는 유청의 코앞에서 멈춘 권을 회수하며 말했다.

"어떠냐? 이래도 음양오행권이 하급 무공이라고 말할 테냐?"

"아!"

유청의 입에서 자기도 모르게 신음 소리가 흘러나왔다.

남자의 방금 권격이야말로 유청이 예전의 소림 십팔나한에게서 기대했던 것이 아니고 무엇이겠는가!

그러고 보니 남자가 새삼 다르게 보였다.

머리에는 소요건을 쓰고 입가 양옆으로 수염이 길게 내려온 모습이 말로만 듣던 무림의 절정고수를 연상케 했다.

게다가 전신에 두른 푸른 도포.

옷 입은 때깔부터 다르지 않은가!

적어도 지금까지 보아온 사람 중에서 소림 십팔나한을 제외하고는 최고수임이 분명했다. 아니, 십팔나한이야 이가장 총관에게 굽신거린 게 전부였으니 눈앞의 중년 남자와 비교할 수도 없었다.

유청은 재빨리 머리를 굴렸다. 어쩌면 살면서 다시는 이 같은 고수를 만날 일이 없을지도 몰랐다.

'에라! 일단 저지르고 보자!'

획.

유청은 그 자리에서 무릎을 꿇으며 머리를 조아렸다. 어찌나 서둘렀는지 절을 하는 동작이 남자가 좀 전에 백호복운을 펼칠 때만큼이나 빨랐다.

"사부님! 한 수 가르침을 바랍니다!"

그러나 유청의 생각과는 달리 남자는 호락호락하지 않았다.

"사부라… 내가 언제부터 너의 사부였느냐?"

"그, 그게……."

하긴, 남자의 말이 맞았다. 무공 한 수 보여줬다고 무작정 사부라고 부르면 역효과가 날지도 모르는 일이다. 유청의 머리가 다시 회전했다.

"대인! 부디 한 수 가르침을 바랍니다!"

"대인이라……. 듣기는 좋다만 아쉽게도 난 속이 좁은 사람이라 대인 소리는 과분하구나."

열 받은 유청은 고개를 치켜들며 남자를 쏘아봤다.

'빌어먹을! 나랑 농담 따먹기 하자는 거냐?'

그러다 하필 남자와 눈이 딱 마주쳤다. 유청은 잽싸게 입가를 양옆으로 찢으며 웃는 얼굴로 바꾸었다.

"예, 예. 그럼 어르신! 어쨌든 부디 저에게 한 수 가르침을 내려주십시오!"

다행히 이번에는 남자가 무어라 반박하지 않았다. 그는 잠시 딴 곳을 쳐다보며 생각에 잠기는 듯했다. 기다리는 유청은 애가 타고 속이 끓었다.

잠시 후, 남자가 말했다.

"음양오행권이 아무리 쉬이 배울 수 있다곤 하나 그 진전을 함부로 가르칠 수야 없는 일이다."

그 말에 유청은 겉으로는 웃으면서 속으론 발끈했다.

'썅! 안 가르쳐 줄 거면 뜸은 왜 들이고 지랄이야?!'

남자의 말은 계속됐다.

"무릇 무공 일 초식을 가르치고 배우는 데에도 인연이 있어야 하는 법."

유청의 얼굴은 점점 일그러졌다.

'이거 혹시 약장수 아냐? 인연은 무슨 놈의 인연! 보아하니 백호복운 하나 가르치면서 우리 집안을 뜯어먹으려는 속셈인가 본데, 잘못 짚으셨수다. 우리 집은 벗겨먹을 것이 없는 집안이오!'

실망한 유청이 속으로 욕지거리를 할 때였다. 남자의 다음 말이 유청의 귀에 팍 꽂혔다.

"하지만 가르쳐 줄 방법이 전혀 없는 건 아니지."

"예엣? 정말이십니까?"

"정말이고말고. 우리 가문에 들어온다면 진전을 물려줄 수도 있는데 말이다."

남자는 말을 한 뒤 고개를 돌려 딴 곳을 보는 척하며 슬쩍 유청의 눈치를 살폈다.

후에 유청은 이때의 일을 두고두고 후회했다.

이때 남자가 무언가 음흉한 속셈을 품었다는 것을 알아차 렸어야 했다.

그러나 당시 유청은 또래 아이들보다 똑똑하다고는 해도 열 살 먹은 어린애에 불과했다. 더군다나 무림 고수 같은 남 자의 분위기와 그가 펼쳐 낸 백호복운의 위력에 넋이 나간 뒤 였다.

결국 유청은 남자가 자신의 속마음을 떠보고 있다는 것을 전혀 눈치 채지 못하고 물었다.

"혹시 가문에 들어오라는 것은……?"

"그렇다. 나를 따라 세가에 들어오지 않겠느냐?"

세가?

유청의 심장이 일순 멈춰 섰다. 하늘에서 부처의 사자후가 떨어진 것만 같았다.

꿈에도 잊지 못하는 세가였다. 돈과 연줄이 없어 포기하고 있던 세가. 그런데 그 세가에 들어오라고 먼저 말하는 이가 있다니!

유청은 불교를 믿지 않았으나 이때만큼은 입에서 저절로 감사의 말이 터져 나왔다.

"아미타불!"

"무슨 소리냐?"

"아, 아닙니다! 세가라니 당연히 들어가야죠! 암, 들어가고 말고요!"

그때까지만 해도 늦지 않았다. 만약 남자가 흔쾌히 허락을 내렸다면 잔꾀가 깊은 유청은 분명 의심을 했을지도 몰랐다. 돈과 연줄이 없는, 그것도 처음 보는 아이를 무작정 세가로 들이는 것은 누가 봐도 이상했으니까.

그러나 남자의 눈치도 보통이 아니었다. 남자는 다시 한 번 딴 곳을 쳐다보며 뜸을 들였다.

"흐음."

"……."

유청은 애가 타다 못해 환장할 지경이었다. 남자는 유청의 눈치를 살피다가 됐다 싶자 말을 꺼냈다.

"글공부는 해본 적이 있느냐?"

"글공부요? 물론입니다! 사서삼경(四書三經)은 예전에 다 뗐고 제자백가(諸子百家)에 들어간 지 한참 됐는걸요!"

남자가 뜬금없이 글공부 얘기를 하자 유청은 어리둥절했다. 하지만 속으로는 쾌재를 불렀다. 다행히도 글공부라면 어릴 때부터 아버지한테 회초리를 맞아가며 배우지 않았던가.

'감사합니다, 아버님!'

유청은 태어나서 처음으로 아버지에게 진심으로 감사를

드렸다.

그러나 곧 불안한 마음이 생겼다.

유청이 똑똑하기는 해도 장원급제 급의 수재는 아니었다. 사서삼경이야 어떻게 떼긴 했지만, 제자백가는 아직 제대로 손도 대보지 못했던 것이다. 게다가 지난 일이 년 동안은 구파일방이다 세가다 해서 밖으로만 떠돌아다녔기에 진도가 안 나가고 있던 참이다.

유청은 혹시라도 남자가 제자백가에 대해 질문을 할까 봐 걱정이 태산 같았다.

다행히도 남자는 글공부 얘기는 더 이상 꺼내지 않았다. 대신에 유청의 전신을 두 눈으로 천천히 훑으며 말했다.

"그만하면 근골(筋骨)은 튼튼하군."

"예?"

유청은 이상한 기분이 들었다.

글공부를 묻고 근골을 본 것이야 뭐라 할 수 없었다. 생전 처음 보는 남을 세가에 들이겠다는 마당에 그 정도 자격을 따지는 것이야 이해할 수 있었다. 그보다 더한 시험을 내리더라도 충분히 감내했을 것이다.

하지만 남자의 시선은 어딘가 모르게 수상했다. 글공부와 근골 얘기도 자질을 본다는 느낌이 아니라 달리 이유가 있는 것 같았다.

유청의 눈빛이 달라지자 남자는 안 되겠다 싶었다. 자칫 잘

못하다가는 다 잡은 대어를 놓칠 수도 있다는 생각이 들었다.

남자는 진지한 얼굴로 유청을 바라보며 말했다.

"어떻느냐? 우리 서문세가(西門世家)에 들어오겠느냐?"

"서문세가요?"

"그렇다. 나는 서문세가의 가주다."

유청은 서문세가란 곳에 대해서는 들어본 적이 없었다. 그러나 중원무림에 하고 많은 것이 세가였기에 크게 의심하지는 않았다. 단지 서문세가란 곳이 얼마나 무림에 세를 떨치고 있느냐가 중요했다.

유청이 주저하고 있을 때, 남자의 승부수가 작렬했다.

"중원무림의 육대세가(六大世家)를 꼽을 때 우리 서문세가가 들어가지."

"......!"

유청은 귀에 천둥 벼락이 떨어진 것 같았다.

육대세가!

구파일방의 세를 밀어내고 당금 중원무림을 쥐락펴락한다는 육대세가…….

'아니, 잠깐만. 육대세가라고라?!'

유청은 고개를 갸웃했다. 오대세가는 알아도 육대세가는 금시초문이었다.

그러나 남자의 눈치는 유청보다 몇 단계 위였다.

"우리 세가가 오대세가와 어깨를 나란히 하여 육대세가로 인정받은 지 올해로 삼 년이 되는구나. 너는 중원무림의 중심지인 하남 땅에 있으면서도 육대세가 얘기는 들어보지 못하였느냐?"

"아, 아뇨. 물론 들어봤죠."

유청이 얼버무리자 남자는 속으로 쾌재를 부르며 말했다.

"서문세가는 사천에 있다."

"사천이라면 당문세가가 있는 곳이 아닌가요?"

"잘 아는구나. 언젠가 사천의 패권을 놓고 당문과 자웅을 가릴 날이 올 것이다. 그때가 되면 육대세가가 다시 오대세가로 될지도 모르지. 당문세가의 자리를 우리 서문세가가 차지할 테니 말이다."

그 말이 결정타였다.

사천당문과 미래에 일전을 벌일 거라는 말에 유청은 완전히 넘어가 버렸다.

유청은 땅에 머리를 조아리며 소리쳤다.

"가주님!"

그때 유청이 고개를 들고 있었다면 남자가 회심의 미소를 짓는 것을 볼 수 있었으리라. 그리고 무언가 일이 꼬여가고 있다는 것도 느꼈을 것이다.

그러나 유청이 다시 고개를 들었을 때는 이미 남자의 얼굴이 다시 근엄한 서문세가 가주의 것으로 바뀌어 있었다.

＊　　　　＊　　　　＊

유청은 가주를 따라 떠나기 전에 잠깐 집에 들렀다.

마지막으로 아버지 얼굴만 몰래 보고 도망칠 생각이었다. 괜히 세가에 들어간다 어쩐다 말을 꺼냈다가는 모든 일이 허사가 될 수도 있으니까.

불행인지 다행인지 아버지는 집에 없었다.

유청은 방에 들어가서 서찰 한 장을 쓴 다음 아버지가 읽던 책 중간에 끼워 넣었다.

불효자는 떠납니다. 부디 식사 잘하시고 몸 평안히 지내세요.

언뜻 보기엔 공손한 서찰이었지만 속뜻은 결국 '나 없어도 잘 먹고 잘살아라' 란 얘기였다. 아버지도 충분히 그 뜻을 짐작할 거라 생각했다.

지긋지긋한 가난, 다 쓰러져 가는 집, 그럼에도 불구하고 틀어박혀서 책만 읽는 아버지.

고향을 떠나는 것에는 아무런 미련이 없었다. 유청은 가벼운 발걸음으로 집을 나섰다.

세가로 가는 여정은 유청의 기대에 딱 들어맞았다.

가주는 산과 벌판이 나오면 마차를 빌리고, 강과 운하가 나오면 배를 빌렸다. 걷는 일이 별로 없으니 여행이 편할 수밖에 없었다.

밤에도 노숙하는 일은 거의 없었다. 가주는 최고급 객잔만을 골라 머물렀고, 유청에게도 비싼 방을 따로 얻어주었다.

식사도 객잔의 일등품 요리만을 시켜 먹었다. 집이 가난해서 고기 한 점 제대로 먹어보지 못한 유청은 숨도 쉬지 않고 산해진미를 먹어치웠다. 힘들기는커녕 절로 콧노래가 나오는 여행길이었다.

하지만 여행길이 아무리 즐겁고 호사스러워도 마음은 편치 않았다.

생전 처음 보는 사람을 가주랍시고 따라오기는 했으나 세가에 들어가 무슨 일을 하게 될지 알 수 없었기 때문이다.

'하인이라도 상관없어. 일단 기회를 잡은 게 중요해.'

유청도 처음에는 그렇게 생각했다. 하지만 시간이 지날수록 불안한 마음은 점점 더해갔다.

처음엔 세가의 일원이 되기만 하면 좋다는 심정이었다.

그러나 막상 세가에 들어가게 되자 뒷간 가기 전과 갔다 온 후가 다르듯이 마음이 바뀌기 시작했다.

문제는 세가가 혈연 중심이라는 데 있었다.

유청이 아무리 노력한다고 해도 결국 유씨일 뿐 서문씨로 바뀔 리는 없다. 핏줄이 다른 사람이 세가의 중심으로 들어가는 것은 개방 거지가 부자 되는 것만큼이나 힘들다.

제발 허드렛일이나 하는 최하급 하인이 되어 평생 세가의 권력 밖에서 빙빙 돌지 않기만을 바랄 뿐이었다.

그런데 가주는 전혀 생각지도 못한 말을 했다.

"이름이 무엇이냐?"

"유청이라 합니다."

"그럼 지금부터는 유 총관이라 부르겠다."

"예? 그 말씀은 설마……?"

"그렇다. 너에게 세가의 총관 직을 맡기마."

유청은 도무지 믿기지가 않았다.

'나 같은 어린애를 데려다가 총관을 시킨다고?'

총관이 누구인가?

세가의 모든 중대사와 잡일을 관리하는 총책임자가 바로 총관이다. 가주, 소가주, 장로들이 세가가 무림에서 움직일 방향을 정한다면, 그 뒤에서 실질적으로 세가를 움직이는 행동대장이 총관인 것이다.

때문에 세가의 최우두머리 장로가 총관을 맡는 것이 대부분이었다. 반대로 혈연이 다른 자가 총관이 되려면 지략을 갖춘 인재인 경우에만 가능했다.

그러나 가주의 설명을 들으니 어린 자신에게 총관 직을 맡기는 이유를 납득할 수 있었다.

가주는 스스로 자식 복이 없다는 말로 얘기를 시작했다.

자기한테는 딸 하나밖에 없다는 것이다. 그 말인즉 세가의 후계자가 될 소가주가 무남독녀란 소리였다.

슬하에 자식이 많아 형제나 사촌끼리 가주 쟁탈전을 벌이는 것은 어느 세가나 골칫거리로 앓는 문제다. 하지만 후계자 후보가 너무 없어도 곤란했다. 하나 있는 소가주가 어려서 요절하거나 또는 병약하다면 그 세가의 미래는 불 보듯 뻔한 일이 아닌가.

게다가 무남독녀라면 자식이 하나인 것으로도 모자라 여자라는 소리다.

'여자면 소가주가 되기 힘들지 않나?

유청은 고개를 갸웃했다.

자식이 딸밖에 없으면 다른 장로들의 아들이 소가주가 되는 게 일반적이었다. 구파일방같이 무공이 중요한 문파에서는 여자 장문인을 종종 볼 수 있어도 세가에서 여가주(女家主)를 보기 힘든 것은 그 때문이었다.

이때 가주의 이어지는 말이 유청의 궁금증을 해소시켜 주었다.

"내 여식(女息)이 아직 어려서 글공부와 무공 수련을 함께 할 사람이 필요하다. 그런 사람을 신분이 낮은 하인으로 메울 수야 없지 않겠느냐."

"예, 그렇죠."

"네가 나이는 어리나 사서삼경과 제자백가를 읽었다니 글은 그만하면 됐고, 근골이 튼튼하니 무공은 차차 배우면 될 것이다."

무공을 익힌다는 말에 유청은 입이 찢어질 것 같았다. 하지만 너무 속내가 드러나지 않도록 표정 관리를 했다.

"여자의 몸으로 소가주가 됐으니 고생이 많다. 네가 잘 보필해야 할 것이야."

"맡겨만 주십시오!"

가주의 마지막 말은 유청에게 청운의 꿈을 품게 했다.

'무남독녀라고라? 그 여자 애를 잘만 꼬셔서 내 손 안에 넣으면 총관이 아니라 데릴사위로 가주까지 되는 거 아냐?'

아직 남녀의 일을 알진 못했으나 이것저것 들은 것이 많은 유청은 소가주를 어떻게 요리할까 상상하며 회희낙락했다.

가주는 유청을 데리고 끝없이 서쪽으로 들어갔다.

갈수록 평지는 적어지고 지세가 험난해졌다. 마차를 타는 것보다 걸어서 여행하는 일이 조금씩 많아졌다.

그리고 드디어 사천 땅에 들어섰다.

'사천에는 아미파, 청성파, 그리고 우리 세가와 자웅을 겨룰 당문이 있다!'

유청은 어느새 서문세가를 우리 세가라 부르고 있었다. 평생 아버지와 단둘이 살다가 어딘가에 소속됐다는 자부심이 가슴을 설레게 했다.

그런데 사천에 들어왔건만 여행길은 가도 가도 끝이 없었다.

사천의 중심지이자 당문세가가 있는 성도(成都)를 지나칠 때만 해도 그러려니 했다.

　'하긴 당문이랑 같은 곳에 우리 세가가 있다는 건 좀 그렇겠지.'

　하지만 성도를 지나치고 아미산, 청성산을 뒤로해도 가주의 발걸음은 멈추지 않았다.

　급기야 눈앞에 험준한 바위산들이 나오기 시작했다.

　지금까지의 호화판 여행은 온데간데없었다. 마차는커녕 객잔 하나 없으니 숲 속에서 찬 이슬을 맞으며 노숙을 해야 했다.

　그때만 해도 유청은 꾹꾹 참았다.

　'신비로운 문파나 세가일수록 사람들 발길이 드문 천외비처(天外秘處)에 숨어 있는 법이니까.'

　나중에 세를 키워 중원무림에 진출하면 된다고 생각했다.

　그러나 하루하루가 지나면서 걱정은 점점 더 커져 갔다.

　'이러다가 설마 서장 땅으로 넘어가는 거 아냐? 내가 무슨 삼장 법사 따라나선 손오공인 줄 아나?'

　하늘을 찌를듯 솟아 있는 바위 계곡을 넘고 돌기를 한 달여.

　드디어 가주의 입에서 기다리고 기다리던 말이 나왔다.

　"다 왔다. 이곳 백당이 우리 세가가 지배하는 곳이다."

　끝없는 여행길에 지칠 대로 지친 유청은 속으로 만세를 불렀다.

'여기가 백당이란 곳이구나!'

유청은 설레는 마음으로 주위를 둘러봤다.

하지만 보이는 것은 대나무 숲뿐이었다. 위세당당한 세가의 건물은 어디에도 없었다.

사천 맨 서쪽 끄트머리에 처박힌 촌구석 마을 백당.

그곳에서 유청의 고생길은 제대로 시작되었다.

第二章

악녀는 용정차를 마신다

점소이 왕삼이 자고 있는 유청을 깨웠다.

"유 총관, 차 준비됐으니 그만 일어나."

"아, 네."

유청은 아직 잠이 덜 깬 눈으로 주위를 둘러봤다. 푸른 대나무 숲이 다루를 둘러싸고 있었다.

'여기는… 그랬지. 사천제일의 촌구석 백당이지.'

유청은 옷소매로 입가에 흥건히 묻은 침을 닦았다. 다루 입구에 앉아 잠깐 쉬려던 것이 깜빡 잠이 들었던 모양이다.

그는 한숨을 푹 내쉬며 생각했다.

'벌써 사 년이 흘렀구나.'

아버지와 하남 땅을 뒤로하고 서문세가 가주를 따라 가출한 것이 엊그제 같았다. 열 살 때 집을 나왔는데 어느새 열네 살이 되었다는 게 실감이 나지 않았다.

유청이 과거 생각에 젖어 있을 때, 왕삼이 다기(茶器)가 든 커다란 대나무 통 두 개를 건네면서 말했다.

"차 다 됐다니까 뭐 해? 꾸물거리다 늦으면 어떡하려고."

"아!"

왕삼의 말에 유청은 잠이 확 깼다.

주모(主母)의 아침 차 마시는 시간에 일각이라도 늦으면 큰일 난다. 그날 하루는 완전 엿 되는 것이다.

유청은 대나무 통을 양손에 하나씩 들었다. 그리고 어깨에 힘을 뺀 다음 허리를 꼿꼿이 세웠다.

"그럼 전 이만."

"그래, 얼른 가."

타타탓.

커다란 대나무 통 두 개가 만만치 않은 무게일 텐데 유청은 발을 움직이자 순식간에 숲 속으로 사라져 버렸다.

그 모습을 지켜보던 왕삼이 말했다.

"백호복운이랑 달리기 하나는 잘하네. 하긴 사 년 동안 그 짓만 했으니 오죽하려고."

유청의 하루 일과는 세가와 다루를 오가는 차 심부름으로

시작되었다

다루의 본 이름은 성록루라고 했다.

성록루의 주인 하씨는 대도시 낙양에서 온 자였다.

그는 처음 백당에 왔을 때 대나무 숲 사이를 도망치는 사슴을 봤다고 한다. 신기하게도 사슴은 이마 한가운데 털이 살짝 벗겨졌는데 그게 꼭 별 모양이었다는 것이다.

그래서 하씨가 지은 이름이 성록루(星鹿樓)였다.

유청은 그 얘기를 들었을 때 기가 막혔다.

'미쳐! 다루 이름이 별사슴이 뭐야, 별사슴이?!'

그때부터 유청은 성록루를 별사슴 다방으로 바꿔 불렀다.

의욕이 컸던 하씨는 성록루를 사천 최고의 다루로 만들고자 했다. 중원 각지의 명차(名茶)와 명주(名酒)를 잔뜩 사들여서 기세 좋게 성록루를 열었다.

하씨가 몰랐던 사실은 백당이 사천 최고의 오지란 것이었다.

주위의 대나무 숲 전경에 반해 다루를 차렸지만, 험준한 사천과 서장 땅 중간에 있는 백당에는 여행객이 드물었다.

그나마 근처에 사는 부자 한량 몇몇이 일부러 찾아와서 사치를 즐기곤 했다. 그게 아니었다면 진작에 망했을 것이다.

세가의 주모 역시 성록루의 차만을 마셨다.

주모는 매일 아침 일어나자마자 간단히 식사를 하고는 반드시 성록루의 용정차를 마셨다.

　문제는 주모가 마차 없이는 단 한 걸음도 걷는 것을 귀찮아한다는 것이었다.

　결국 유청이 매일같이 세가와 성록루를 왔다 갔다 하며 차 심부름을 해야 했다.

　그는 매일 새벽부터 일어나 한 걸음, 한 걸음 백호복운을 수련하며 성록루로 갔다. 그렇게라도 하지 않으면 그나마 백호복운을 수련할 짬이 나지 않았다.

　돌아올 때는 찻통을 들고 가주가 가르쳐 준 경공으로 미친 듯이 뛰어왔다. 그래야 겨우 주모의 아침 식사 후에 차를 올릴 수 있었다.

　세가의 안주인인 주모!

　그녀야말로 서문세가에 군림하는 실질적 제일인자였다.

　유청은 처음 세가에 왔을 때 그녀의 도도하면서 세련된 분위기에 반했다.

　"안녕하세요? 총관 직을 맡게 된 유청이라 하옵니다."

　"오냐. 앞으로 유 총관이라 부르마."

　하지만 시간이 지날수록 주모의 오만한 말투에 짜증이 밀려오기 시작했다. 말끝을 길게 늘어뜨리는 버릇이 딱 안하무인의 부잣집 마님이었기 때문이다.

　차 심부름만 해도 그랬다.

　매일같이 성록루를 왕복하느니 아예 찻잎을 사다가 자신

이 직접 끓이면 어떨까 생각도 해봤다.

하지만 소귀에 경 읽기였다.

"주모님."

"왜 그러느냐?"

"별사슴… 아니, 성록루에서 차를 왕창 사 두고 제가 직접 끓여 드리면 어떨까요?"

"유 총관, 네가 차에 대해서 뭘 아느냐?"

"네?"

"용정은 항주 땅의 용정촌에서만 나오는 것이야. 특히 청명 전에 막 나온 찻잎은 황금을 주고도 살 수 없을 만큼 귀하느니라. 그렇게 힘들게 구해온 찻잎을 성록루에서 그냥 팔 것 같으냐?"

"그렇군요……."

거기서 끝이 아니었다.

"발효시키지 않은 녹차는 중원 어디서나 생산되느니라. 하나 어떤 지방의 녹차도 항주 땅 용정촌에서 나오는 용정과는 비교할 수 없을 것이야. 용정을 제대로 끓이려면 주전자가 두 개, 찻잔이 두 개, 물그릇 하나가 있어야 하며……."

주모의 잔소리는 한 번 시작하면 기본이 반 시진이었다.

'차라리 화를 내거나 매를 들어라!'

유청은 그렇게 몇 번 당한 뒤로는 다시는 주모의 말에 토를 달지 않게 되었다.

*　　　*　　　*

유청은 김이 모락모락 나는 대나무 통을 들고서 빠르게 발을 놀렸다.

그냥 차를 갖고 갔다가는 도중에 다 식어버릴 게 뻔했다.

때문에 방수 처리된 대나무 통에 뜨거운 물을 채우고, 그 속에 밀봉된 찻병을 넣어 온기를 유지시켰다.

물론 그 방법을 쓰더라도 밥 한 끼 먹을 시간이 지나면 차가 식어버리고 말았다. 그래서 처음 차 심부름을 할 때는 매번 식은 차를 갖고 가서 주모의 훈계를 받기 일쑤였다.

유청은 죽어라 뛴 끝에 일각(一刻) 만에 대나무 숲의 구석에 위치한 세가에 도착했다.

"헉헉!"

그는 숨을 헐떡이며 세가의 대문 안으로 들어섰다.

세가의 안채.

아니나 다를까, 주모는 벌써 일어나서 의복을 차려입고 자리에 앉아 있었다.

'쌍! 하루라도 좋으니까 늦잠 좀 자면 어디 덧나나?'

유청은 속으로 욕을 하면서도 겉으로는 웃는 얼굴로 말했다.

"기침하셨습니까?"

"오냐. 차를 들여라."

"예."

유청은 방에 들어가 대나무 통 두 개를 내려놓고는 뚜껑을 열었다. 한 통에는 용정차를 우려낸 찻병이 뜨거운 물에 담겨 있었고, 다른 통에는 차를 따라 마실 다기가 역시 뜨거운 물에 담겨서 데워지고 있었다.

유청은 찻잔 하나를 꺼내 물기를 닦은 후 주모 앞에 있는 소반 위에 놓았다. 그리곤 찻병을 기울여 차를 따랐다.

<u>쪼르르르.</u>

하얀 찻잔에 청록색 차가 방울방울 담겼다. 그 투명하고 영롱한 빛깔만 보더라도 중원제일의 용정차라는 말이 허명이 아님을 알 수 있었다.

"드십시오, 주모님."

"오냐."

주모는 찻잔을 입에 갖다 대고는 살짝 한 모금을 마셨다.

갑자기 주모가 눈을 번쩍 뜨며 소리쳤다.

"아니, 이건?"

"뭐가 잘못됐나요?"

유청은 깜짝 놀라 주모의 눈치를 살폈다. 하지만 주모는 유청은 신경 쓰지 않고 말을 계속했다.

"대나무 숲! 이것은 바로 대나무 숲이로다!"

"……."

"푸른 잎은 이슬을 잔뜩 머금고 바람이 불어도 휠지언정 부러지지 않는 외유내강을 온몸으로 실천하는 군자, 대나무. 그 대나무의 울창한 숲이 삼라만상의 자연 속에 녹아들어 혀끝에서 촉촉이 느껴지는구나!"

'아주 지랄을 해라!'

유청은 표정 관리가 되지 않아 고개를 숙이며 욕을 했다. 그런데 주모의 말이 이상했다.

"잠깐만, 그런데 이 맛은 뭐지?"

"네?"

"혀끝에서는 몰랐는데 목을 넘어갈 때 느껴지는 이 씁쓸한 맛은……. 유 총관, 찻병 뚜껑을 열어보거라."

"……?"

주모의 말에 유청이 찻병 뚜껑을 열자 그 안에 작은 찻잎 두어 개가 둥둥 떠 있었다.

'제기랄!'

용정차는 너무 오래 우려내면 맛이 변해 버린다. 때문에 성록루에서 일단 한 번 우려서 찻병에 다시 옮겨 가지고 와야 한다.

주모에게 사 년 동안 잔소리를 들은 유청은 지금처럼 찻잎 찌꺼기가 남아 있으면 실패한 용정차라는 것을 잘 알고 있었다.

'이놈의 왕삼 자식!'

원인은 뻔했다. 점소이 왕삼이 우려낸 차를 따르다 졸았는지 실수한 것이 분명했다.

주모는 찻잔을 소반에 내려놓고는 말했다.

"유 총관, 이 차는 차가 아니니라. 새로 타 오너라."

주모의 말이 유청에게는 청천벽력 같았다. 새벽부터 일어나 백호복운과 경공을 쓰며 죽어라 뛰느라 아침도 못 먹은 참이었다.

유청은 조심스레 주모에게 간청했다.

"저어, 주모님. 제가 시장해서 그러는데 끼니부터 잠깐 해결하고 다녀오면 안 될까요?"

주모는 유청을 지그시 바라보다가 잔뜩 혀를 굴리는 목소리로 말했다.

"어~서~!"

결국 유청은 아침을 거른 채 새로 끓인 차를 타러 성록루로 다시 달려갔다.

그랬다.

유청은 말만 총관이지, 주방에서 허드렛일 하는 하인과 하나도 다를 게 없었다.

처음에 가주를 따라 세가에 왔을 때만 해도 총관이 된다는 기쁨에 가슴이 벅찼다. 총관이 되어 세가를 중원에 진출시켜 군림천하할 날이 머지않은 듯싶었다.

게다가 운이 따르면 소가주까지 꼬실 수 있으리라 생각했다.

소가주와 결혼한다면 그때는 총관이 아니라 데릴사위이자 새로운 소가주로서 당당히 세가를 물려받게 되리라.

그런데 세가란 곳이 대나무 숲 구석에 건물 몇 채 틀어박혀 있는 게 전부가 아닌가?

그때만 해도 크게 의심하지 않았다.

'문자 그대로 천외비처에 숨어 있는 가문이구나!'

하지만 서문세가는 유청의 기대와는 전혀 달랐다.

가주인 서문량도 유청과 마찬가지로 세가를 이루는 것이 꿈인 사람이었다. 무공 실력도 자신있었고 재산도 나름대로 모았다.

문제는 혈연이라고 해봐야 달랑 아내와 딸자식밖에 없다는 것이었다.

그런 판에 험난한 중원무림에서 세가를 차린다고 설레발을 쳤다가는 재산을 노리는 비적들에게 일가가 몰살할 수도 있었다.

그것이 바로 단순한 부자와 세가의 차이였다.

즉, 가주는 돈과 무공은 있으나 혈연으로 이루어진 인맥이 없었던 것이다.

가주가 외골수인지라 친척과 연을 끊고 산 것도 원인 중의 하나였다.

결국 가주는 아무도 모르는 오지에 와서 힘을 기르고자 했고, 그래서 찾은 곳이 사천 끝에 위치한 백당이었다.

　그런데 어떻게 하여 백당에서 몇 칸짜리 집은 구했으나 마땅한 하인을 찾을 수가 없었다. 괜히 숨어 사는 돈 많은 집안이라는 소문이라도 퍼지면 사단이 날 수도 있었기 때문이다.

　그러던 찰나에 유청이 덜컥 낚인 것이다.

　글도 제법 읽었고 근골도 튼튼하며, 게다가 세가란 말에 넋이 나가서 제 발로 알아서 따라왔으니, 가주로서는 호박이 넝쿨째 들어온 셈이었다.

　반면 유청은 자신이 처한 처지를 깨닫고 난 뒤에는 매일 수십, 수백 번을 후회하고 탄식했다.

　그러고 보니 크게 오판한 게 있었다.

　세가도 세가 나름이었다.

　구파일방에 끼지 못하는 작은 문파가 중원에서 별 볼일 없듯이, 세가라고 모두 오대세가 같은 힘을 갖고 있으리란 법은 없었다.

　육대세가 운운한 것도 모두 자신을 속이려 했던 것임을 오래전에 깨달았다.

　'얼어 죽을, 육대세가? 뭐, 사천당문과 자웅을 겨뤄? 나는 빠질 테니 가주, 주모, 소가주 셋이서 당문과 잘 싸워보시오!'

　유청은 속으로 욕지거리를 했다.

　하지만 자신도 한심하기는 마찬가지였다.

가주의 말에 한 점 의심도 없이 신이 나서 따라왔으니까 말이다. 결국 모든 것은 자신이 자초한 일이었다.

이럴 바에야 소림의 속가제자, 아니, 소림에서 일하는 하인이라도 되는 편이 오히려 나았다.

그도 아니면 아버지한테 회초리를 맞으며 글이나 읽어도 이보다 나쁘지는 않았을 것이다.

'그때 따라오지 말걸!'

유청의 고생길은 그것으로 끝나지 않았다.

*   *   *

유청은 성록루에서 다시 타 온 차를 주모에게 내밀었다.

꼭두새벽부터 일어나 백호복운을 수련하랴, 차 심부름 하러 뛰어다니랴, 그 와중에 아침까지 걸렀으니 죽을 맛이었다.

'아침부터 똥개 훈련이나 시키고 지랄이야!'

다행히 주모는 새로 타 온 차가 마음에 드는지 다 마실 때까지 별말이 없었다.

잔소리가 없어서 다행이다 싶을 때였다.

주모가 다기를 내려놓으며 말했다.

"푸른 대나무 숲을 여행하고 나니 짭짤한 흙 내음을 맛보고 싶구나. 오늘 점심은 동파육으로 해라."

"동파육이요?"

"왜, 안 되느냐?"

"그게 아니라… 알겠습니다."

유청은 말을 얼버무리며 안채를 떠났다.

'어쩐지 그냥 넘어간다 싶었지.'

시인 소동파가 즐겨 먹었다는 동파육(東坡肉)은 돼지고기를 찜기에 넣어 한 시진 넘게 푹 쪄내야 되는 요리다.

하지만 그런 사정을 주모한테 말해봤자 '어~서~!' 소리만 들을 뿐이란 것을 잘 알고 있었다.

'할 수 없지. 속성으로 어떻게 해봐야지.'

유청은 체념하며 주방으로 향했다.

하루 세 끼 식사 준비를 하는 것도 유청의 몫이었다.

세가에는 가주, 주모, 소가주, 그리고 유청 외에는 요리사는커녕 하인 하나 없었다.

'요리까지 성록루에서 시켜 먹지 않는 게 천만다행이다.'

생각은 그렇게 했으나 위안은 안 됐다.

나무 때고, 장작 나르고, 닭 잡고, 채소 씻고, 불 피우고, 요리하고, 설거지하는 등, 모든 허드렛일을 유청이 혼자 몽땅 해치워야 하는 것이다.

게다가 셋밖에 안 되는 가주 식구들의 입맛도 제각기 달랐다.

가주는 담백하고 재료 본연의 맛을 살린 요리를 좋아했다.

반면에 주모는 기름지고 맵고 짠 걸 좋아했다.

소가주는 젊은 여자가 그렇듯이 달콤한 것을 좋아했다.

셋의 입맛이 상반되니 중간에서 유청만 고생이 말이 아니었다.

더군다나 세가가 대나무 숲 구석에 처박혀 있었기 때문에 음식 재료를 한꺼번에 많이 사서 얼음 창고에 넣어놔야 했다.

만약 재료가 돼지고기밖에 없으면 일주일 내내 돼지고기 요리만 해야 했다. 그렇게 돼지고기 하나만을 갖고 셋의 입맛에 맞게 따로 요리를 하다 보니 자연히 요리 솜씨가 늘 수밖에 없었다.

유청은 주방에 가서 식칼을 들고 호흡을 가다듬었다.

"그럼 시작해 볼까?"

동파육은 한 시진 이상을 자근자근 끓여서 간이 고기에 푹 배게 해야 제 맛이었다. 하지만 점심때까지는 많이 잡아도 반 시진이 겨우 남아 있었다.

유청은 비계가 두툼하게 붙은 돼지고기를 갖고 왔다.

그는 식칼로 껍질에 붙은 털을 면도하듯이 잽싸게 깎아냈다.

다음엔 돼지고기를 통째로 끓는 물에 넣었다가 바로 꺼냈다. 그런 후 생강, 대파, 간장, 설탕 등 갖은 양념을 소흥주(紹興酒)에 넣어 장국을 만든 다음 거기에 고기를 푹 담갔다.

장국이 고기 표면에 살짝 스며들자 곧바로 고기를 기름 두른 튀김 솥에 넣었다.

지글지글.

큼직한 직사각형의 고기가 튀겨지자 냄새가 주방 안에 진동했다.

'이렇게 해야 육즙이 빠지지 않는단 말야?'

유청은 고기를 돌려가며 겉면을 바싹 튀겼다.

고기가 갈색으로 익자 꺼내서 껍질 부분이 밑으로 가게 하여 큰 솥에 넣었다. 그리고 먼저의 장국을 고기가 삼분지 이쯤 잠기게 따랐다.

마지막으로 여덟 가지 향료를 고기 위에 뿌린 다음 뚜껑을 덮고 그 위에 커다란 돌을 올렸다.

'휴우, 겨우 끝났군.'

돌이 뚜껑을 눌러서 솥 안은 공기가 빠지지 않는다. 그렇게 하면 간이 빨리 배는 장점이 있지만, 서서히 졸여서 만든 동파육보다는 맛이 덜하다.

'이러면 동파육은 제 맛이 아니지만 별수 있나, 싫으면 먹지 말라지!'

고기가 익을 동안에도 쉴 틈은 없었다.

그는 식기와 젓가락을 닦고 쌀을 씻었다. 밥을 올리고 잠깐 한숨을 돌리자 어느새 뜸이 다 들었다.

밥을 푼 다음 고기를 꺼내니 갈색으로 짙게 간이 밴 동파육이 완성되어 있었다.

'향기 좋고!'

유청은 고기를 손가락 하나 굵기로 썰어서 미리 삶아놓은 청경채 등의 야채와 함께 접시에 올렸다.

그러나 요리는 끝났어도 식사 준비는 이제부터였다.

유청은 밥과 요리를 커다란 쟁반 위에 놓고는 거실로 갔다.

거실에는 항상 그렇듯이 가주, 주모, 소가주가 이미 식탁에 앉아 유청이 식사를 차리기만 기다리고 있었다.

가주가 말했다.

"유 총관, 오늘은 좀 늦는구나."

"죄송합니다. 얼른 올리겠습니다."

말은 그렇게 했지만 유청은 속으로 부아가 치밀어 올랐다.

다른 사람들은 전병 같은 걸로 간단하게 아침 요기를 했을 것이다.

하지만 자기는 아침도 굶으면서 점심까지 하고 있지 않은가!

'누구는 아침도 굶었는데 밥 좀 늦는다고 타박이냐!'

그러나 점심마저 제대로 먹을 수 없었다.

가주 식구들이 밥을 먹을 때 유청은 시중을 들어야 했기 때문이다.

"물 좀 더 갖고 오너라."

"청경채가 부족하구나."

"너무 짜! 좀 달게 하지 그랬어?"

그들은 먹으면서도 온갖 불평과 투정을 부렸다.

동파육 냄새가 콧속으로 파고들어 창자는 밥 내놓으라고 요동치는데, 밥은 못 먹고 쟁반을 들고서 쉴 새 없이 주방과 거실을 들락거려야 했다.

결국 유청은 제대로 앉아서 밥 한술 못 뜨고 말았다.

가주 식구들의 식사가 끝난 다음 주방에서 설거지를 하면서 남은 동파육 몇 점과 솥에 붙은 누룽지를 긁어 먹었다. 그게 오늘 처음으로 먹은 음식이었다.

문제는 오늘뿐만이 아니라 어제도 그제도 그랬고, 또 내일도 모레도 주방에서 구부리고 앉아 남은 음식을 처리하는 신세가 계속될 것이라는 것이다.

'에휴, 내 팔자야.'

그때였다.

가주가 부르는 소리가 들렸다.

"유 총관, 무공 수련을 시작할 터이니 본관으로 오거라."

하마터면 욕이 입 밖으로 나올 뻔했다.

'쌍! 밥 먹을 땐 개도 안 건드린다는 것도 몰라?!'

하지만 어쩌겠는가? 아무리 따져 봐도 지금 자신의 처지는 개만도 못했다.

"알겠습니다, 가주님!"

유청은 남은 음식 찌꺼기를 제대로 씹지도 못하고 정신없이 삼키고 마지막으로 물 한 잔을 허겁지겁 들이킨 다음, 본관으로 뛰어갔다.

가주는 점심을 먹고 난 뒤에는 꼭 소가주와 유청을 데리고 무공을 가르쳤다.

하지만 정작 유청은 아무것도 배우지 못했다.

'얼어 죽을 무공 수련!'

유청이 세가에 도착했을 때, 가주가 처음 가르친 무공은 권각(拳脚)을 쓰는 격투술이 아니라 목인비보라는 보법(步法)이었다.

가주는 보법을 가르치며 이렇게 말했다.

"무림인이란 상대를 공격하기에 앞서 먼저 자신의 몸을 자유로이 운신할 수 있어야 하는 법이다."

그때는 가주의 말에 유청도 고개를 끄덕였다.

하지만 어딘가 찜찜했다.

목인비보(木人飛步).

나무 인간이 날아다니는 보법이라니?

저잣거리를 숱하게 싸돌아다녔지만 생전 듣도 보도 못한 괴이한 이름이었다.

목인비보가 이상한 것은 이름뿐이 아니었다.

자신의 공격은 성공시키고 남의 공격은 피해야 하는 것이 보통의 보법이다. 때문에 걸음걸이도 중요하지만 몸을 움직이는 자세 역시 중요하다.

하지만 목인비보는 상체를 꼿꼿이 세우고 팔은 자연스럽

게 가슴 위로 올린 채 오직 하체만 움직여서 운신했다.

유청은 변변찮은 무공 하나 알려주지 않은 가주가 왜 목인비보만은 제대로 가르쳐 주었는지 시간이 지나자 그 이유를 깨달았다.

'식사 시중 잘하라고 가르쳤구나!'

상체를 세우고 양손은 수평으로 든 채로 발만 쉬지 않고 놀리는 것.

바로 음식 쟁반을 나르는 데 최적의 자세가 아니고 무엇이겠는가!

그제야 유청은 목인비보가 무슨 뜻인지 알 수 있었다.

시간이 지나자 유청은 커다란 쟁반을 양손에 들고 주방과 거실을 뛰어다니면서도 젓가락 하나 떨어뜨리지 않을 정도가 됐다.

목인비보가 유용한 것은 식사 시중 때만이 아니었다. 차 심부름을 하느라 성록루를 왕복할 때 찻물을 엎지르지 않는 것도 목인비보 때문에 가능했다.

가주는 항상 근엄하게 말하고 행동했지만 실은 주모한테 꼼짝 못하고 묶여 사는 공처가였다.

유청의 걸음이 느리면 차가 식어버릴 테고, 그러면 주모의 잔소리가 가주한테로 향할 것이 뻔했다.

결국 가주는 식사 시중과 차 심부름을 잘하라고 유청에게 목인비보를 가르친 것이었다.

유청은 나중에서야 가주의 속셈을 깨닫고 치를 떨었다.

'무림인이 뭐 어쩌고 어째? 결국 똥개 훈련시킨 거면서!'

유청은 지금도 무공 생각만 하면 이가 갈렸다.

세가로 오는 여행길에 백호복운 일 초식은 제대로 배웠다.

그러나 가주는 세가에 도착하자 입을 싹 씻었다. 지금까지 목인비보를 제외하고는 무공다운 무공은 하나도 가르쳐 주지 않았다.

상황을 알고 보니 이해가 됐다.

말만 총관이지 허드렛일이나 하는 하인으로 부려먹을 아이한테 무공을 가르쳐 줄 리가 없었던 것이다.

백호복운은 유청을 꼬시기 위해 가르치고, 목인비보는 유청이 걸음을 빨리해서 주모 심부름하는 데 지장이 없도록 가르쳤을 뿐이다.

결국 지금의 유청이 아는 것이라고는 백호복운 단 일 초식뿐, 그 흔해 빠진 음양오행권도 제대로 못다 배운 것이다.

그런 판에 무공 수련이랍시고 부르니 기분이 좋을 리 없었다.

어쨌든 유청은 늦을까 봐 서둘러서 본관으로 갔다.

본관에는 이미 가주와 소가주가 와서 기다리고 있었다.

"늦어서 죄송합니다."

"어서 들어오너라."

다행히 가주는 뭐라 따로 꾸지람을 하진 않았다.

그러나 소가주는 항상 그렇듯이 유청을 무슨 벌레 보듯 하는 얼굴이었다.

'제발 그 면상 좀 펴라! 누군 좋아서 이러는 줄 아냐?

소가주!

가주의 뒤를 잇는 서문세가의 후계자!

소가주 서문영옥은 유청과 같은 나이였다.

세가로 오는 여행길에 유청은 어떻게 소가주를 꼬셔서 결혼한 다음 자신이 소가주가 될까 온갖 궁리를 했다.

세가에 도착해서 처음 소가주를 봤을 때는 입이 헤벌레 벌어졌다. 당시 열 살의 어린애였던 유청의 눈에도 소가주의 미모는 눈이 부실 정도였다.

소가주를 꼬시려 마음먹었어도 외모가 형편없으면 어쩌나 하고 고민하던 찰나에 그 걱정이 눈 녹듯이 사라진 것이다.

하지만 사 년이 지나서 정작 이성에 눈뜨는 나이가 된 지금은 소가주라면 치를 떨었다.

소가주는 어려서부터 그런 새침데기가 따로 없었다. 얼굴은 예쁘지만 성격은 앙칼지고 변덕스러웠다. 가주와 주모는 유청을 죽도록 부려먹으면서도 그나마 총관 취급은 해줬지만, 소가주는 유청을 대놓고 무시했다.

어떻게 보면 소가주의 처지도 이해가 갔다.

한창 친구도 만들고 재미있게 놀 나이에 아버지란 작자가 세가를 만든답시고 시골에 틀어박혀 버렸으니 오죽 답답할까.

하지만 그것이 유청의 잘못은 아니지 않은가?

그런데도 소가주는 유청을 벌레같이 여겼다. 세가가 싫은 판에 아버지가 총관이라고 데려온 사람이라 해서 좋을 리 없었다.

안 그래도 삐뚤어진 소가주는 유청을 하루가 멀다 하고 괴롭혔다.

유청은 그때부터 얼굴만 예쁘고 성격 더러운 여자에게 학을 떼게 됐다.

가주가 소가주에게 무공을 가르칠 때 유청을 함께 부르는 데는 이유가 있었다.

세가에 대한 가주의 꿈은 확고했다. 그는 설령 자기 대(代)에 서문세가가 중원제일의 위치에 오르지 못하더라도 딸이 꿈을 실현시켜 주리라 희망했다.

가주가 궁리 끝에 내놓은 비법은, 딸에게 구파일방의 모든 무공을 가르치는 것이었다.

구파일방의 모든 무공을 몸에 익힌 자라면 능히 중원제일세가를 만들 수 있을 것이다!

그것이 가주의 '서문세가 중원제일세가 만들기 계획'의 일환이었다.

유청도 처음 그 얘기를 들었을 때는 놀라고 또 감동했다.

하지만 서문세가의 모든 걸 파악한 지금은 아니었다.

'저 싸가지없는 계집애가 잘도 중원제일세가의 가주가 되겠다!'

가주는 일정 기간 동안 문파를 정한 다음, 딸에게 그 문파의 무공을 가르쳤다.

물론 역사가 깊은 정파의 무공을 단기간에 익히는 것은 불가능했기에 가주는 가능한 한 초식과 검로(劍路)를 중심적으로 전수했다.

가주가 초식과 검로를 펼쳐 보이면 딸이 그것을 유청을 상대로 하여 그대로 재현하는 수순이었다.

유청은 가주의 지시에 따라 보법을 밟아 공격을 피하거나 반격했다. 유청이 내공 운용을 못하기 때문에 설령 딸이 공격을 피하지 못하고 맞더라도 크게 다칠 리는 없었기 때문이다.

이유야 어쨌든 간에 유청도 처음에는 구파일방의 무공을 흉내 내는 것만으로도 만족했다.

하지만 대부분의 무공은 호흡법이 따로 있으며 진기를 함께 운용해야 한다. 특히 구파일방의 정심한 무공일수록 더욱 그랬다.

결국 가주가 시키는 대로 제아무리 따라 해봤자 수박 겉핥기 식에 불과했다.

게다가 가면 갈수록 대련은 힘들어졌다.

유청은 내공 운용을 못하는 반면, 소가주는 날이 지날수록 내공이 쌓여갔다. 그러니 예전에는 가볍게 맞았던 공격도 지금은 잘못하면 뼈가 상할 정도로 손속이 매서웠다.

유청은 가주가 처음 만났을 때 한 말이 생각났다.

"그만하면 근골은 튼튼하군."

무언가 수상쩍던 그 말투!

전신을 샅샅이 훑던 그 눈빛!

어쩐지 자신을 보는 눈이 정육점에 매달린 돼지고기를 보는 것 같다 했다.

'그때 저 사기꾼 놈의 정체를 알아챘어야 했는데!'

결국 가주가 유청의 근골을 봤던 것은 소가주에게 매 맞을 상대를 구하려 했기 때문이다.

유청이 과거의 생각에 잠겨 있을 때, 가주의 불호령이 떨어졌다.

"유 총관, 정신을 어디다 팔고 있느냐?"

"아, 죄송합니다."

유청은 소가주 앞으로 가서 포권을 취하며 말했다.

"가르침을 바랍니다."

"좋을 대로."

소가주는 평소 하던 대로 콧방귀를 뀌며 하대했다.

'싸가지없는 년!'

"오늘은 무당면장으로 대련해 봐라. 시작하거라."

가주의 말이 떨어지자 소가주가 자세를 취했다.

소가주는 왼발을 앞으로 딛고, 왼손은 손바닥이 위로 가게 하여 내민 다음, 오른손은 어깨 위로 들어 올렸다. 그리고 왼발의 뒤꿈치를 살짝 들었다.

왼손에서 팔과 어깨를 지나 오른손까지 이어지는 선이 둥 그렇게 반원을 그리는 자세.

바로 그 유명한 무당파의 기수식이었다.

소가주가 피식, 냉소하며 말했다.

"준비됐지? 행운을 빌어."

행운을 빈다는 말이 아예 끝장을 내주겠다는 소리로 들렸다.

"하앗!"

그녀는 자세도 취하지 않은 유청에게 달려들었다.

유청은 생각했다.

'어차피 대련이 아니라 날 패려는 것이니 준비가 됐든 말든 저년이 봐줄 리 없지.'

아무리 매 맞는 상대역이라 해도 일부러 정통으로 맞을 필요는 없었다.

유청은 오른발을 뒤로 빼며 목인비보를 밟을 태세를 갖췄다.

스으으.

소가주의 오른손이 완만한 곡선을 그리며 부드럽게 날아

왔다.

바로 무당파의 비전 장법인 무당면장(武當綿掌)이었다.

소가주의 장격(掌擊)은 얼핏 보면 느려서 무공의 무 자도 모르는 사람이라도 충분히 피할 수 있을 듯 보였다.

그러나 그것이 무당 무공의 진정한 위력이었다.

중원무림 각파의 무공은 백호복운처럼 초식의 끝에 외공과 내공의 힘을 강맹하게 폭발시키는 게 보통이다.

하지만 무당 무공은 초식의 처음과 끝이 따로 구분되지 않았다. 일 초식 일 초식이 딱딱 끊어지지 않고 물 흐르듯 이어졌다.

또한 겉으로 보기에는 부드러워도 절대 무시할 수 없었다. 얼마 전에도 한 대 잘못 얻어맞았다가 꼬박 일주일을 끙끙거리며 고생해야 했다.

'눈에 보이는 것만 피하려 하면 큰일 난다.'

탓탓탓.

목인비보는 주역 육십사괘의 방위에 따라 발을 옮기는 보법이었다. 유청은 목인비보를 사용하여 곤괘(坤卦) 방위로 발을 옮겨서 연거푸 세 걸음을 뒤로 물러섰다.

예상대로 소가주의 장격은 멈추지 않았다. 그녀의 가녀린 섬섬옥수는 유청이 몸을 피한 쪽을 따라 자연스럽게 방향을 바꾸어 날아왔다.

아예 유청을 때려눕히려고 작심했는지 소가주의 얼굴에는

차가운 미소가 보였다.

'이년이 진짜!'

하지만 유청도 당하고 있지만은 않았다.

무공 자체로만 따지자면 유청은 가주에게 특별 지도를 받는 소가주에 비할 바가 못 됐다. 매일 소가주와의 대련에서 유청이 하는 것은 목인비보를 써서 피하는 게 대부분이었다.

따라서 할 줄 아는 게 하나밖에 없었기에 사 년 동안 목인비보에만 매달린 유청의 운신법(運身法)만은 소가주를 훨씬 능가했다.

유청은 위기에 닥치자 육십사괘 방위 중에서 오른발로 명이괘(明夷卦)를 밟은 다음, 왼발을 뒤로 돌려 가인괘(家人卦)를 짚어 나갔다.

유청의 몸이 오른쪽으로 가는가 싶더니 순간 왼쪽으로 핑그르르 돌았다.

휘익.

소가주의 오른손이 유청의 옆구리를 살짝 스쳐 지나갔다.

공격이 실패하자 소가주는 고개를 돌려 유청을 노려봤다.

"감히 내 무당면장을 피해?"

"……."

할 말이 없었다.

당연히 피해야지 멍청히 서서 맞으란 소린가!

소가주는 입술을 깨물더니 다시 쌍장(雙掌)을 날렸다.

그때,

소가주의 장격이 흐릿해지는가 싶더니 갑자기 봄바람에 흩날리는 꽃잎처럼 유청의 가슴으로 날아들었다.

유청은 발끈해서 소가주를 쳐다봤다.

'매화장법(梅花掌法)?!'

매화 꽃잎이 떨어지는 듯한 착각을 일으키는 장법.

그것은 바로 구파일방의 하나인 화산파의 비전 절기인 매화장법이었다.

무당면장이 겉으로 보기엔 단순하지만 강한 내공을 폭발시키는 파괴력을 가진 반면, 매화장법은 바람에 둥둥 떠서 날아드는 매화 꽃잎이 어디로 떨어질지 모르는 것처럼 화려하고 변초(變招)가 다양했다.

가주는 분명 무당면장으로 대련하라고 했는데, 갑자기 매화장법으로 수법을 바꾸다니!

생사를 놓고 다투는 무림의 결투에서는 그런 속임수가 정당할지도 모른다. 속임수를 쓰는 자가 비겁한 게 아니라 속임수에 당하는 자가 어리석은 것이 무림의 법칙이니까.

하지만 지금은 결투가 아니라 대련이지 않은가?

그것도 남이 아니라 같은 세가의 식솔한테 대놓고 비열한 속임수를 쓸 줄이야!

유청은 치를 떨었다.

소가주의 성격이 아무리 더럽다고 해도 이렇게까지 유치

하게 나올 줄은 몰랐다.

'치사한 년! 그렇다고 내가 맞아줄 줄 알았냐?'

사 년 동안 소가주한테 온갖 문파의 무공으로 얻어맞아 온 유청도 초식을 꿰뚫어 보는 눈썰미 하나만큼은 보통을 넘어섰다.

소가주의 쌍장이 몸에 적중하려는 찰나,

유청은 목인비보의 구명절초(求命絶招)를 펼쳤다.

비괴능파(飛傀陵波)!

유청은 양발을 교차해서 순식간에 팔괘(八卦)를 밟았다.

그의 신형이 소가주의 쌍장을 스치듯이 피해서 그녀의 옆으로 돌아갔다.

유청은 회심의 미소를 지었다.

그런데 문득 이상한 느낌이 들었다.

지금 자신의 몸이 공교롭게도 백호복운 초식을 펼치면 딱 좋을 자세가 되어 있지 않은가!

사 년 동안 하루도 거르지 않고 세가와 성록루를 오가며 수련했던 백호복운이다. 그러니 굳이 머리로 생각하지 않아도 몸이 먼저 자연스레 백호복운 자세를 취하고 있었다.

찰나의 순간, 유청은 고민했다.

'그냥 쳐버려?'

소가주와 열 번 대련하면 그중 아홉 번은 유청이 졌다. 그나마 한 번 이길 때도 내공 운용을 못하는 유청의 공격은 별

다른 타격을 주지 못했다.

반면 소가주는 자신이 유리하다는 걸 알면서도 손속에 정을 둔 적이 한 번도 없었다.

'에라, 될 대로 돼라!'

소가주의 도도한 콧대를 꺾을 천우신조의 기회였다.

유청은 왼발을 힘차게 구르면서 허리를 비틀어 힘을 어깨로 전달했다. 그러자 전신의 힘이 오른 주먹에 모였다.

사 년 동안 쌓인 불만이 그 한주먹에 터졌다.

그때였다.

패배를 직감했는지 소가주가 눈썹을 찡그리며 눈빛을 흐리는 모습이 시야에 들어왔다.

중원 역사상 사대미인에 꼽힌다는 서시가 그러했다던가?

당시 서시가 가슴이 아파서 얼굴을 찡그리는 모습에 숱한 남자들이 넘어갔다고 하는 이야기가 있다. '경국지색(傾國之色) 서시를 낳은 것은 다름 아닌 가슴앓이병이다'란 말까지 있었다.

소가주의 지금 얼굴이 그러했다.

평소 도도하고 앙칼지던 소가주가 눈썹을 찌푸리며 당황하는 얼굴이 그렇게 예쁠 수가 없었다.

순간 마음이 흔들렸다.

게다가 아무리 내공이 실리지 않은 반쪽짜리 백호복운이라고 해도 사 년간 수련을 거듭해 쌓인 외공은 무시할 만한 게 아니었다.

만에 하나 소가주에게 부상이라도 입힌다면?

안 그래도 속 좁은 가주가 금지옥엽 같은 딸이 다치는 꼴을 그냥 보고 넘길 리 없다.

'그래, 참자, 참아! 참을 인(忍) 세 번이면 죽은 사람 목숨도 구한다잖아?'

권격이 소가주의 명치에 적중하려던 찰나, 유청은 팔을 움츠리며 주먹을 회수했다.

그런데 이미 출수한 권격을 억지로 멈추려 한 것이 사단을 일으켰다.

'어어어?'

관성의 힘을 이기지 못한 손바닥이 소가주의 가슴으로 향한 것이다.

물컹!

유청은 그만 소가주의 가슴을 정통으로 움켜쥐고 말았다.

'아!'

여자는 남자보다 빨리 성숙해진다. 열네 살의 나이지만 소가주의 가슴은 이미 봉긋하게 솟아 오른 성인 여성의 것이었다.

유청은 생전 처음 느끼는 미묘한 감각에 얼굴이 확 달아올랐다. 분명 같은 살인데 손에 와 닿는 감촉이 그렇게 부드러울 수가 없었다.

'이게 여자의 가슴이구나!'

유청이 가슴을 움켜쥐고 멍하니 있자, 소가주는 대번에 얼굴이 시뻘게졌다.

"너, 너……."

'아뿔싸!'

유청은 화들짝 정신을 차리며 소가주의 가슴에서 손을 뗐다.

정상적인 무공 대련이라면 거기에서 끝나야 했다.

소가주의 가슴을 만지기는 했으나 따지고 보면 유청이 봐주었기 때문에 생긴 일이었다. 적어도 가주 앞에서 그녀를 쓰러뜨려 체면을 깎는 것은 피했다고 생각했다.

그러나 소가주는 그렇게 생각하지 않았다.

하찮은 총관 따위가 감히 날 희롱해?!

소가주는 대련에 졌다는 것보다 유청이 자신을 봐줬다는 사실이 참을 수 없었다.

게다가 태어나서 누구도 만지지 못한 자신의 가슴을 유청이 움켜쥐었으니…….

소가주는 마치 순결을 잃은 것처럼 기분이 더러웠다.

그녀는 오른손을 높이 들어서 유청의 뺨을 내려쳤다.

유청은 안 그래도 백호복운을 펼치려다 말아서 몸의 균형을 잃은 상태였다. 준비를 하고 있다가 맞는 것과 무방비 상태로 맞는 것은 큰 차이가 있다.

다급해진 유청은 손을 들어 말렸다.

"소가주님! 잠깐만요!"

하지만 소가주는 손속에 조금의 정도 두지 않았다.

오히려 차갑게 씨익 웃었다.

유청은 그녀의 미소를 보며 몸서리를 쳤다. 어린애들이 아무 생각 없이 돌을 던져 개구리를 죽이는 듯한 그런 미소였다.

게다가 유청의 몸이 기운 상태였기 때문에 소가주의 손바닥은 뺨이 아니라 하필이면 귀 뒤쪽을 후려치고 말았다.

텅!

뺨을 맞았으면 짝! 하는 소리가 나야 할 텐데 무슨 텅 빈 나무 그릇 두드리는 소리가 났다.

얼핏 보기에 그냥 뺨을 때린 것 같지만, 무공이 몸에 익은 소가주의 손이 내공을 실은 무당면장의 수법으로 친 것이다.

눈앞에서 번개가 번쩍였다.

귀 뒤쪽은 인체의 모든 신경이 밀집해 있는 곳이다. 몸의 균형을 관리하는 기관이 귓속에 있으며, 무엇보다 뇌신경이 지나가는 곳이다.

그곳을 내공이 실린 무당면장으로 맞았으니!

'어?'

몸이 말을 안 들었다. 마치 무림 고수한테 혈도를 짚인 것처럼.

유청의 몸이 일자로 꼿꼿하게 넘어갔다.

설상가상으로 소가주는 쓰러지는 몸을 잡아주지는 못할망

정 피하면서 어깨로 살짝 밀어버리는 게 아닌가!

그는 쓰러지는 와중에도 속으로 욕을 했다.

'이런, 쌍! 그냥 백호복운으로 쳐버렸어야 했는데!'

그리고 후회했다.

'맞을 때 맞더라도 가슴이나 실컷 주무를걸!'

유청은 정신을 잃으며 바닥에 고꾸라졌다.

*   *   *

얼마나 시간이 흘렀을까. 누군가의 목소리가 들렸다.

"정신이 드느냐?"

눈꺼풀에 돌덩이가 매달린 것 같았다.

겨우 눈을 뜨자 가주가 무표정한 얼굴로 바닥에 누워 있는 자신을 내려다보고 있었다.

"예……."

유청은 힘들게 몸을 일으켰다.

아직도 머리가 깨질 듯이 아프고 속이 울렁거렸다.

내공이 실린 무당면장으로 다른 곳도 아니고 뒤통수를 직격당했으니 오죽하랴. 그나마 소가주의 내공 수위가 높지 않은 것이 천만다행이었다.

얻어맞을 때 입술을 깨물어 피가 났는지 입맛이 썼다.

하지만 무엇보다 마음이 아팠다.

도대체 자신이 잘못한 게 무언가? 온갖 허드렛일을 시키는 대로 다 하지 않았는가? 말뿐인 총관이지만 언젠가 무림에 진출할 날을 꿈꾸며 궂은일 하나도 소홀히 하지 않았다.

그런데 그 대가가 죽지 않을 만큼 맞는 것이라니?

원통했다.

대체 왜 이곳에 붙어 있는 걸까 하는 회의가 일었다.

가주가 말했다.

"일이 커지기 전에 내가 막았어야 하는데 유감이구나. 소가주한테는 내가 큰 벌을 내렸으니 오늘 일은 크게 마음에 두지 말아라."

그러고 보니 소가주가 보이지 않았다.

유청은 가주의 말을 반신반의했다. 눈에 넣어도 아프지 않을 무남독녀에게 그가 벌을 내릴 리가 없었다.

하지만 궁금함을 이기지 못하고 물었다.

"저어, 어떤 벌을 내리셨습니까?"

그래도 소가주가 벌을 받았다는 말을 들으니 고소했다. 동시에 걱정도 됐다.

소가주가 괘씸한 건 당연하지만 그렇다고 가주가 벌을 내린다면 유청으로서도 꼭 반길 수만은 없는 일이었다. 그런 일이 있으면 그녀는 꼭 기억했다가 시간이 지난 뒤에도 별의별 치사한 방법으로 보복을 했기 때문이다.

가주의 말은 역시나 유청의 기대(?)에 어긋났다.

"오늘 무당면장을 백 번 수련하도록 명했다."

유청은 쓴웃음을 지었다.

'쳇! 네가 그러면 그렇지. 그게 벌이냐?'

속 좁은 가주한테 잠깐이라도 믿음을 가졌던 게 잘못이다.

무당면장을 백 번 해봤자 결국 소가주에게 득이 됐으면 됐지 해가 될 리는 없지 않은가!

그래도 천성이 게으른 소가주가 지금쯤 억지로 무당면장을 반복하고 있을 것을 상상하니 조금은 위안이 됐다.

유청은 가주에게 머리를 조아리며 말했다.

"저는 그만 가보겠습니다."

집안일이 태산처럼 쌓여 있어 몸이 좀 아프다고 해서 쉴 수 있는 형편이 못 됐다.

그런데 가주가 나가려던 유청을 붙잡았다.

"잠깐 있어라."

"예?"

"오늘은 저번에 못다 한 내공 수련을 끝마치자."

"네? 지금 말입니까?"

유청은 해도 너무한다는 눈빛으로 가주를 봤다. 하지만 가주는 그런 눈치를 아는지 모르는지 무표정한 얼굴로 말했다.

"왜, 싫으냐?"

"아닙니다⋯⋯."

'어째 요즘 뜸하다 싶었지.'

유청은 땅이 꺼져라 한숨을 내쉬었다.

내공 수련.

세가에 처음 들어와 내공 수련을 시작하자는 말을 들었을 때는 뛸 듯이 기뻤다.

중간에 웬 거지의 말을 듣고 오대세가로 방향 전환을 하긴 했지만 원래 유청의 꿈은 구파일방이 아니었던가!

내공 수련이야말로 진정한 무림인이 되는 왕도(王道)였다.

음양오행권을 보면 알 수 있듯이 무공 초식은 무공의 문외한도 어설프게나마 따라 할 수 있었다.

하지만 내공 수련은 달랐다. 무공이 크게 외공과 내공으로 나뉘어진다고 하지만, 내공이 전혀 실리지 않은 외공은 큰 위력을 발휘하지 못한다. 결국 내공의 유무가 진정한 무림인을 가리는 척도라 할 수 있었다.

때문에 가주의 입에서 내공 수련이란 말을 처음 들었을 때는 가슴이 쿵쾅거려 일을 못할 정도였다.

그러나 사 년이 지난 지금, 내공이 쌓이기는커녕 실망만 늘어났다.

너무나 실망한 나머지 이제 내공 수련에 대한 기대는 전혀 없었다. 오히려 그 시간이 빨리 지나갔으면 하는 바람뿐이었다.

어쨌든 가주는 한 번 입 밖에 낸 말을 다시 바꾸는 성격이 아니었다.

유청은 도살장에 끌려가는 소의 심정이 되어 자리에 앉았다.

가주가 유청의 뒤로 돌아가 앉으며 말했다.

"웃옷을 벗어라."

"예."

유청은 옷을 벗어서 무릎 앞에 놓았다. 막 사춘기에 들어선 나이라 아직 근육이 발달하지 않은 매끈한 등이 모습을 드러냈다.

"마음을 가라앉혀라. 희로애락의 어떤 감정도 품어서는 안 되느니라."

'너 같으면 잘도 그러겠다!'

유청은 속으로 발끈했다. 다행히 등을 보이고 앉았기 때문에 잔뜩 찌푸린 얼굴을 들킬 염려는 없었다.

"그럼 시작하마."

말이 끝남과 동시에 가주의 양 손바닥이 등에 닿는 것이 느껴졌다.

유청은 움찔하며 허리를 바로 세웠다. 내공 수련이 시작되면 일체 딴마음을 가져서는 안 됐다. 그는 길게 숨을 내쉬며 의념을 집중했다.

가주의 쌍장에서 은은한 기운이 유청의 명문혈(命門穴)로 조금씩 들어오기 시작했다.

"후우우우… 하아!"

유청은 가주가 진기를 불어넣는 것에 맞춰서 숨을 길게 들이쉬었다가 짧게 내뱉는 것을 반복했다.

가주의 내공 수련은 항상 이런 수순이었다.

유청이 옷을 벗은 채 등을 돌리고 앉으면, 가주가 진기를 불어넣은 다음 어떻게 운용할지를 일러주었다.

처음에야 기쁘다 못해 황송할 정도였다.

혈연도 없는 총관에게 세가의 내공심법을 가르쳐 주는 것도 모자라서 가주가 직접 진기를 넣어주다니!

유청은 감사한 마음에 내공 수련에 매진했다. 잡일을 끝마치고 밤이 되면 잠을 줄여서까지 수련에 몰두했다.

그런데 날이 가면 갈수록 무언가 잘못됐다는 것을 알게 됐다.

그도 그럴 것이, 가주가 전수하는 내공심법이 심심하면 바뀌었기 때문이다.

내공심법이 바뀌는 것 자체야 아무 문제 없었다. 명문정파에서도 처음에는 단전을 깨끗이 하고 진기를 쌓기 위한 기초를 닦기 위해 기본적인 내공심법을 가르친다. 그런 다음 좀 더 높은 경지의 내공심법으로 바꾸어서 단계를 밟아 나간다.

그러나 아무리 생각해 봐도 가주의 방식은 이상했다.

좀 익숙해질 만하면 내공심법이 바뀌었으니 제대로 진기를 쌓는 것이 불가능했다. 배우는 내공심법들이 어떤 일정한 체계가 있는 게 아니라 하나하나가 서로 상관없는 진기 운용 방식을 갖고 있었다.

사정이 그러하니 진기가 쌓일 리 없었다.

아니, 쌓이기는커녕 수련을 좀 해볼라 치면 몸속에서 서로 다른 진기들이 충돌하며 난리법석을 떨었다.

가주의 수상한 점은 그뿐만이 아니었다.

가주는 툭하면 세가를 떠나 중원에 다녀왔다. 백당이 사천 시골이니만큼 한번 떠나면 최하 삼 개월에서 길면 반년이 걸렸다.

그리고 그때마다 유청에게 새로운 내공심법을 가르쳤다.

그렇다면 결론은 하나였다.

'나를 두고 내공심법을 실험하는구나!'

그랬다.

정확한 사정은 모르지만 가주는 유청에게 여러 내공심법을 실험하는 게 분명했다.

하지만 도무지 이유를 알 수 없었다.

내공심법의 효과를 알지 못하면 그냥 익히지 않으면 그만이다. 굳이 자신에게 진기를 불어넣으면서까지 실험할 필요야 없지 않은가?

게다가 매번 중원에 다녀올 때마다 새로운 내공심법을 가르치는 것도 마음에 걸렸다.

결국 시간이 갈수록 유청만 죽을 맛이었다.

멀쩡한 사람에게 진기를 불어넣어 이상한 내공 수련을 시키니 몸만 축났다.

내공심법 하나를 제대로 배운 것이 아니라 잡다하게 이것저것 알고 있으니 함부로 진기를 운용할 수도 없었다.

결국 유일하게 아는 무공 초식인 백호복운조차도 진기를 신지 못하는 반쪽짜리 초식이 돼버렸다.

유청이 이런 저런 생각을 하는 와중에도 단전에는 따뜻한 기운이 계속 넘쳐흐르고 있었다.

그러자 점점 잡념이 사라지며 무아지경의 상태에 빠지려 했다.

그때 가주의 손에서 엄청난 힘이 쏟아져 들어왔다.

"진기를 백회혈로 운행해라!"

단전에만 정신을 집중하던 유청은 자신도 모르게 가주의 말대로 했다.

뜨거운 기운이 척추를 따라 위로 올라갔다.

가주의 명령은 계속됐다.

"기해의 진기를 모아 화(火)의 기운을 불러라!"

순간 유청은 자신의 귀를 의심했다.

'백회혈로 진기를 운행하면서 화(火)로 바꾸라고?'

하지만 계속해서 가주가 진기를 불어넣고 있는지라 달리 방법이 없었다. 유청은 가주의 말대로 했다.

그때였다.

쿠웅!

머리에서 천둥번개가 울렸다. 머릿속에서 뇌가 흔들리며

종을 치는 것 같았다.

"허억!"

순간 숨이 턱 막혔다.

백회혈은 머리의 맨 위 정수리에 있는 혈도다. 두뇌를 관장하는 혈도이기 때문에 항시 맑은 진기가 통하도록 해야 한다.

그런데 진기를 화의 기운으로 바꾸어 백회혈로 보냈으니, 머리에다 불을 붙이고 뇌를 찜기에 넣은 것이 아니고 무엇이겠는가!

게다가 소가주한테 무당면장으로 뒤통수를 맞은 게 불과 반 시진도 되지 않은 참이다. 그런 와중에 잘못된 진기가 머리로 올라가서 좌충우돌하며 내려오지 않으니 활활 타는 불에 기름을 부은 격이었다.

머리를 뒤흔드는 충격에 비명도 나오지 않았다.

눈에는 핏발이 서고 전신의 근육이 뒤틀렸다.

잘못 운용된 진기가 몸속에서 충돌하여 제멋대로 날뛰는 상태.

바로 주화입마(走火入魔)의 지경이었다.

'또냐? 빌어먹을!'

그 와중에도 유청은 속으로 욕지거리를 했다.

"커커컥……."

숨을 쉴 수 없자 입이 크게 벌어지고 혀가 밖으로 나왔다. 질질 흐르던 침이 거품으로 바뀌려 했다.

그때 갑자기 단전에서 기운이 빠져나가기 시작했다.

유청이 주화입마에 들려 하자 가주가 재빠르게 진기를 거꾸로 운용하여 제멋대로 돌아다니는 기운을 흡수한 것이다.

몸속의 진기가 모두 사라지자 호흡이 다시 돌아왔다.

하지만 한바탕 난리를 겪고 나자 전신의 기운이 하나도 없었다.

결국 유청은 그대로 방바닥에 쓰러졌다.

털퍼덕!

차 한 잔 마실 시간이 지나자 유청은 힘들게 몸을 일으켰다. 전신에 식은땀이 흘러 옷이 축축이 젖어 있었다.

가주가 물었다.

"괜찮느냐?"

'니 눈엔 이게 괜찮은 걸로 보이냐?'

욕이 입에서 나올랑 말랑 했다. 그러나 유청은 꾹 참고 억지로 웃음을 지어 보였다.

"참을 만합니다."

"내공 수련은 빠뜨리지 않고 하고 있겠지?"

"예……."

물론 거짓말이었다.

혼자 수련할 때는 가주가 진기를 넣어주지 않아 덜하다고는 하지만, 결국 시간이 지나면 지금처럼 고통이 오는 건 마찬가지였다.

게다가 혼자 내공 수련을 하다가 지금처럼 주화입마라도 들면 끝장이 아닌가!

그런 사정을 모를 리 없을 텐데도 태연히 수련에 대해 묻는 가주가 죽이고 싶을 만큼 미웠다.

가주는 품에서 엄지손가락만 한 환단을 꺼냈다. 환단은 전체가 핏빛으로 붉은색을 띠고 있었다.

"이걸 먹어라. 잘못 운용된 진기를 가라앉히고 내공 증진을 도와줄 것이다."

가주의 손바닥에 놓인 환단을 보자 유청은 치가 떨렸다.

서문세가에서 도망치지 못하는 결정적인 이유!

그것이 바로 저 환단이었다.

유청이 조심스레 말했다.

"오늘은 속이 너무 안 좋습니다. 잘 뒀다가 내일 먹으면 안 될까요?"

그러나 가주는 눈에 힘을 주며 말했다.

"지금 먹어라."

"……."

더 이상 뭐라 말을 했다가는 가주가 눈치를 챌지도 몰랐다.

유청은 하는 수 없이 환단을 받아 들고 입속에 넣었다. 억지로 미적미적 씹고 있자 가주의 호통이 떨어졌다.

"삼켜라!"

꾸울꺽.

유청은 눈물을 머금고 환단을 삼켰다.

속 좁은 가주는 믿지 못하겠는지 재차 확인까지 했다.

"입을 벌려보아라."

'삼켰다는 데도 못 믿냐?!'

유청은 아~ 하고 입을 크게 벌렸다. 환단을 삼킨 걸 확인한 후 가주는 본관을 나서며 말했다.

"잠시 중원에 다녀오겠다. 오늘 밤에 떠나면 삼 개월 후에야 돌아올 것이다. 주모와 소가주를 잘 뫼시도록 해라."

가주가 나가려 할 때, 유청은 참았던 말을 꺼냈다.

"저어……."

"왜 그러느냐?"

"혹시 귀가가 늦어지실지 모르니 청(靑)환단을 하나 주고 가시는 게 어떨까요?"

"걱정 마라. 백 일 안에 돌아올 것이니까."

"예……."

가주는 더는 할 말이 없다는 듯 몸을 돌려 본관을 나섰다.

가주가 사라지자 유청은 옷이 더러워지건 말건 바닥에 대자로 털퍼덕 누워버렸다.

'뭐, 내공 증진 환단이라고? 입에 침이나 바르고 거짓말해라!'

가주는 유청이 세가에 도착한 다음날부터 꼭 삼 개월에 한 번씩 적환단을 먹였다.

처음에는 정말로 내공이 증진되는 환약인 줄로만 알았다.

그러나 다음에 이어지는 말이 수상쩍었다.

"방금 것은 내공 증진을 도와주는 적환단이다. 하나 백 일 후까지 청환단을 복용하지 않으면 단전에 무리가 온다. 종국에는 단전이 파괴되면서 주화입마에 들게 되지. 그 점을 명심해라."

그러나 아무리 적환단을 먹고 수련을 거듭해도 내공 증진에는 진도가 없었다. 오히려 조금만 진기를 운용해도 오장육부가 뒤틀리는 일이 허다했다.

언제부터인지 모르지만 유청은 환단의 정체를 깨달았다.

'내공 증진 환단일 리가 없다!'

제대로 된 내공심법 하나 가르쳐 주지 않으면서 내공 증진 환단을 줄 리가 없었다.

무엇보다 그 청환단!

세상에 어떤 내공 증진 환단이 백 일이 될 때까지 또 다른 환단, 즉 해약을 먹지 않으면 안 된단 말인가?

가주의 속셈은 분명했다.

'내가 도망치지 못하게 먹이는 거구나!'

그게 아니라면 굳이 삼 개월에 한 번씩 적환단을 먹이고, 또 해약이랍시고 청환단을 먹일 이유가 없다.

중원에 다녀올 때도 마찬가지였다. 만약 반년 후에 돌아올 예정이라면, 먼저 적환단 두 알을 먹게 하고서 중간에 먹으라고 청환단 한 알을 주고 갔다.

때문에 가주가 중원행을 할 때마다 노심초사했다. 가주가 세가에 있으면 청환단을 먹는 데 문제가 없지만, 중원행을 하다가 혹시라도 제시간에 못 오면 어떡한단 말인가?

거기에까지 생각이 미치자 이번에는 적환단의 정체가 궁금해졌다.

추리를 거듭하던 유청은 문득 한 가지 생각에 몸서리를 쳤다.

'설마 독약?!'

내공 증진에는 전혀 도움이 안 되면서 백 일 안에 해약을 먹지 않으면 안 된다.

그렇다면 그게 독약이 아니고 무엇이겠는가!

그 사실을 깨달은 후부터 유청은 세가를 도망칠 엄두도 내지 못했다.

가주가 없을 때 몰래 온 세가를 샅샅이 뒤진 적도 있었다.

하지만 어디에도 청환단은 보이지 않았다.

유청은 바닥에 누운 채로 희멀건 천장을 바라봤다.

"오대세가라……."

그렇게 소원하던 세가에 들어오기는 했다.

하지만 가주, 주모, 소가주와 총관인 자신 말고는 아무도 없는 이름뿐인 세가이다.

하는 일이라고는 주모의 심부름하느라 정신없이 뛰어다니고, 소가주한테 매 맞는 상대역을 하고, 가주의 내공심법 실험체나 되어주는 게 전부였다.

할 수만 있다면 당장이라도 도망치고 싶었다.

그러나 이곳은 사천 끄트머리의 백당이다.

마을에서 몇 걸음만 벗어나도 험준한 산맥이 길을 막고 있다. 무작정 도망쳤다가는 길을 잃고 산속에서 굶어 죽을지도 몰랐다.

설령 도망치는 데 성공하더라도 청환단을 먹지 못해 백 일 후에 주화입마가 온다면 어떡하겠는가?

오대세가의 꿈은 고사하고 객지에서 개죽음당하는 꼴밖에 더 되겠는가?

유청은 멍한 눈으로 중얼거렸다.

"일 권, 일 초라도 삼 년을 수련하면 소림의 문턱을 넘나들고, 십 년을 수련하면 군림천하한다라……."

갑자기 그는 킥킥대며 웃었다.

"시정잡배도 할 줄 아는 백호복운과 식사 시중 잘하기 위해 배운 목인비보로 군림천하하겠다고? 하하, 하하하……."

자신을 비웃는 쓴웃음은 잠시 동안 건물에 울려 퍼졌다.

그러다가 유청은 피곤한 나머지 까무룩 잠이 들었다.

하지만 잠든 그의 입에서 중얼거리는 잠꼬대는 멈추지 않고 계속됐다.

"언젠가는 반드시… 군림천하……."

第三章

가주의 정체

다음날 아침.

밤새 끙끙 앓던 유청은 겨우 자리에서 일어났다.

어제 소가주한테 뒤통수를 무당면장으로 맞은 데다 가주
가 가르쳐 준 내공심법으로 인해 주화입마 직전까지 갔으니
몸이 정상일 리 없었다.

하지만 만신창이가 된 몸을 이끌고 성록루로 향했다.

주모의 끔찍한 잔소리를 들을 바에야 몸 좀 아픈 것이 차라
리 나았기 때문이다.

사정이 그러니 백호복운을 하기는커녕 떨어지지 않는 발
을 끌면서 기다시피 해서 가야 했다.

점소이 왕삼은 유청이 백호복운도 하지 않고 평소보다 뒤늦게 도착하자 의아해하며 물었다.

"아니, 유 총관. 어제 무슨 일이라도 있었나?"

"별일 없어요."

"별일 없기는? 하루 만에 얼굴이 반쪽이 돼서 왔으면서!"

"……"

유청은 쓴웃음을 지을 뿐 아무 말도 할 수 없었다.

안 그래도 허드렛일 하는 총관이라고 낙인찍힌 터다.

거기에다 소가주한테 얻어터지고 가주의 내공 연구에 실험이나 당하는 처지라고 말할 수야 없지 않은가?

어차피 서문세가에 묶인 몸.

세가를 욕해봤자 자기 얼굴에 침 뱉는 꼴일 테니 말이다.

왕삼은 차가 든 대나무 통을 건네면서도 걱정이 되는지 유청의 안색을 살폈다.

"안색이 영 안 좋은데 좀 쉬다 가지 그래?"

"괜찮습니다."

눈물이 핑 돌았다.

머나먼 객지에서 아는 사람 하나 없는 신세. 그런 중에 점소이 왕삼의 따뜻한 말 한마디가 눈물샘을 자극했던 것이다.

"정말 괜찮겠나?"

"예……"

목인비보를 써서 뛰어갈 수도 없으니 빨리 출발해야 했다.

늑장 피우다 주모의 차 시간을 놓치면 힘들게 성록루에 온 것
도 물거품이 될 테니까.

유청은 찻통을 받아 들고 다시 세가로 향했다.

그런데 몇 걸음 옮기지 않았을 때였다. 갑자기 뒷골이 당기
더니 숨이 턱 막혔다.

유청은 휘청거리다가 그대로 땅바닥에 쓰러지고 말았다.

와장창창!

대나무 통이 땅에 내팽겨치면서 찻잔들이 박살났다.

왕삼이 호들갑을 떨면서 뛰어왔다.

"아이고, 이를 어째! 그러기에 내가 쉬고 가라고 하지 않았
나!"

유청은 몸을 일으키기는커녕 말할 기운도 없었다.

결국 왕삼의 부축으로 천신만고 끝에 세가로 다시 돌아왔
다.

평소라면 차가 늦었다고 호통을 쳤을 주모도 유청을 보더
니 뭐라고 말을 하지 못했다. 그만큼 유청의 몰골이 형편없었
던 것이다.

하지만 야단을 치지 않았을 뿐 주모는 여전히 냉랭했다.

"유 총관, 차는 그렇다 치고, 점심, 저녁 식사는 어찌할 텐
가?"

보다못한 왕삼이 나섰다.

"마님, 아무리 총관이라지만 몸 상태가 이런데 너무하시는

거 아닙니까?"

"우리 세가의 일이니 외부인은 빠지게."

주모가 딱 잘라 말하자 왕삼도 더는 뭐라 할 수 없었다. 성록루의 몇 안 되는 단골 고객이 떨어져 나가기라도 하면 그도 곤란한 일이었다.

유청은 바로 자리에 앓아누웠다.

다행히 왕삼이 돌아가서 자신의 마누라를 보내주어 유청을 대신해서 왕삼의 마누라가 점심, 저녁을 준비했다. 유청은 왕삼에게 새삼 고마움을 느꼈다.

그런 사정을 아는지 모르는지 주모와 소가주는 식사가 형편없다고 성질을 부렸다.

그들은 유청의 음식 솜씨에 입맛이 길들어져 있었는데, 왕삼 마누라가 평범하기 짝이 없는 두부 요리를 내놓자 몇 수저 뜨다 말았던 것이다.

그러나 유청이 앓아누운 것을 알기에 결국 그들도 억지로 맛없는 밥을 먹어야 했다.

유청은 왕삼 마누라한테 그 얘기를 전해 듣고는 생각했다.

'쌤통이다!'

설상가상으로 어젯밤 가주가 중원으로 떠나는 바람에 백당 사정에 어두운 주모로서는 따로 하인을 구할 수도 없었다.

결국 왕삼 마누라가 매일 와서 식사를 준비해야 했다.

그녀는 유청에게 불만을 호소했다.

"사람들이 밥을 해주면 맛있게 처먹을 것이지 무슨 입이 그렇게 까다롭대? 잔소리는 또 어찌나 많은지!"

"죄송합니다. 제가 대신 사과드릴게요."

"아냐. 유 총관이 무슨 잘못이 있나. 내일은 오리고기 요리를 하라고 하니 그나마 다행이야. 내가 이래 봬도 닭이랑 오리 찌는 건 자신있거든."

순간 유청은 머리를 굴렸다.

"아닙니다. 내일도 대충 만들어서 주세요."

"아니, 왜?"

"한번 맛있게 하면 끝이 없을걸요? 그때는 아무 말 없이 잘 먹더라도 다음에 맛없다 싶으면 잔소리가 더 쏟아질 거예요."

"듣고 보니 그렇구먼."

"오히려 뭘 만들라고 하면 엄청 맛없게 하세요. 그러면 아예 포기하고서 다시는 뭐라 안 할 거예요."

"알았어. 그렇게 할게."

고개를 끄덕이는 왕삼 마누라를 보며 유청은 회심의 미소를 지었다.

'잘됐다, 요년들아! 어디 한 번 쫄쫄 굶어봐라!'

유청의 예상대로였다.

나중에 왕삼 마누라가 얘기하길, 주모와 소가주는 간도 제대로 배지 않은 싱거운 오리고기를 배가 고픈 나머지 억지로 몇 입 먹더라는 것이다.

왕삼 마누라는 그날뿐이 아니라 매일같이 유청의 조언대로 주모와 소가주가 잔소리를 하든 말든 일부러 맛없게 밥을 해서 내놨다. 그러면서 유청한테는 제대로 만든 식사를 갖다 줬다.

결국 유청이 자리에 누워 있는 며칠 동안, 입이 까다로운 주모와 소가주는 먹는 둥 마는 둥해야 했다.

*　　　　*　　　　*

그렇게 일주일이 지나갔다.

그동안 자리에 누워서 몸조리를 한 덕분에 유청은 원기를 되찾았다.

유청이 기운을 차렸기 때문에 왕삼 마누라는 더 이상 오지 않아도 되었다. 고맙다고 인사하는 유청에게 그녀는 넌덜머리난다는 얼굴로 말했다.

"내 살다 살다 저런 상전은 첨 보네. 유 총관도 고생이겠어. 그건 그렇고, 정말 더 안 와도 되나?"

"이제 괜찮아요. 제 일인데 제가 해야죠."

"그래, 그럼 몸조리 잘하게."

왕삼 마누라가 떠나자 유청은 소매를 걷어붙이고 대청소 준비를 했다. 일주일 동안 청소를 하지 못하는 바람에 건물

곳곳에 먼지가 수북이 쌓여 있었다.

먼저 천을 얼굴에 둘러매어 코와 입을 가렸다. 그리고 먼지떨이를 가지고 본격적으로 청소를 시작했다.

세가 식구들의 거처가 있는 안채와 식사를 하는 거실은 그나마 나았다. 사람들이 자주 드나드는 곳이기 때문에 먼지가 많지는 않았다.

하지만 무공을 수련하는 본관은 구석구석에 뽀얗게 먼지가 쌓여 있었다.

가주가 중원에 가면 소가주는 그 틈을 놓칠세라 밖으로 쏘다니며 놀기에 바빴다. 때문에 본관에는 먼지는 물론 천장에 거미줄까지 쳐져 있었다.

유청이 거미줄을 걷어내고 있을 때였다.

문득 벽에 걸린 한 폭의 그림이 눈에 들어왔다.

본관 구석에 덩그러니 걸린 그림은 기다란 두루마리였다. 색깔도 칠하지 않고 먹물로만 산수(山水)를 그린 그림이다. 그림 말고는 글씨나 낙관도 없어서 어느 시대의 누가 그린 건지 알 수가 없었다.

처음 세가에 왔을 때부터 지금까지 한 자리에 계속 걸려 있는 걸 보면 아끼는 그림인 듯했다.

'그게 아니면 버리기 아까워서 그냥 놔뒀든지. 알 게 뭐야.'

유청은 먼지떨이로 그림에 뽀얗게 쌓인 먼지를 털었다.

투욱.

그런데 못에 걸린 줄이 낡았는지 끊어지면서 그림이 바닥으로 떨어졌다.

다시 그림을 걸려는데 무언가가 눈에 들어왔다.

"어라?"

그림이 걸려 있던 자리의 벽돌 하나에만 먼지가 전혀 없었다. 유독 벽돌 하나만이 색깔이 다르니까 눈에 확 띄었다.

일주일간 다른 벽돌에는 먼지가 앉았는데 이 벽돌 하나만이 깨끗하다?

'혹시 이 벽돌을 감추려고 그림을 걸었나?'

그러고 보니 가구 하나 없는 본관에 그림을 걸어놓을 이유가 없었다.

그림이 걸린 모양새도 절묘했다. 누가 봐도 그 뒤에 무언가를 숨겨놨을 거라고는 생각되지 않을 만큼 눈에 띄지 않았다.

그러고 보니 예전에도 무심코 그림을 들추어본 적이 있었는데 그때도 그냥 넘어갔던 기억이 났다. 일주일간 청소를 하지 못한 탓에 벽돌 하나만이 티가 나지 않았더라면 앞으로도 모르고 넘어갔으리라.

유청은 벽돌을 살짝 만져 봤다. 그러자 벽돌이 쏙 들어가는 것이 아닌가!

'뒤쪽 벽이 비어 있구나!'

이번에는 힘주어 밀었다. 그때,

갑자기 서 있던 곳의 바닥이 꺼지면서 유청은 아래로 떨어지고 말았다.

쾅당탕탕!

"이런, 빌어먹을!"

그는 허리를 부여잡고 몸을 일으켰다.

그림 앞의 바닥은 열고 닫는 나무판으로 되어 있었는데, 벽돌을 누르자 장치가 작동하여 바닥 문이 확 열려 버렸다. 그리고 하필 유청이 그 위에 서 있던 바람에 아래로 떨어진 것이다.

유청이 떨어진 곳은 계단이었다. 그리고 계단 밑에는 좁은 지하실이 있었다.

그림 뒤에 숨겨놓은 비밀 장치.

그것을 누르면 열리는 지하실로 가는 문.

결론은 하나였다.

'가주의 비밀 방이다!'

주모와 소가주가 불평하는 데도 백당 외곽의 대나무 숲 건물에서 이사 가지 않는 이유를 알 것 같았다. 가주가 직접 설계했는지는 모르지만, 이런 비밀 방이 있는 건물은 쉽게 찾을 수 없을 테니 말이다.

가주의 비밀 방!

가주가 모은 재산이 이곳에 모두 숨겨져 있다!

그런 생각을 하니 가슴이 뛰었다.

비밀 방은 어두웠기에 밖으로 나가 기름 등불을 가지고 다시 내려왔다.

안은 생각 외로 먼지 하나 없이 깨끗했다.

비밀 방이기 때문에 자신에게 시키지도 못하고 가주가 직접 청소했을 것을 생각하니 웃음이 나왔다.

비밀 방 양옆으로는 삼단짜리 선반이 벽에 붙어 있었다.

유청은 등불로 선반을 비췄다.

그런데 금은보화가 아니라 웬 책이 가지런히 쌓여 있는 게 아닌가?

맨 위에 놓인 한 권을 집어 들었다.

표지를 읽던 유청의 눈이 크게 떠졌다.

"대력금강장(大力金剛掌)?"

대력금강장은 소림을 대표하는 장법 중 하나다. 방장과 원로들에게 인정받는 후기지수(後起之秀)가 아니라면 배울 수 없는 무공이다. 허락이 떨어진다 해도 심후한 내공이 없으면 아예 익힐 엄두를 내지 못하는 비전 무공이었다.

그 대력금강장이 사천 구석에 있는 세가의 비밀 방에 있다니…….

이번에는 옆에 있는 책을 집었다.

유청의 입이 딱 벌어졌다.

"태극혜검(太極慧劍)?"

태극혜검은 무당파 최강의 검법이다. 대력금강장도 비전

이지만 태극혜검과는 비교하기 힘들었다. 태극혜검은 대대로 무당파의 장문인만이 익힐 수 있는 비전 중의 비전이었기 때문이다.

가슴이 쿵쾅거렸다.

당금 무림을 호령하는 구파일방의 최고 무공 비급들이 내 손 안에 있다.

손이 후들후들 떨려서 비급을 놓칠 것만 같았다.

문득 어떤 생각이 떠올랐다.

'이게 전부가 아닌가?'

눈앞의 선반에는 아직도 셀 수 없을 만큼 책이 쌓여 있었다.

일단 대력금강장과 태극혜검을 먼저의 자리에 놓아두고 다른 책들을 살펴봤다.

예상대로였다.

대력금강장 밑에 쌓인 책들은 소림사의 무공 비급이었다.

백련신권(白蓮神拳), 일지선공(一指禪功), 금강부동신법(金剛不動身法) 등등.

마찬가지로 태극혜검 밑에는 무당파 비급이 쌓여 있었다.

무당장권(武當長拳), 삼재검(三才劍), 태극십삼세(太極十三勢) 등.

일주일 전에 소가주한테 맞았던 무당면장(武當綿掌)도 있었다.

'가주가 어떻게 이런 비급들을 갖고 있는 것이지?'

소림과 무당이라면 중원무림의 양대 산맥이다.

역사가 깊은 문파일수록 비전 무공을 자세히 기록하여 책으로 남겨 보관했다. 글로 부족하다 싶으면 인체 그림까지 그려 넣어서 내용 설명을 도왔다.

책들은 따로 서고를 마련하여 문파의 고수들이 지켰다. 소림사의 장경각(藏經閣)이 대표적인 무림 서고였다.

각 문파의 무림 서고는 아무나 들어갈 수 없는 금지 구역이었다. 소림 방장조차도 장경각주의 동의 없이는 비급을 함부로 다루지 못했다.

그런 그들이 자신의 비전 무공을 남에게 함부로 줄 리 없다.

그런데 한낱 사천 구석에 처박힌 세가의 가주가 소림과 무당의 비급을 비밀 방에 숨겨놨다니?

아무리 책장을 넘겨봐도 가주가 필사한 것처럼 보이지는 않았다. 책마다 필체가 제각기 달랐기 때문이다.

'도대체 이런 비급들을 어떻게 구했을까?'

의문이 확 일었다.

유청은 선반에 놓인 다른 책도 하나하나 살펴봤다.

화산, 곤륜, 아미, 점창, 청성, 공동, 종남.

소림과 무당보다는 양이 적었지만, 구대문파의 비급도 상당수 진열되어 있었다.

그중에서 유독 개방의 비급은 눈에 띄지 않았다.

생각해 보니 해답이 떠올랐다.

구대문파는 역사와 전통을 중요시하기 때문에 비전 무공을 기록하여 남긴다. 하지만 개방은 사정이 달랐다.

개방은 원래 거지들이 힘을 합치기 위해 모인 집단이다. 때문에 글이나 격식과는 거리가 멀었다.

개방을 대표하는 무공인 강룡십팔장(降龍十八掌)이나 타구봉법(打狗棒法)도 방주가 후대 방주한테 말로 구술하여 전수해 준다고 하지 않던가.

개방의 무공이 대대로 구전되는 판이니 가주가 직접 귀로 듣지 않은 이상 비급을 구할 수는 없었을 것이다.

그제야 알 수 있었다.

가주의 중원제일세가 만들기 계획.

소가주에게 구파일방의 모든 무공을 가르쳐서 중원제일고수로 만들려는 가주의 꿈.

'그랬구나!'

가주는 헛된 꿈을 꾸고 있는 것이 아니었다. 나름대로 차근차근 자신의 목표를 밟아 나가고 있는 것이었다.

그가 왜 불가능하게만 보이던 꿈을 가졌는지 선반 위의 책들을 보니 이해가 되었다.

빼곡히 쌓인 책들을 보고 있자니 가주의 집념이 느껴졌다.

문득 머리를 스치는 생각이 있었다.

'구대문파 말고 다른 무공도 있을까?'

유청은 다른 선반에 있는 책을 살폈다.

예상대로였다.

가주가 모아놓은 무공 비급은 구대문파뿐만이 아니었다.

선반 위에 있는 비급 중에는 오대세가나 군소 문파의 무공도 간혹 눈에 띄었다.

문제는 듣도 보도 못한 희귀한 비급들이었다.

눈에 잘 띄지 않는 구석에 있는 비급들은 기이한 이름뿐이었다.

사혈공(死血功), 한빙지흔(寒氷指痕), 광마멸겁(狂摩滅劫) 등.

하나같이 죽을 사, 피 혈 또는 미칠 광 자가 들어 있는 무공이었다.

갑자기 무엇을 알아차렸는지 유청의 몸이 딱딱하게 굳어졌다.

내공 수련을 한다며 진기를 불어넣어 기이한 방법으로 운용하게 시킨 것.

주화입마 직전까지 가서야 진기를 흡수하여 겨우 자신의 목숨만 부지하도록 한 것.

유청의 전신이 부들부들 떨렸다.

왜 가주가 쓸데없어 보이는 내공심법을 실험했는지 이유가 눈앞에 있었다.

명문정파의 것이 아닌 사파의 내공심법을 구할 때마다 먼저 자신에게 실험해 본 것이 아니고 무엇인가!

'개자식!'

배신감이 느껴졌다.

변변한 무공 하나 배우지 못하면서 노예처럼 일했지만 언젠가 당당한 세가의 일원이 되리라는 꿈은 놓지 않았다.

그런데 가주는 정작 자신을 인간 취급도 하지 않은 것이다.

'정파의 무공은 소가주한테 가르치고 나한테는 사파의 내공심법을 실험했다, 이거지?'

어쩐지 아무리 내공심법을 수련해도 진도가 없는 것이 이상하다 싶었다. 진기가 쌓이기는커녕 이상한 기운이 몸속에서 뒤엉켰던 것도 모두 가주 때문이라고 생각하니 열불이 터졌다.

'몽땅 확 불질러 버리고 도망쳐?'

비밀 방에 불을 질러 무공 비급을 모두 태워 버리고 도망친다면 가주는 분명 땅을 치며 통곡하리라.

분명 지금까지 당하고 살아온 것을 복수하고도 남을 것이다.

하지만 그 생각은 접을 수밖에 없었다.

가주가 준 적환단을 먹었으니 도망치더라도 백 일 안에 청환단을 먹지 않아 주화입마에 든다면 어찌할 것인가?

가주의 세가에 대한 꿈을 없애 버리는 대신에 목숨을 버려야 한다면 서로가 양패구상(兩敗俱傷)할 뿐이다.

게다가 중원무림에 한번 발을 들여놓지도 못하고 죽기에는 지금까지 살아온 세월이 아까웠다.

이제 적환단이 내공 증진을 돕는다는 말도 거짓인 것이 확실해졌다. 사파의 내공심법을 실험하면서 내공 증진 환단을 먹일 이유는 없으니까.

이미 짐작은 하고 있었지만 막상 눈으로 확인하고 나니 허탈함이 밀려왔다.

그런데 갑자기 잊고 있던 게 생각났다.

"이 바보 자식!"

유청은 스스로 자신의 머리를 때렸다.

"청환단을 찾으면 되잖아!"

그렇다.

이곳은 바로 가주의 비밀 방이다.

그동안 아무리 세가를 뒤져도 나오지 않던 청환단이 여기에 있지 않으면 또 어디 있겠는가?!

'청환단이 있으면 도망칠 수 있다!'

유청은 미친 듯이 선반을 뒤지며 청환단을 찾았다.

밥 한 끼 먹을 시간이 지났을까.

아무리 뒤져도 청환단은 보이지 않았다.

청환단은커녕 비슷해 보이는 환단 한 알 없었다.

노심초사한 마음에 책까지 모조리 뒤졌다.

청환단은 다 떨어져서 없을 수도 있었다. 그렇다면 환약 제조법을 필사한 서책이라도 있을 것이라는 생각에서였다.

하지만 청환단도, 제조법이 있는 책도 찾을 수 없었다.

실망이 이만저만이 아니었다.

'청환단을 몽땅 갖고 떠났나?'

속 좁은 가주라면 충분히 그러고도 남았다.

'아니면 여분을 안 만들었나? 그것도 아니면 중원에 나갔다가 청환단을 어디서 구해 오는 건가?'

아무리 상상을 해봐도 해답은 나오지 않았다.

결국 가주가 청환단을 갖고 돌아올 때까지 도망치지 못하고 기다리는 수밖에 없었다. 원점으로 다시 돌아온 셈이었다.

기대가 클수록 이루어지지 않았을 때 실망도 크다고 했던가?

일순 다리의 힘이 쭉 빠졌다.

유청은 털퍼덕 자리에 주저앉았다.

그런데 엉덩이가 불편한 게 무언가를 깔고 앉은 것 같았다.

몸을 일으켜 보니 희멀건 보자기 같은 것이 보였다. 유청은 보자기를 들어서 등불을 비춰보았다.

그것은 보자기라고 하기에는 두께가 약간 있었다.

모양은 둥그렇고 크기는 손바닥 두 개를 합친 정도였으며, 색깔은 노르스름했다.

왠지 모르게 기분 나쁜 물건이었다.

유청은 좀 더 자세히 보려고 보자기를 등불에 가까이 댔다.

그러자 거기엔 구멍이 뚫려 있는 게 아닌가?

큰 구멍이 세 개, 작은 구멍이 두 개가 있었다.

순간 그는 보자기의 정체를 알아차렸다.

'인피면구(人皮面具)다!'

진짜 사람의 얼굴 가죽을 벗겨 만든다는 가면.

그래서 가면을 뒤집어쓰면 얼굴의 인상이 바뀌어 전혀 딴 사람이 되어버린다는 변장 도구.

그것은 말로만 들어왔던 인피면구였다.

유청은 인피면구를 들어 얼굴에 대봤다.

틀림없었다.

큰 구멍 세 개는 각각 두 눈과 입이고, 작은 구멍 두 개는 콧구멍이었다.

구멍의 위치가 유청의 얼굴과는 조금씩 어긋났지만, 인피면구라서 그런지 조금 당기자 부드럽게 늘어나서 정확히 맞춰 얼굴에 쓸 수 있었다.

인피면구를 쓴 자신의 얼굴이 어떤 모습이 됐을지 상상하자 문득 소름이 끼쳤다.

유청은 얼른 인피면구를 얼굴에서 떼어냈다.

'왜 인피면구를 갖고 있는 거지?'

정파의 무림인이라면 인피면구를 쓰기는커녕 입에 담기도 꺼려했다. 자신의 얼굴을 밝히지 않는 것은 명예롭지 않은 일로 여겼기 때문이다.

사정이 그런데 명문세가를 꿈꾸는 가주가 인피면구를 갖고 있다니?

유청은 생각을 하나씩 짚어갔다.

인피면구는 정체를 숨기려 하는 자가 쓰는 것이다.

다른 문파의 비밀을 몰래 캐내다가 들키면 도망쳐야 하는 세작(細作)들에게 필수품이라는 얘기를 들어본 기억이 났다.

'가주가 세작인가?'

그럴 가능성도 있었다.

하지만 자존심 강한 가주가 다른 문파의 첩자 일을 할 것이라고는 생각되지 않았다.

그때 유청의 머리에서 번개가 쳤다.

인피면구를 쓰는 것은 세작뿐이 아니었다.

'도적이나 살수도 인피면구를 쓰잖아?!'

인피면구가 워낙 희귀한 물건이라서 세작같이 특이한 직업만 생각한 게 잘못이었다.

정체를 숨기려 하는 자, 도적과 살수도 그중 하나다.

순간 지금까지 비밀 방에서 본 모든 것이 이해가 됐다.

'가주는 무공 비급 도적이다!'

그것도 평범한 일개 도적이 아니다.

구대문파의 비전 무공을 훔쳐다 비밀 방에 쌓아두는 도적.

중원무림을 뒤흔들고 다니는 대도적임이 분명했다.

그러고 보니 가끔 가다 중원으로 떠나는 이유도 알 수 있었다.

중원에 나가 문파와 세가에 잠입하여 무공 비급을 훔쳐 오는 것, 즉 가주의 중원행은 도적행(盜賊行)인 것이다.

머리가 어질어질했다.

갑자기 너무 많은 사실을 알아버린 것 같았다.

문제는 지금부터였다.

'이제 어떡하지?'

일단 비밀 방에 자신이 들어왔다는 것을 가주가 눈치 채지 못하도록 해야 한다.

'그다음은?'

이곳을 떠야 한다. 백당, 아니, 사천에서 가능한 한 멀리 떠나야 한다. 따로 식솔이 없는 만큼 사천만 벗어나면 가주한테 잡힐 일은 없을 것이다.

그러나 문제는 청환단이었다.

유청은 한숨을 푹 내쉬었다.

'결국 청환단이 발목을 잡는구나!'

어쩌면 가주는 처음부터 일이 이렇게 될지 알고 있었을지도 몰랐다. 언젠가 유청이 자신의 정체를 알아차리더라도, 또 비밀 방을 보게 되더라도 도망치지 못하게 선수를 친 것이다.

그것도 모르고서 내공 증진이란 감언이설에 속아서 적환단을 주는 대로 넙죽넙죽 받아먹었으니…….

이가 부득부득 갈렸다.

처음 세가에 왔을 때만 속았다고 생각했는데, 알고 보니 그 뒤에도 줄곧 속고 살아오지 않았는가.

문득 무림의 법칙이 생각났다.

속임수를 쓰는 자가 비겁한 게 아니라 속임수에 당하는 자가 어리석은 것이다.

'나는 참으로… 바보였구나.'

가주의 정체를 알았으나 적환단에 목숨이 잡혀 있으니 도망칠 수도 없었다.

유청은 비밀 방의 책과 인피면구를 먼저 있던 자리에 돌려 놓았다. 그리고 계단을 올라와서 벽돌을 되돌려 문을 닫았다.

가주가 다시 왔을 때 자신이 들어간 것을 눈치 채지 못하도록 세심하게 주의를 기울였다.

'청환단! 청환단만 찾으면 이놈의 세가, 당장에 때려치운다!'

유청은 그렇게 다짐하면서 자기 방으로 돌아갔다.

*　　　　*　　　　*

가주는 삼 개월 만에 돌아왔다.

유청은 내심 청환단을 주기를 기다렸다.

그런데 뜻밖에도 가주는 돌아오자마자 여장을 풀 새도 없이 내공 수련을 한다고 불렀다.

그의 속셈은 불을 보듯 뻔했다.

'또 어디서 사파 비급을 구해왔겠지.'

당연히 제대로 된 내공심법일 리 없으니 한바탕 주화입마에 들어 죽을 고생을 할 것 같았다. 유청은 도살장에 끌려가는 소의 심정으로 본관에 들어갔다.

그런데 가주의 주문이 평소와 달랐다.

"이리 와서 웃옷을 벗고 서라."

'서라고? 앉는 것이 아니라?'

한쪽에 웃옷을 개어놓고 가주의 앞에 가서 섰다.

가주가 말했다.

"물구나무를 서보아라."

"예?"

"못 들었느냐? 물구나무를 서라고 했다."

'젠장, 세상에 어떤 내공심법이 물구나무를 서냐?'

유청은 속으로 불평하면서도 어쩔 수 없이 물구나무를 섰다.

"됐습니까?"

하지만 가주의 주문은 그것으로 끝나지 않았다.

"오른팔을 바닥에서 뗀 다음 수평으로 뻗어라."

"예에?"

어처구니가 없었다.

'이 자식이 내공심법이 아니라 아주 곡예를 가르치려나?'

억지로 오른팔을 떼자 몸이 쓰러질 듯이 휘청거렸다. 그러자 가주가 발목을 잡고 균형을 잡아주었다. 유청은 쓰러지지도 못하게 막은 그가 미웠다.

가주의 주문은 계속됐다.

"두 다리를 양옆으로 벌려라."

"……."

유청은 귀를 의심했다.

"저어… 못하겠습니다만……."

그러자 가주가 갑자기 다리를 잡고 억지로 벌리는 게 아닌가?

깜짝 놀란 유청이 들었던 오른손으로 다시 바닥을 짚으려 하자, 이번에는 발로 오른손을 막아버렸다.

왼팔로만 전신을 지탱하고 물구나무를 선 채 다른 사지는 사방으로 펼친 자세였다.

그러면서 가주는 한 손을 유청의 등 뒤에 대고 진기를 불어넣기 시작했다.

"운기행공을 시작해라."

유청은 하는 수 없이 진기 운용을 시작했다.

하지만 몇 번 숨을 고르기도 전에 이마에서 땀이 뻘뻘 흘러내렸다. 사파의 내공 수련만 해도 몸이 안 따라오는데 듣도 보도 못한 괴상한 자세로 있으니 오죽하겠는가.

그런데 눈을 흘낏거리다가 가주가 무언가를 보고 있는 게 시야에 들어왔다.

자세히 보자 무슨 책을 보는 것 같았다. 이번에 훔쳐 온 내 공심법이리라.

어이가 없다 못해 기가 막혔다.

'이젠 아주 공부하면서 실시간으로 가르치냐?

무공 도적일 거란 추측이 사실로 드러나자 더욱 불안해졌다.

게다가 진기를 주입하면서 동시에 책을 읽는다는 것은 아직 가주 자신도 비급의 내용을 완전히 파악하지 못했다는 것이 아닌가!

'개자식! 책이나 다 읽고 나서 시킬 것이지!'

이러다 정말 죽는 게 아닌가 싶었다.

안 그래도 사파의 무공이라 언제 주화입마에 들지 모르는 판인데 운기 방법마저 제대로 된 것인지 알 수 없으니 말이다.

가주가 말했다.

"기해혈의 진기를 독맥으로 운용한 다음, 계속해서 임맥까지 달리게 해라."

그 말은 진기를 일주천(一周天)하라는 소리였다.

일주천은 진기를 단전에서 척추로 끌어올려 머리까지 올리고 다시 몸 앞을 돌아 단전으로 되돌리는 것이다. 즉, 운기행공의 기본이면서 동시에 끝과도 같았다.

이상한 사파의 내공심법으로 일주천을 했다가 잘못되면 돌이키지 못한다.

하지만 가주의 말을 거역할 수도 없다.

유청은 시키는 대로 운기행공을 했다.

전신은 이미 흘러내린 땀으로 흠뻑 젖어 있었다.

가주는 일주천을 하는 동안에도 계속해서 진기를 조금씩 다른 방향으로 운기하도록 명령했다.

어느새 차 한 잔 마실 시간이 지났다.

'어어?'

이상했다. 평소라면 몸속의 기운이 제멋대로 난리를 피우고도 남을 시간이었다.

그런데 가주의 구결대로 진기를 운용하는 데도 몸에는 전혀 이상이 없었다.

이런 기분은 생전 처음이었다.

가주의 손을 통해 순양(純陽)의 진기가 끊임없이 명문혈로 들어왔다.

진기는 단전에 모였다가 임독양맥을 한 바퀴 돌았다. 몸속의 진기는 시간이 지날수록 뜨거워지는데 반대로 땀은 언제부터인지 한 방울도 나지 않았다.

몸이 날아갈 것처럼 가벼웠다. 전신을 받치고 있는 왼팔도 더 이상 떨리지 않았다.

평생 처음으로 느껴보는 상쾌함.

문득 뇌리를 스치는 생각이 있었다.

'혹시 지금 하는 건 제대로 된 내공심법이 아닐까?'

어디서 훔쳐 왔는지는 알 수 없다.

명문정파의 비전인지 사파의 숨겨진 비급인지도 알 수 없다.

그러나 적어도 지금까지의 내공심법과는 다르다.

어쩌면 은둔고수의 무공 비급일지도 모른다.

가주가 돌아오자마자 내공 수련을 한 것도 이해가 됐다. 엄청난 비급이 수중에 들어왔으니 그 위력을 당장 시험해 보고 싶었으리라.

가슴이 쿵쾅쿵쾅 뛰었다.

하지만 곧 싸늘하게 식었다.

'어차피 나는 실험물인데 무슨 놈의 비급.'

가주는 득의에 찬 얼굴을 하고 있을 것이 뻔했다. 제대로 수확을 건졌다고 기뻐하고 있으리라.

유청은 아까워서 미칠 것 같았다.

'저 사기꾼 도적놈한테 이런 비급을 줘야 하다니……!'

사촌이 논을 사도 배가 아플 판에 가주한테 비급이 제대로 된 거라는 사실을 알려주자니 배알이 꼬였다.

그때 불현듯 드는 생각이 있었다.

이 내공심법을 순순히 가주 입에 넣어줄 수는 없다.

그렇다면?

"꺼어억!"

유청은 갑자기 몸을 확 뒤집으며 바닥에 엎어졌다. 그리고는 사지를 비비 꼬면서 바닥을 떼굴떼굴 굴렀다.

눈이 까뒤집혀서 흰자위가 보이고 입에는 게거품이 가득했다.

"꺼거거걱……."

숨을 쉬지 못하자 입이 활짝 열리고 혓바닥이 길게 나왔다. 사지가 꼬이면서 제각기 따로 놀았다.

그대로 놔두면 질식해서 목숨을 잃을 게 뻔했다. 아니, 벌써 반쯤은 산송장이 된 걸로 보였다.

주화입마 증세가 평소보다 훨씬 심하자 가주도 당황한 눈치였다. 그는 급히 손을 놀려 유청의 혈도를 짚었다.

혈도가 짚히자 유청은 바닥을 구르던 것을 멈추고 잠잠해졌다.

"휴우! 이번 것도 실패인가?"

가주는 크게 한숨을 쉬었다. 그리고는 유청의 등에 손을 대더니 진기를 흡수하기 시작했다.

유청은 쾌재를 불렀다.

'됐어!'

가주는 자신의 주화입마 연기에 감쪽같이 속아 넘어간 것이다.

진기가 일주천하자 몸은 상쾌하고, 가주를 속여 넘겼다고 생각하자 마음은 뛸 듯이 기뻤다.

가주가 자신이 불어넣은 진기를 다 흡수했는 데도 유청은 아예 죽은 듯이 엎드려 있었다.

'속이려면 아주 확실히 속여야 한다.'

그는 평소보다 시간이 훨씬 더 지난 후에야 눈을 게슴츠레 뜨며 힘들게 몸을 일으켰다.

다행히 가주는 아무 의심도 하지 않는 것 같았다.

그가 품에서 환단을 꺼내며 말했다.

"오늘 밤 다시 중원으로 떠난다. 이걸 먹어라."

가주의 손에는 청환단과 적환단이 각각 한 알씩 놓여 있었다.

그전에 먹은 적환단은 청환단으로 치유하고, 오늘 다시 중원으로 떠나니까 대신에 적환단을 한 알 더 먹으라는 소리다.

'병 주고 약 주냐?'

주화입마는 연기였지만 어쨌든 생사를 넘나든 몸이다.

유청은 오늘만큼은 그냥 넘어가지 않았다.

어디서 그런 용기가 생겼는지 자신도 몰랐다.

그가 말했다.

"오늘은 정말 몸이 안 좋습니다. 당장은 내공 수련도 못할 것 같습니다. 그러니 청환단만 지금 먹고 적환단은 두었다가 나중에 먹겠습니다."

말을 끝내자 가주가 노려봤다. 가슴이 덜컹했다.

'주화입마가 연기였다는 게 들켰나?'

그러나 그것까지는 모르고 단지 적환단을 먹지 않겠다는 말에 화가 난 것 같았다.

"지금 먹어라."

"싫습니다."

무슨 용기가 났는지 대놓고 반발했다.

용기가 아니라 오기였다.

지렁이도 밟으면 꿈틀한다는데 사 년 동안 속고만 살았으니 분노가 치밀었다.

유청이 계속 반발하자 가주의 눈이 가늘어졌다.

그가 다시 말했다.

"먹어라!"

"……."

둘의 눈빛이 허공에서 부딪쳐 불꽃이 튀었다.

말은 안 했지만 가주와 유청 둘 다 서로의 속셈을 알고 있었다.

유청은 느낄 수 있었다.

'가주가 눈치 챘군.'

적환단이 내공 증진과는 아무 상관 없다는 사실을 자신이 알았다는 것을 가주도 눈치 챈 것 같았다.

그럼에도 불구하고 적환단을 주는 것은 대놓고 독약을 먹이겠다는 뜻이다.

갑자기 가주의 눈빛이 부드러워졌다. 그는 두 손을 유청의 양어깨에 얹었다.

터억!

"유 총관, 세가 일이 많이 힘든가 보구나."

가주가 부드러운 목소리로 말했다.

그러나 말과는 다르게 어깨에 엄청난 힘이 가해졌다.

"……!"

"주모의 심부름이 너무 많다고 생각하지는 않느냐? 소가주가 쓸데없이 괴롭히고 있지는 않느냐? 다 알고 있다. 하지만 어쩌겠느냐? 너는 서문세가의 총관이다. 세가에 묶인 몸이란 말이다!"

가주는 부드럽게 위로를 계속했지만, 반대로 어깨에 바위를 올린 것처럼 내공이 섞인 힘을 가했다.

그 힘이 얼마나 센지 일어날 수도 앉을 수도 없었다. 무릎을 반쯤 구부린 채 억지로 버텼다. 다리에는 쥐가 나려 하고 얼굴에는 금세 진땀이 줄줄 흘러내렸다.

가주의 목소리는 따뜻했지만 반대로 안광은 번쩍였다.

"세가의 법도를 거스른 자가 어떻게 되는지 아느냐? 단전이 파괴되고 사지 근맥이 잘려서 죽을 수도 없는 폐인이 되어 평생을 길바닥에서 빌어먹고 살아야 된다."

'날 죽이려는 건가?'

전신이 사시나무처럼 덜덜 떨렸다.

오금이 저리고 소변을 지릴 것만 같았다.

그때 가주가 손을 회수하며 말했다.

"설마 유 총관이 그러지는 않으리라 믿는다. 너는 세가와 목숨을 함께해야 하니까."

맥이 풀린 유청은 자리에 털썩 주저앉았다.

"환단을 먹겠느냐?"

"예……."

더는 반항할 기운이 나지 않았다. 유청은 독약을 먹는 심정으로 억지로 적환단을 삼켰다.

가주가 말했다.

"다시 한 번 말하는데, 적환단을 먹고 백 일 안에 청환단을 복용하지 않으면 단전이 파괴되고 사지가 마비되어 폐인이 될 것임을 명심해라."

그 말은 대놓고 적환단이 독약이라고 협박하는 것과 마찬가지였다.

가주는 싸늘한 눈빛으로 유청을 한 번 노려보더니 몸을 돌려 본관을 나갔다.

유청은 고개를 푹 숙였다.

가주와의 기 싸움에서 철저히 패배한 것이다.

다시 생각해 보니 가주에게 대항한다는 것이 얼마나 무모한 일인지 깨달을 수 있었다.

그는 명문정파나 사파의 무공비급을 훔치는 도적이다. 그러면서도 중원에 다녀왔을 때 상처 한 군데 입은 걸 보지 못했다.

유청으로서는 그의 무공이 얼마나 강한지 감히 짐작할 수도 없었다.

그런 가주에게 맞선다는 것은 곧 죽음을 뜻했다.

방금 그가 두 손을 가볍게 어깨에 올린 것만으로도 사경을 헤매지 않았던가?

"휴우우!"

땅이 꺼져라 한숨이 나왔다.

그래도 소득이 없는 것은 아니었다. 이번에 구한 비급이 진짜배기였다는 사실을 감쪽같이 속였으니까.

당하고만 살아오다가 드디어 가주에게 한 방 먹인 것이다.

본관을 나서자 어느새 저녁 무렵이 되어 있었다.

유청은 무심코 하늘을 올려다봤다.

서쪽 하늘에 날이 저물 때 보이는 태백성(太白星)이 반짝이고 있었다.

그는 별을 보며 맹세했다.

'서문세가 가주 서문량! 네놈에게 당하고 살아온 것을 언젠가는 하나도 빠짐없이 그대로 갚아주겠다!'

第四章

토끼를 잡으니 사냥개는 삶아 먹는다

가주는 그날 밤 바로 세가를 떠났다.

유청은 다음날 가주가 없는 것을 재차 확인하고서 비밀 방으로 갔다.

어제 운기행공 중에 유청이 주화입마 연기를 하자 가주는 눈에 띄게 실망했다. 그것은 곧 구해온 내공심법에 큰 기대를 걸었다는 뜻이기도 했다.

'이 기회를 놓칠 순 없다.'

주화입마 연기로 가주를 속여 넘겼지만 시간이 지나자 욕심이 생겼다.

지금까지 가주가 진기를 불어넣으며 가르친 내공심법은

토끼를 잡으니 사냥개는 삶아 먹는다 145

하나같이 괴상한 사파의 것들이었다.

하지만 어제 그 내공심법은 아무 이상 없는 진짜배기가 분명했다. 주화입마의 기미는커녕 진기를 일주천할수록 전신에 상쾌한 기운이 흐르지 않았던가.

그 비급을 반드시 자신의 것으로 만들어야겠다고 생각했다.

유청은 비밀 방으로 들어갔다.

'가주가 비급을 다시 가져갔으면 말짱 꽝인데……'

그는 노심초사하며 선반을 살폈다.

하지만 걱정은 기우였다.

등불을 들고 뒤질 필요도 없었다.

선반 구석에 예전에는 보이지 않던 책 한 권이 놓여 있는 게 아닌가?

맨 구석에, 그것도 다른 책들 사이에 대충 꾸겨 넣은 모양새를 보아 하니 아마도 가주가 실망한 나머지 아무렇게나 팽개쳐 놓고 간 것이 틀림없었다.

유청은 책을 들어 등불에 비춰봤다.

그러나 곧 얼굴을 찌푸렸다.

"이게 뭐야?"

책 표지에 적힌 것은 꼬불꼬불한 이상한 글자였다. 자세히 들여다보던 유청은 그게 무슨 글자인지 알아차렸다.

"서장어(西藏語)잖아?!"

가주가 가져온 내공심법은 서장어로 쓰여 있었다.

서장은 사천의 서쪽에 위치한 지역으로, 그곳은 중원무림이 세력을 뻗지 못한 곳이기도 하다.

멀기도 하거니와 서장 무공의 총본산인 포달랍궁(布達拉宮)이 서장을 휘어잡고 있기 때문이다.

손에 든 비급이 서장어로 쓰여 있으니 포달랍궁의 비전 무공일 가능성이 높았다.

유청은 서장어가 어떻게 생긴 것인지는 알았다.

하지만 읽고 쓸 줄은 몰랐다. 만약 구파일방과 오대세가에 미치지 않고 글공부에 전념했다면 아버지한테 배울 기회가 있었을지도 몰랐다.

'그때 공부 좀 열심히 할걸.'

어릴 때 귀에 못이 박히도록 들었던, 배워서 남 주냐라는 말.

웃어른이 하는 말은 하나도 틀린 게 없었다.

그러나 어차피 다 지나간 일.

그렇다고 정체도 불분명한 비급 하나를 읽기 위해 지금부터 서장어를 공부할 수도 없는 일이었다.

'내공심법은 글러먹은 건가…….'

입맛이 썼다.

사 년 동안 쓸데없는 내공심법 실험이나 당하다가 겨우 가주를 속여서 진짜배기를 익힐 수 있다고 기대한 판이니 실망이 더욱 컸다.

그러고 보니 가주가 크게 실망한 것도 이해가 갔다.

서장어로 된 무공 비급이라면 구대문파의 것보다 훨씬 더 구하기 어려웠을 것이고 그만큼 기대도 컸을 테니 말이다.

아쉬운 마음에 책장을 넘겨봤지만 역시나 서장어투성이였다.

그런데 얼마나 넘겼을까.

벌거벗은 남자가 물구나무를 선 그림이 나오는 게 아닌가!

'이거다!'

그림의 남자는 왼팔로 전신을 지탱하고 물구나무를 선 채 오른팔은 수평으로 펴고 양다리는 활짝 벌린 자세였다. 바로 가주가 어제 유청에게 시킨 그 모양 그대로였다.

또한 자세뿐만 아니라 남자의 전신에는 빨간색으로 군데군데 점이 찍혀 있었고, 여기저기에 화살표가 그려져 있었다.

유청은 점과 화살표가 무엇을 가리키는지 대번에 알아차렸다.

'점은 혈도고 화살표는 진기의 흐름이구나!'

기쁜 마음에 책장을 더 넘겨봤다.

하지만 더 이상 그림은 보이지 않았다.

'그림은 딱 한 장뿐인가?'

그래도 소득이 없지는 않았다.

그림에 진기를 움직이는 방향이 자세히 그려져 있었기 때문에 적어도 어제 가주에게 배운 자세는 서장어를 하지 못해도 큰 상관은 없을 듯했다.

'드디어 나도 내공심법을 익힐 수 있게 됐다!'

유청은 비급을 보며 눈물을 글썽였다.

무공의 첫걸음이자 끝이라고 할 수 있는 내공심법.

이상한 사파의 것들만 익혀서 주화입마에 들 뻔한 위기를 거듭하다가 제대로 된 내공심법을 가졌다고 생각하니 감동이 북받쳐 올랐다.

그러나 한 가지 생각에 피식 웃음이 나왔다.

"훗!"

그 어떤 기연도 이렇게 기막힐 수는 없으리라.

무공은 백호복운 일 초식.

운신법은 목인비보.

내공심법은 이름도 모르는 자세 하나.

'아주 종류별로 딱 하나씩만 골라서 익혔구나!'

하지만 기분이 나쁘지는 않았다.

'그래, 천 리 길도 첫걸음부터라고 했으니까.'

유청은 계단에 걸터앉아 벌거벗은 남자 그림을 수도 없이 들여다봤다. 글을 읽을 수 없으니 아예 혈도와 진기의 흐름을 통째로 외워 버리려는 것이었다.

한 시진이 넘자 더 이상 그림을 보지 않아도 모든 혈도와 진기 흐름을 기억할 수 있었다.

유청은 비급을 원래 있던 자리에 되돌려놓은 다음 비밀 방을 나왔다.

그날부터 유청은 내공 수련에 매진했다.

처음에는 자세도 잡지 못하고 넘어지기 일쑤였다.

왼팔만으로 전신을 지탱하고 물구나무를 서서 사지를 팔방으로 벌린 자세.

말로 해도 복잡했으나 실제로 하기는 더욱 힘들었다.

어쩔 수 없이 사지를 벽에 기대는 식으로 겨우 자세를 잡았다. 다행히 날이 지날수록 전신에 조금씩 힘이 붙었고 한 달이 지나자 아무 도움 없이 허공에 사지를 들어 올릴 수 있게 됐다.

유청은 세가 일을 끝마치고 밤이 되면 몰래 비밀 방으로 들어갔다. 어떨 때는 무공 비급을 읽느라 그곳에서 밤을 샌 적도 있었다.

가주가 중원으로 떠나고 없으니 비밀 방은 아예 유청의 거처가 된 듯했다.

그는 어려서부터 글공부를 해서 못 읽는 비급이 없었다. 서장어로 쓰여진 내공심법만 빼고는.

그러나 시간이 지나도 더 이상 소득은 없었다.

아무리 비급을 읽어봤지만 무슨 뜻인지 이해할 수가 없었던 것이다.

유청이 아는 무공이라고는 백호복운, 목인비보, 서장의 내공심법이 고작이다.

게다가 백호복운은 음양오행권 중에 단 일 초식, 내공심법은 서장의 비급 중에 자세 한 가지에 불과했다.

제대로 아는 것은 목인비보 하나뿐이라고 할 수 있었다.

무공의 기초가 없으니 제아무리 비급을 들여다봐도 어디서부터 시작해야 할지 모르는 건 당연했다.

소림에서는 무공에 입문할 때 외공은 나한십팔수(羅漢十八手), 내공은 마보참춘공(馬步站椿功)을 익히고 나서 각자의 소질에 따라 뒤에 배우는 상승 무공이 나뉘어졌다.

소림뿐만 아니라 다른 구대문파에서도 무공 입문 시에 반드시 익히는 기초 무공이 따로 정해져 있었다.

그런데 비밀 방에 있는 비급들은 하나같이 구대문파의 정심한 상승 무공이었다.

결국 기초도 모르고 가르쳐 주는 이도 없는 판이니, 혼자서 비급을 읽어 무공을 수련한다는 것은 하늘의 별 따기보다 어려웠다.

"에휴……."

절로 한숨이 나왔다.

무림인이라면 누구나 목숨을 걸 만한 비전 무공이 눈앞에 널려 있는데 익힐 방법이 없다니!

그림의 떡이 이게 아니고 무엇이겠는가?

익힐 방법을 찾는다고 해도 시간이 없었다.

세가 일이 다 끝나면 해가 떨어지는데 매일 책만 읽다가 밤을 새울 수도 없는 일이었다.

유청은 결심을 내렸다.

"에라, 밑져야 본전이다!"

그가 내린 결정은 아예 비급들을 달달 외우는 것이었다.

글에 담긴 진의는 몰라도 통째로 외워놓으면 언젠가 써먹을 날이 올 거라고 생각했다. 아버지한테서 회초리를 맞아가며 글공부를 했기에 외우는 것 하나는 자신있는 그였다.

결국 유청은 백호복운과 목인비보, 이름도 모르는 서장의 내공심법만 죽어라 수련할 수밖에 없었다.

하루하루가 정신없이 지나갔다.

유청은 세가 일에 치이면서도 내공 수련을 하루도 거르지 않았다.

그러나 큰 진전이 없었다.

'왜지?'

분명 운기행공을 거듭할수록 단전에 진기가 쌓이는 것을 느낄 수 있었다.

하지만 그림에 표시된 화살표대로 전신의 혈도를 따라 진기를 운용하면 어딘가에서 막혀 버리고는 했다.

주화입마가 올까 봐 덜컥 겁이 나서 함부로 진기 운용을 할 수도 없었다.

그렇다고 가주에게 궁금한 것을 물을 수는 더더욱 없었다.

실은 유청의 내공 수련에 진전이 없는 이유는 따로 있었다.

사 년 동안 가주가 억지로 진기를 불어넣어서 운용시켰던 게 문제였다.

가주는 유청이 주화입마에 들려 하면 곧바로 불어넣은 진기를 회수하기는 했다.

하지만 조금씩 남아 있던 진기들이 유청의 몸속 구석구석에 앙금처럼 쌓인 것이다.

때문에 진기를 운용할라 치면 성질이 서로 다른 진기들이 좌충우돌하며 뒤엉키는 것이었다.

게다가 가주가 가르친 것은 몸을 축내며 속성으로 진기를 쌓는 사파의 내공심법들이었으니 오죽하랴.

결국 유청의 몸은 서로 성질이 다른 진기들이 뒤엉키고 있어서 전쟁터를 방불케 했다.

그나마 서장의 내공심법을 익히게 된 것이 다행이었다.

사실 유청의 몸은 더 이상 견디기 어려운 상태였다.

만약 가주가 사파의 내공을 계속 실험했다면 주화입마에 들거나 전신의 혈도가 터지고 단전이 파괴되었을지도 몰랐다.

그러던 찰나에 정심한 내공심법을 시작했으니, 가히 유청의 홍복이라 할 만했다.

유청이 모르는 사이에 서장 내공심법으로 축기한 진기가

몸속을 떠도는 사파의 진기들을 묶어두는 역할을 하게 된 것이다.

그리고 시간이 지날수록 서장 내공심법으로 쌓은 정심한 진기의 양이 불순한 사파 진기들을 조금씩 넘어서기 시작했다.

세월은 장강(長江)의 흐름처럼 유유하면서 동시에 빠르게 지나갔다.

＊   ＊   ＊

백당에서 꼬박 세 시진을 걸으면 나오는 작은 마을에 시골 장터가 열리고 있었다. 말은 시골 장터이나 소, 돼지, 닭 등의 육류를 비롯하여 팔지 않는 식재료가 없었다.

장터에서 제일 좋은 건물을 차지한 상인은 장형식이라 했다.

그는 육류와 생선, 어패류를 취급했다.

중원의 고급 요리에 빠지지 않는 게 바로 생선과 어패류다. '건복(乾鰒:말린 전복)이 들어가지 않은 것은 중원 요리가 아니다'란 말까지 있을 정도였다.

사천은 바다가 없는 곳이니만큼 자연히 생선과 어패류의 값은 하늘을 찔렀다. 그런 만큼 장형식도 비싼 옷을 입고 위세가 당당했다.

그가 더위에 못 이겨 하인에게 부채질을 시키려는 찰나에 손님 하나가 안으로 들어왔다.

그는 올해로 열여덟 살이 된 유청이었다.

그가 서문세가에 온 지 벌써 팔 년이 지난 것이다.

그런데 유청은 한 손으로 허리를 짚고서 발을 절룩거리고 있었다.

"쿨럭쿨럭."

게다가 고개를 숙이고 밭은기침까지 한다. 얼굴에는 수심이 가득 차 있고 차림새는 흙먼지를 뒤집어쓴 게 절로 동정심이 드는 몰골이다.

장형식이 깜짝 놀라 물었다.

"아니, 유 총관. 무슨 일이라도 있었나?"

유청이 푸욱 한숨을 쉬고 말했다.

"실은 가주님이 아직도 쾌차하지 못하고 계십니다."

"아직도? 얼마나 되셨지?"

"벌써 석 달째입니다. 그런데 설상가상으로 어제는 그만 주모님까지 몸져누우셨지 뭡니까."

"허어, 그것참."

"그런 판에 소가주님은 철없이 놀러 다니느라 돈을 흥청망청 쓰시니, 제가 어떻게 변통하고는 있습니다만 세가 사정이 요즘 옛날 같지 않아서……."

유청의 눈가에 이슬이 맺히는가 싶더니 금세 닭똥 같은 눈물이 뚝뚝 떨어졌다.

장형식은 혀를 쯧쯧 차며 말했다.

"그렇구먼. 사정이 그리 나쁘다니 이제 우리 상점에서 음식을 대먹기는 힘들겠군."

그때,

"쿨럭!"

갑자기 유청이 기침을 하니 입가에서 짙은 핏물이 주르르 흘러내리는 게 아닌가?

장형식은 눈이 휘둥그레져서 말했다.

"유 총관, 괜찮은가? 두 분이야 그렇다 치고, 자넨 왜 그런 겐가?"

"몸이 안 좋으신 가주님과 주모님께 영양가있는 반찬을 드리느라 먹는 걸 소홀히 했더니 예전에 앓았던 지병이 도지는 바람에… 쿨럭쿨럭!"

유청은 연신 받은기침을 하며 입가의 피를 소매로 훔쳐 닦았는데, 그 모습이 사뭇 처량해 보였다.

장형식이 잠시 그의 모습을 지켜보더니 말했다.

"허허, 젊은 사람이 벌써부터 몸이 그래서야 어찌 쓰겠나? 으음, 이번에 가져온 생선과 전복, 해삼은 원래 은 서른 냥은 받아야 하는 것인데 내 사정을 봐서 스물닷 냥만 받을 테니 남은 돈으로 약이라도 지어 먹게."

그의 말에 유청은 울먹이며 대답했다.

"아닙니다. 어르신이 그러시면 제가 뵐 면목이 없습니다.

게다가 실은 달랑 은 스무 냥밖에 남지 않은지라……."

"괜찮네. 자네와 내가 하루 이틀 아는 사이인가. 은 스무 냥이라……. 이문은 남지 않지만 이번만큼은 내 인심 쓰지."

"가, 감사합니다!"

유청은 머리가 발에 닿을 만큼 허리를 굽혔다. 그리고 연신 기침을 하면서 발을 절룩이며 건물을 나섰다.

그는 건물을 나오자 좁은 골목으로 들어갔다.

그런데 어느 순간 힘없이 구부리고 있던 그의 허리가 일자로 곧게 펴지고, 절룩이던 발은 힘차게 땅을 딛는 게 아닌가!

유청은 득의양양한 얼굴로 중얼거렸다.

"은 열 냥 벌었군. 물엿에다 붉은 염료를 섞으니 가짜 피로 꽤 쓸 만한데?"

그랬다.

유청이 장형식 앞에서 보인 것은 모두 연기였다. 실로 대도시 낙양에 가면 당장에 인기 연극의 주연배우 자리를 꿰찰 만한 연기였다.

그렇게 골목을 나서는데, 앞에서 웬 거지 하나가 동냥을 하고 있었다.

"나으리, 한 푼만 줍쇼."

유청은 지그시 눈을 내리깔고 거지를 봤다.

옆구리에 매듭 하나 없는 걸로 보아 개방 거지가 아닌 그냥 거지였다.

"여기서 땅을 파보시오."

유청의 엉뚱한 말에 거지는 고개를 갸웃했다.

"네? 여기 돈이 묻혀 있습니까? 아니면 땅을 파면 적선을 하시겠단 말씀입니까?

"하루 종일 땅을 파보쇼. 땡전 한 푼 나오나."

유청은 말을 마치기가 무섭게 자리를 떴다.

거지는 잠깐 멍청히 있다가 곧 그의 등에 대고 말했다.

"돈 안 줄 거면 그냥 갈 것이지 웬 선문답이냐? 에이, 재수 옴 붙겠다. 퉤에!"

한바탕 연기로 은 열 냥을 번 유청은 가벼운 발걸음으로 백당에 돌아왔다. 다른 이라면 걸어서 꼬박 세 시진이 걸릴 거리인데, 그는 목인비보로 반 시진 만에 온 것이다.

유청은 올해로 열여덟이 되었다.

세가에 들어와서 가주의 정체를 알게 되기까지 사 년.

그 뒤로 지금까지 사 년.

고향을 떠나 사천 끝의 백당에 온 지 도합 팔 년이 지난 것이다.

팔 년의 세월은 그를 신체적으로 많이 변화시켰다.

우선 키가 훌쩍 컸다.

젖살이 빠진 얼굴은 이목구비의 윤곽이 또렷해졌다.

세가의 영양가있는 밥을 먹고 지낸 덕에 가늘고 호리호리

하던 몸이 이제는 제법 근육이 붙어 균형있게 변했다.

변한 것은 신체뿐만이 아니었다.

그가 펼치는 백호복운도 사 년 전과는 크게 달라져 있었다.

예전에는 발을 허리 위까지 치켜올렸다가 힘차게 발을 구르며 권격을 질렀다. 동작을 일부러 크게 하여 파괴력을 높이는 수련 방법이다.

하지만 지금은 발을 높이 들지 않았다.

발이 땅에서 살짝 떨어지려는 찰나에 몸이 동시에 앞으로 튀어 나간다. 그리고 지면을 미끄러지며 나아가 권격을 폭발시킨다.

그가 펼치는 백호복운과 목인비보의 위력이 팔 년 전과는 하늘과 땅만큼 차이가 생긴 것이다.

그러나 유청은 그 생각만 하면 절로 얼굴이 구겨졌다.

"쳇, 계륵 같은 무공들."

그랬다.

팔 년을 하루같이 수련했지만, 내공의 힘을 싣는 발경을 할 수 없으니 여전히 반쪽짜리 백호복운과 목인비보였다.

물론 사 년 전부터 수련한 서장의 내공심법은 그의 동작 하나하나에 힘을 실어주었다. 그러나 그가 아는 것은 단전에 축기하는 것뿐, 진기를 발경으로 폭발시키는 응용법은 몰랐다. 그러니 한계가 있기 마련인 것이다.

수련을 그만두자니 막상 할 줄 아는 다른 무공도 없고, 그렇다고 계속해 봤자 백호복운과 목인비보 갖고 절정고수가 될 리도 없다.

계륵(鷄肋).

위나라 왕 조조가 닭갈비 뼈에 붙은 살점이 버리자니 아깝고 뜯어 먹자니 귀찮다고 해서 생긴 말.

지금 자신의 처지가 딱 계륵이었다.

하지만 그가 팔 년간 달라진 것은 무공뿐만이 아니었다.

까칠한 세가 식구들 등쌀을 참고 지낸 유청은 과거의 그가 아니었다.

옛날에도 남달리 영악한 소년이기는 했다. 하지만 지금처럼 남을 속이는 걸 당연시하지는 않았다.

장형식에게 그랬던 것처럼 틈만 나면 수단과 방법을 가리지 않고 돈을 뜯어냈다. 푼푼이 모은 돈이 쌈짓돈이 되고, 지금은 비자금이 되었다.

그러면서 거지에게는 한 푼의 적선도 아까워했다.

유청은 스스로 새로운 신공절학을 터득한 것이다.

바로 당과처럼 달콤한 세 치 혀의 놀림!

그리고 상황에 따라 천변만화하는 얼굴 가죽!

팔 년간의 세가 생활은 유청을 천하의 소인배로 만들었다.

＊　　　＊　　　＊

세가로 돌아오자 가주가 유청을 본관으로 불렀다.

'무슨 일이지?'

유청은 고개를 갸웃했다.

가주는 유청이 소가주와 대련할 때와 사파 내공을 실험할 때를 제외하면 따로 부르는 일이 거의 없었다.

본관에 도착한 유청이 들은 말은 실로 청천벽력과 같았다.

"오늘 밤 나와 함께 중원행을 할 터이니 준비를 해두어라."

"예? 중원행 말입니까?"

가주는 고개를 끄덕이고는 말했다.

"한 달간 먹을 비상 식량을 챙겨라. 그 외에 따로 준비할 것은 없다."

말수가 적은 가주는 그 말을 끝으로 본관을 나섰다.

유청의 기쁨은 하늘을 찔렀다.

'다시 중원으로 간다!'

실로 팔 년 만의 중원행이다. 물론 다시 돌아오겠지만 감회가 새로웠다.

그러나 이상한 기분이 들었다.

'왜지? 왜 나를 데리고 중원행을?'

가주는 팔 년간 수없이 중원에 나가면서도 유청을 데리고 간 적은 단 한 번도 없다.

게다가 그의 중원행은 실은 도적행이다.

유명 문파와 세가의 무공 비급을 훔치는 대도적.

수없는 절정고수가 비급을 지킬 터이니 유청이 따라가 봤자 도움이 되기는커녕 거치적거리는 짐만 될 게 뻔하다.

그런 판에 동행을 한다니 부쩍 의심이 들었다.

하지만 다른 생각도 들었다.

'혹시 이번엔 도적행이 아니라 정말 중원행인가?'

그럴 가능성도 충분했다. 그렇게 생각하니 가주가 무엇을 하든 의심부터 하고 보는 자신이 문득 우습게 느껴졌다.

그날 밤 유청은 가슴을 설레며 중원에 나갈 준비를 했다.

먼저 그동안 모은 비자금을 챙겼다. 주로 식재료 값을 깎아서 모은 돈이었다.

그리고 서장 내공심법 비급을 품에 넣었다.

사 년 전에 유청은 왕삼을 통해서 서책 하나를 구했다. 그리고는 그 서책의 겉장을 뜯어낸 다음, 서장 비급과 속 내용물을 바꿔치기했다. 때문에 지금 가주의 비밀 방에 있는 것은 겉표지만 서장 비급인 가짜였다.

하지만 들킬 걱정은 없었다. 가주는 실망이 컸는지 그날 이후론 서장 비급을 구석 선반에 처박아두고서 한 번도 빼어보지 않았기 때문이다.

그가 서장 비급을 가짜로 바꿔치기한 것은 이유가 있었다.

자신이 아는 유일한 내공심법.

행여 언젠가 도망칠 기회가 생기면 비밀 방의 다른 서책들은 갖지 못하더라도 서장 비급만큼은 반드시 챙길 생각이었다.

'딴 건 가주, 너 다 가져라. 하지만 서장 내공심법만큼은 절대 양보 못한다!'

어느새 자정이 되었다.

가주는 봇짐 꾸러미를 유청에게 짊어지게 했다. 무엇을 넣었는지 무게가 제법 되었다.

가주는 아무 말도 하지 않고 앞장을 섰다.

유청은 뒤를 따르며 그를 비웃었다.

'공처가 양반, 주모가 그렇게 무서우냐, 중원행 할 때면 만날 한밤중에 가게?'

그날따라 달빛은 어두운 밤길을 환하게 비추었다.

'드디어 다시 중원에 간다!'

유청은 두근거리는 가슴을 안고 백당을 떠났다.

그러나 그것이 중원행이 아니라 지옥행임을 그는 꿈에도 알지 못했다.

*   *   *

팔 년 만의 외출!

백당을 떠나 중원으로 향하는 유청은 절로 콧노래가 나왔다.

'그동안 중원은 어떻게 변했을까?'

열 살의 어린 나이에 세가에 와서 틀어박혀 지냈고, 그전에
도 고향을 떠난 적이 없으니 따지자면 첫 중원행이나 마찬가
지다.

게다가 유청이 기대하는 것은 단지 중원행 때문이 아니었
다.

'도망칠 수 있는 절호의 기회일지도 모른다!'

청환단만 수중에 넣으면 불가능한 일이 아니다.

시골 백당에서야 청환단을 구한다 치더라도 주위가 숲과
산뿐이니 무공 고수인 가주의 추적을 피해 도망치기는 힘들
었다.

하지만 중원은 다르다. 수많은 인파 속에 휘말린다면 제아
무리 교활한 가주라도 남의 눈이 있는 데서 자신을 어찌할 수
는 없으리라.

그러나 유청의 희망은 곧 깨졌다.

백당에서 동쪽으로 가야 사천의 중심지인 성도가 나온
다.

하지만 가주의 행로는 시간이 지날수록 북쪽으로 휘어졌
다. 안 그래도 사람 없는 시골 백당인데 점점 더 사천 구석으
로 들어가는 것이다.

행로가 그러니 가도 가도 하늘을 찌르는 산봉우리만 나왔
다.

유청은 그제야 깨달았다.

'비상 식량 한 달분을 준비하라는 게 이래서였구나!'

사람의 발길이 닿은 적 없는 오지(奧地)로 들어갈 계획이니 비상 식량을 준비하라고 명한 것이다.

'망할! 이래서야 도망치더라도 산속을 헤매다 굶어 죽겠잖아!'

그렇게 꼬박 삼 주 동안 산을 넘자 바위 계곡이 나타났다.

막 계곡의 초입을 지나는데 사냥꾼 둘을 만났다.

가주가 그들에게 물었다.

"이곳이 무진곡이 맞소?"

"그렇소만, 설마 여길 들어갈 생각이오?"

"알 것 없소."

가주는 더는 할 말이 없는지 발을 뗐다.

유청은 가주의 뒤를 따라가다가 슬쩍 사냥꾼들의 눈치를 살폈다. 괴이하게도 그들의 얼굴에는 짙은 어둠이 드리워져 있는 게 아닌가?

뭔가 수상하다는 걸 느꼈으나 가주를 따라가는 것 외에 달리 방법이 없었다.

가주와 유청이 떠나자 사냥꾼들은 혀를 차며 말했다.

"무진곡에 온 걸 보니 필시 광룡각을 찾는 놈들이구먼."

"대체 광룡각에 무슨 기진이보(奇珍異寶)가 있기에 중원 놈들이 저 난리지?"

"알 게 뭔가. 나 같으면 천만금을 준다 해도 거긴 안 갈 걸

세. 사냥꾼 생활 삼십 년 동안 거기 들어가서 살아 나온 놈은 하나도 못 봤네."

"광룡각에 송장 둘 늘겠군."

그들은 고개를 흔들면서 숲 속으로 사라졌다.

가주와 유청은 무진곡으로 들어갔다. 무진곡은 말이 계곡이지 양옆은 깎아지른 바위 절벽이고, 안에는 물 한 방울 흐르지 않는 모래땅이었다.

무진곡은 들어가면 갈수록 좁아졌다. 종국에는 사람 한 명이 겨우 통과할 만큼이 됐다. 반나절을 걷자 드디어 무진곡이 끝났다.

유청이 안도의 한숨을 쉬려는 찰나, 오히려 입이 딱 벌어졌다.

깎아지른 바위 절벽으로 팔방이 둘러싸인 광장에 웅장한 팔층 누각(樓閣)이 당당하게 서 있는 게 아닌가!

누각의 맨 위층은 고개를 쳐들지 않으면 보이지 않을 만큼 높았고, 아래층은 폭이 엄청나게 넓었다. 게다가 한 층의 높이가 이 장을 넘어 삼 장 가까이 되어 보였다. 황제가 거처하는 황궁도 이보다는 크지 않을 듯싶었다.

말수 없는 가주가 입을 열었다.

"이곳은 광룡각(狂龍閣)이다."

유청은 자기도 모르게 흠칫했다.

미친 용이 사는 누각.

가히 천외비처에 어울리는 이름이었다.

"짐을 풀어라."

가주의 명령에 유청은 세가에서 메고 온 짐을 내려놨다. 짐을 풀던 유청은 그 속에서 나온 물건들을 보고 또 한 번 입이 딱 벌어졌다.

인피면구.

기다란 발톱이 사방으로 난 갈고리와 밧줄.

검은 천에 박힌 야명주.

가시가 촘촘히 박힌 검은 장갑.

그리고 용도를 알 수 없는 수많은 물건들.

'가주의 도적 장비다!'

그 말은 중원행이 아니라 도적행이란 뜻이다.

성도를 향하지 않고 북쪽 오지로 올 때 이미 예상은 했지만 막상 눈앞에 닥치자 기분이 더러웠다.

반면에 흥분도 되었다.

가주를 따라 도적행에 나선 것 역시 처음이다. 저 누각 안에 신공절학이 담긴 비급이나 기진이보가 있을지 모른다는 생각을 하니 가슴이 뛰었다.

가주는 인피면구를 품에 넣고는 야명주가 박힌 천을 머리에 감았다. 그러자 야명주는 자연히 그의 이마 한가운데에 위치했다. 야명주를 따로 손에 들 필요가 없으니 두 손을 자유롭게 쓸 수 있는 것이다.

'머리 써서 잘도 만들었군.'

가주가 고갯짓을 하자, 유청도 그처럼 야명주 천을 이마에 둘렀다.

"지금부터 광룡각을 오른다."

가주는 밧줄을 어깨에 걸쳐 메고서 검은 장갑을 양손에 끼웠다. 그리고는 왼손을 벽에 붙이더니 오른손을 그 위로 뻗으며 양손을 교차하여 벽을 기어오르기 시작했다.

유청은 검은 장갑이 무엇인지 알아차렸다.

장갑에는 가는 갈고리가 촘촘히 박혀 있어 그걸로 마찰력을 얻어서 벽을 오르는 원리다.

하지만 제아무리 기진이보에 해당하는 도적 도구를 쓴다 해도 지금의 가주처럼 능숙하게 벽을 탈 수는 없었다.

'벽호공(壁虎功)이구나!'

가주는 갈고리 장갑을 끼는 것으로도 모자라 벽호공을 써서 도마뱀이 나무에 오르듯 누각 벽을 순식간에 기어올랐다. 유청은 새삼 가주의 철두철미함에 혀를 내둘렀다.

가주는 세 층을 오른 뒤에 처마에 갈고리를 걸고서 밧줄을 아래로 던졌다.

유청은 밧줄을 잡고 누각을 올랐다.

유청이 올라오자 가주는 다시 밧줄을 챙기고는 세 층을 더 올라갔다.

그렇게 세 번을 반복하자 둘은 광룡각의 꼭대기인 팔층에 오를 수 있었다.

그때 가주의 말이 들렸다.

"지금부터 너는 절대 말을 하지 말고 입을 다물어라."

귀로 들리는 게 아니라 머리 속으로 직접 말이 전해졌다.

'전음입밀(傳音入密)이다!'

생전 처음 전음을 들으니 더욱 흥분이 되었다.

광룡각은 각 층이 사각형으로, 각 면이 동서남북을 향하고 있었다.

가주는 모퉁이를 돌아서 북쪽 창가로 가 문을 열었다.

끼이이익.

먼지가 일면서 문이 열렸다.

가구 하나 없이 텅 빈 누각.

가주는 먼저 누각 안으로 들어가서 유청에게 손짓했다. 유청이 막 발을 들여놓으려 할 때 가주의 전음이 들렸다.

"아무것도 만지지 말고 건드리지도 마라. 광룡각의 모든 문에는 장치가 되어 있다. 오직 팔층의 북쪽 창만 아무것도 없지. 하나 다른 문은 건드리면 기관이 작동하여 만천화우처럼 금침이 쏟아진다."

'······!'

유청은 침을 꿀꺽 삼켰다.

그렇다.

항상 혼자서 도적행을 하던 가주가 일부러 자신을 데리고 온 곳이다.

천외비처가 아니라 어디에서 독침과 칼날이 날아들지 모르는 도산지옥(刀山地獄)인 것이다.

유청은 행여 옷자락이라도 닿을까 봐 조심해서 문을 넘었다.

밖은 아직 해가 떠 있는데 누각 안은 어두웠다.

다시 보니 사방 창문에는 철판이 덧대어져 있었다. 사람이 사는 곳이 아니라 애초에 다른 목적으로 지어진 곳이리라.

유청은 가주를 따라 팔층 중앙에 있는 계단을 내려갔다.

그런데 내려간 칠층에는 아래로 향하는 계단이 두 개가 있었다.

가주는 그중 왼쪽에 있는 계단으로 갔다.

"오른쪽 계단에 발을 들이면 칼날이 날아오지."

예상은 했지만 말을 들으니 소름이 끼쳤다.

아니나 다를까, 오른쪽 계단 끝에는 하얗고 길쭉한 무언가가 걸쳐져 있었는데, 아마도 사람의 손가락뼈인 듯했다.

'계단을 잘못 선택하면 목숨이 떨어지겠구나.'

유청은 만에 하나를 대비해서 안전한 계단을 외워야겠다고 생각했다.

그런데 밑으로 내려갈수록 설상가상이었다.

육층에 내려서자 이번엔 계단이 네 개가 있는 게 아닌가?

네 개의 계단은 동서남북 방위에 있었다. 가주는 동쪽 계단을 택했다.

오층으로 내려가는 유청은 나쁜 예감이 들었다.

나쁜 예감은 이상하게도 딱 들어맞는 게 세상사다.

오층에는 팔괘 방위에 따라 여덟 개의 계단이 있었다.

'어이구, 머리 터지겠군!'

가주는 이번에는 곤괘(坤卦) 방위의 계단을 내려갔다.

계속해서 사층에는 십육 개, 삼층에는 삼십이 개, 이층에는 육십사 개의 계단이 있었다.

'내려갈 때마다 두 배로 곱을 하는구나!'

마지막 일층에는 당연하게도 백이십팔 개의 계단이 있었다.

그런데 가주는 멈추지 않고 계속해서 계단을 내려갔다.

'뭐야? 더 내려가야 돼?'

팔층에서 일곱 번을 내려왔으니 일층, 곧 지상이다.

그런데 밑으로 내려가는 계단은 계속 있다. 그 말은 광룡각이 지하로 이어진다는 뜻이다.

'환장하겠군. 그럼 설마 지하 일층에는 이백오십육 개?'

그 생각을 읽었는지 가주가 전음을 보냈다.

"계단은 이제 끝이다."

절로 안도의 한숨이 나왔다.

유청은 행여나 지금까지 내려온 계단의 순서를 잊을까 봐 머리 속으로 몇 번씩 다시 반복하여 외웠다.

그가 가주가 내려가는 계단을 향해 발을 옮길 때였다.

퍼석.

순간 발밑에서 바닥이 밑으로 꺼졌다. 지은 지 수백 년이 넘은 누각. 낡은 나무 바닥이 유청의 몸무게를 이기지 못하고 무너진 것이다.

유청은 비명도 지르지 못한 채 아래로 떨어져 끝없이 밑으로 추락했다.

그때,

쉬이이익.

공기를 가르며 무언가가 날아왔다. 바로 가주가 던진 갈고리 밧줄이었다.

유청은 반사적으로 손을 내밀었다.

갈고리 밧줄은 뱀처럼 꿈틀대며 유청의 팔을 두 번 감더니, 독사가 이를 박아 넣듯 갈고리가 죄어져 팔꿈치를 틀어잡았다.

"아아악!"

유청은 갈고리가 살을 파고들자 비명을 질렀다. 하지만 그 덕에 추락을 멈추고 허공에 매달릴 수 있었다.

무심코 밑을 보자 시커먼 칠흑의 어둠이 입을 벌리고 있었다. 바닥이 어디인지 모를 암흑. 떨어지면 제아무리 절정고수라도 살아남지 못하리라.

가주가 밧줄을 끌어올리자 유청은 누각으로 올라왔다. 가주는 아무 말 없이 밧줄을 챙기고는 먼저의 계단으로 내려갔다.

유청은 가주를 원수로 여기고 있으나, 위기 상황에서 한 치의 흔들림도 없는 그가 대단하다 여기지 않을 수 없었다.

'어쨌든 살았으니 다행이다.'

그러나 유청이 모르는 사실이 있었다.

그가 떨어지면서 지른 비명 소리에 광룡각 지하 깊은 곳에서 무언가가 고개를 들었다. 그것은 족히 팔 척은 됨직한 몸을 서서히 일으켰다.

광룡각에 들어온 자들이 살아나가지 못했던 이유. 천외비처를 지키는 광룡이 깨어난 것이다.

마지막 계단을 내려가니 좁은 협도(狹道)가 나왔다.

비스듬히 지하로 내려가는 협도는 끝이 없었다. 설상가상으로 협도는 들어가면 갈수록 천장이 낮아져서 허리를 굽혀야만 지날 수 있었다.

한 시진 이상을 걸었을까. 드디어 협도가 끝나고 드넓은 공터가 모습을 드러냈다.

공터의 한가운데는 작은 단상이 있었는데, 그 위에 빛을 발하는 작은 황금 상자가 놓여 있는 게 아닌가!

'광룡각의 기진이보가 저것이군.'

기이하기 짝이 없는 팔층 누각과 그 밑의 지하 협도.

그곳에 감추어진 비보이니 가히 중원을 뒤흔들고도 남을 기진이보이리라.

가주의 전음이 들렸다.

"바닥을 봐라. 육각형의 벽돌이 보이느냐?"

고개를 내리자 그의 말대로 바닥은 육각형을 깎아 만든 벽돌이 깔려 있었다.

"지금부터 내 명령에 따라 벽돌을 밟고 반대편으로 가라. 만약 벽돌을 잘못 밟을 시에는 기관이 작동하여 칼날이 목을 자를 것이니 명심해라."

'……!'

아니나 다를까, 공터의 여기저기에는 앙상한 해골들이 널려 있었다. 모두 황금 상자를 노리고 왔다가 함정에 걸려 죽은 자들이리라.

"먼저 비괴능파를 밟아라."

'목인비보?'

비괴능파는 목인비보의 구명절초다. 유청은 침을 꿀꺽 삼키고는 비괴능파의 방위대로 벽돌을 밟아 나갔다.

다행히 칼날이 날아오지 않는 걸로 보아 제대로 밟은 모양이었다.

가주는 계속해서 목인비보의 일 보 일 보를 명령했다.

'그렇구나!'

유청도 바닥의 원리를 깨달았다. 목인비보는 주역 육십사

괘로 발을 옮기는 보법, 즉 함정 바닥 역시 주역 육십사괘의 진법으로 되어 있을 것이다.

'목인비보를 할 줄 알기 때문에 나를 데리고 온 건가?'

하지만 가주도 목인비보는 할 줄 아니 그것만으로는 설명이 안 됐다.

얼마 지나지 않아 유청은 단상을 중앙에 두고 가주와 반대편으로 이동했다.

"마지막 밟은 벽돌에서 움직이지 마라. 그건 이곳의 모든 기관을 통제하는 벽돌이다. 만약 발을 떼면 동시에 칼날이 쏟아질 것이다."

그 말에 유청은 얼어붙었다.

가주는 무인비보를 펼쳐서 단상으로 다가갔다. 그리고 황금 상자를 손에 쥐고 들어 올렸다.

그리고 유청은 똑똑히 볼 수 있었다. 팔 년간 한 번도 보지 못한 가주의 득의양양한 미소를.

'뭔가 꿍꿍이가 있다!'

가주가 유청을 돌아보며 말했다.

"유 총관, 너와의 인연이 참으로 길었구나."

이제 그는 전음을 쓰지 않고 그냥 말했다.

"팔 년간 세가를 위해 힘써준 것은 가상하게 생각한다. 그러고 보니 네가 다섯 번째 총관이었지?"

"……!"

다섯 번째란 소리는 자신처럼 꾀어온 아이가 그전에 네 명이 더 있단 소리다.

"그들은 어딨습니까?"

목소리가 떨려 나왔다.

"그들은 세가를 도망치려 해서 응당 받아야 할 벌을 받았다."

유청은 더 묻지 않았다. 가주의 말투로 보아 그들은 적환단 때문에, 아니면 가주의 손에 죽었을 것이 자명하다.

이가 부득부득 갈렸다.

"너만은 제대로 키워주려 했으나 일이 이렇게 돼버렸으니 어쩔 수가 없구나."

말을 마치기가 무섭게 가주는 몸을 돌렸다.

그는 어이없게도 오체투지를 하듯 바닥에 팔꿈치와 무릎을 대고 엎드렸다. 그리고 지네가 바닥을 기듯이 사지를 놀려 순식간에 협도 속으로 사라졌다. 그 속도가 유청의 목인비보와는 비교도 안 될 만큼 빨랐다.

유청은 입을 딱 벌리고 멍하니 서 있었다.

모든 일이 너무도 갑작스레 벌어져서 머리 속이 텅 빈 것이다.

그는 자기도 모르게 고개를 숙여 발밑을 보았다. 그제야 가주가 왜 자신을 데리고 도적행에 나섰는지 전말을 깨달을 수 있었다.

이 벽돌을 밟고 있으면 기관이 작동하지 않는다.

그 말은 가주가 자신을 희생양으로 해서 기진이보만 챙기고 도망쳤다는 소리다.

"하하하……."

너무 화가 나니 오히려 웃음이 나왔다.

말뿐인 총관. 적환단 때문에 도망도 못 치는 신세.

그러나 마음 한 켠에는 언젠가 세가의 일원으로 인정받으리라는 희망이 남아 있었다.

그런데 팔 년을 단물만 빨아먹고서 버릴 줄이야!

토끼를 잡으면 사냥개는 삶아 먹는다는 옛말.

'나를 토사구팽한 거냐?!'

유청의 입가에서 한줄기 피가 주르르 흘렀다. 분노에 차서 자기도 모르게 입술을 깨문 것이다.

하지만 그는 아픔을 느끼지 못했다.

배신당한 아픔. 다시 속아 넘어간 자신에 대한 분노.

인생이 자신을 배신했다는 생각이 머리 속을 꽉 채웠다.

그때였다.

쿠구구구구.

사방의 벽이 허물어지기 시작했다.

'지하가 무너진다!'

유청은 반사적으로 목인비보를 써서 앞으로 튀어 나갔다. 그러자 사방의 벽에서 기관이 작동했다.

차라라라라.

수십 개의 칼날이 유청을 향해 날아왔다.

만약 유청이 보통의 보법을 펼쳤더라면 꼼짝없이 목이 떨어졌을 것이다. 그러나 목인비보는 몸을 최대한 낮춰서 미끄러지는 보법이다. 그게 유청의 목숨을 살렸다.

목인비보를 밟는 유청의 몸은 딱 머리 하나만큼이 더 낮았고, 때문에 칼날은 아슬아슬하게 그의 머리를 스치고 지나갔다.

'함정을 벗어난 건가?

그런데 벽이 무너진 곳에서 시퍼런 안광 두 개가 보였다.

콰아아앙!

안광의 주인은 두 팔을 휘둘러 무너지는 벽을 아예 가루로 만들었다.

팔 척이 넘는 신장.

허리까지 내려오는 흑발.

인간이라 볼 수 없을 만큼 거대한 팔과 다리의 근육.

순간 광룡각이란 이름이 왜 붙었는지 이해됐다.

미친 용이 사는 누각.

저자는 기진이보를 지키는 누각의 광인(狂人)이 틀림없다.

"크어어어어!"

광인이 포효하자 정신이 멍해졌다.

'사자후(獅子吼)다!

유청은 재빨리 손으로 귀를 틀어막았다.

그러나 강맹한 진기의 파장이 뇌를 뒤흔들었다.

'이러다가 죽는다!'

유청은 진기를 끌어올렸다.

진기를 운용하면 제멋대로 뒤엉키는 바람에 주화입마에 들까 봐 주저했지만 지금은 선택의 여지가 없었다.

"끄으으윽!"

내부가 진탕되어 들끓었다. 수십 개의 서로 다른 진기가 동시에 단전을 차고 나와 혈맥을 돌았다.

하지만 그 때문에 광인의 사자후 여파가 줄어들었다.

유청은 목인비보를 밟아서 협도로 도망쳤다.

협도는 허리를 굽혀야 겨우 통과할 만큼 천장이 낮았지만 유청은 목인비보 때문에 제 속도로 도망칠 수 있었다. 목인비보가 아니라면 광인에게 벌써 잡혔을 것이다.

쿵쾅쿵쾅!

몸집이 큰 광인은 아예 협도를 부수면서 유청을 쫓아왔다.

'이대로라면 잡히고 만다!'

유청의 머리 속은 단 한 가지 생각뿐이었다.

'가주, 네놈에게 복수하기 전에는 억울해서 못 죽는다!'

생사를 넘어선 결의.

순간 전신의 진기가 혈도를 돌고 돌아 발바닥에 있는 용천혈(湧泉穴)에 모였다. 성난 파도처럼 진기가 모여들자 발이 순식간에 풍선처럼 부풀었다.

그리고 어느 순간,

그의 발에서 뇌성벽력이 울리며 진기가 터져 나왔다

퍼퍼퍼펑!

팔 년간 수련했지만 발경을 못하기에 반쪽짜리였던 목인비보.

그러나 생사의 위기에서 용천혈로 진기가 폭발하며 유청의 목인비보가 완성된 것이다.

그는 세가에 와서 사 년간 가주에게 수많은 사파의 내공심법을 실험당했다. 그런 줄도 모르고 처음 사 년간은 열심히 수련했다.

가주의 정체를 안 뒤부터의 사 년은 서장 내공심법을 익혔다.

팔 년간 그가 단전에 쌓은 진기는 일류고수 수준을 뛰어넘는 것이었다.

그러나 사파 심법으로 축기한 진기와 가주가 불어넣은 진기가 종종 뒤엉키고는 했다. 다행히 서장의 정심한 진기가 그것을 막는 역할을 했다.

그런데 지금 그 진기들이 정심한 서장 진기를 중심으로 하나로 뭉친 것이다.

이제 그의 몸에서 서장과 사파 진기의 구분은 사라졌다.

하나에 하나를 더하면 둘이 된다.

그러나 유청의 내공은 서장 둘에 사파 하나를 뺀 수준이었다.

그런 판에 모든 진기가 합쳐졌으니 둘이 아니라 셋, 넷, 아니, 그 이상의 진기가 일시에 전신 혈도를 돌게 된 것이다.

실로 유청의 팔 년간의 내공심법 수련이 일가를 이루는 순간이었다.

사아아아악!

유청의 두 발은 이미 범인의 눈에는 보이지 않는 속도로 움직였다.

유청은 섬광처럼 협도를 빠져나왔다. 협도에 들어갈 때는 한 시진이 넘게 걸렸는데 나올 때는 일각도 채 걸리지 않은 것이다.

막혀 있던 진기가 터지는 바람에 그의 두 발바닥은 생살이 찢어져서 피가 뿜어져 나왔다. 그가 달리는 곳에 길게 두 줄기의 핏자국이 그려졌다.

그러나 목숨을 걸고 도망치는 유청은 고통을 느끼지 못했다.

유청은 먼저 외웠던 대로 계단을 올랐다.

설령 기억이 틀려서 칼이 날아와 목에 박히더라도 이제는 멈출 수 없다. 뒤에서 광인이 쫓아오고 있었기 때문이다.

한 층, 한 층.

드디어 팔층에 도착했다.

'살았다!'

그런데 북쪽 창문이 굳게 닫혀서 열리지 않는 게 아닌가?

문득 뇌리를 스치는 생각이 있었다.

'가주 짓이다!'

그가 광룡각을 지키는 광인이 있다는 걸 모를 리 없다. 자신을 미끼에 쓴 것도 모자라서 광인의 추적을 늦추기 위해 아예 퇴로를 막은 것이다.

설상가상으로 계단 밑에서 광인의 머리가 쑥 올라왔다.

'이렇게 빨리?'

절정고수일 것이라 생각은 했지만 예상보다 훨씬 빨랐다.

다시 보니 광인의 등과 팔에 셀 수 없이 많은 칼날이 박혀 있는 게 아닌가? 유청을 쫓아서 칼날을 그대로 맞으며 아무 계단으로나 마구 올라온 것이다.

무릎에 힘이 빠졌다.

'이대로 죽는 건가?'

세가를 세우고 무림을 호령하기는커녕 가주의 꾐에 넘어가 개죽임당하는 것이 내 인생이란 말인가?

유청을 바라보는 광인의 눈에서 시퍼런 안광이 쏟아졌다.

그때 한 가지 생각이 뇌를 때렸다.

광인은 한 줌의 빛도 없는 지하에서 살아왔을 것이다. 그렇다면?

유청은 진기를 끌어올리며 남쪽 창문을 향해 백호복운을

출수했다.

생사의 갈림길이 달린 일 초식.

평소의 백호복운이라면 철판을 덧대어 만든 창문은 끄덕도 안 했을 것이다.

그러나 팔 년간 쌓인 모든 진기가 백호복운 일권에 일시에 폭발했으니…….

퍼어엉!

두터운 철판이 권격에 종잇장처럼 구겨지며 독침 장치가 붙은 창문 틀까지 통째로 박살나서 날아가 버렸다.

그리고 중천에 떠오른 태양!

내공 진기 때문에 서슬이 퍼렸지만 광인의 눈은 강렬한 햇빛을 견디지 못했다.

"꿰에에에엑!"

'성공이다! 나는 살았다!'

광인이 눈을 가리고 비명을 지를 때, 유청은 창문을 빠져나와 누각 밑으로 뛰어내렸다.

그리고 질풍처럼 달려서 광룡각을 떠나 무진곡으로 들어갔다.

무진곡에서 멀리 떨어진 숲 속.

유청은 풀 위에 누워서 하늘을 바라보고 있었다.

자신을 버리고 도망친 가주는 어디로 갔는지 알 수 없었다.

생사의 위기를 벗어나니 진기를 억지로 폭발시키느라 생살이 찢기고 피가 터진 손등과 발바닥이 못 견디게 아팠다.

그런데 풀리지 않은 의문이 하나 있었다.

바로 적환단.

광룡각에서 도망친 그는 지쳐서 꼬박 열두 시진을 잠들었다.

그런데 깨어나고 보니 공교롭게도 오늘이 적환단을 먹은 지 백하루째 되는 날이라는 걸 깨달았다. 가주와 도적행을 하느라 청환단을 먹어야 된다는 걸 까맣게 잊고 있었던 것이다.

물론 가주 역시 자신을 희생양으로 삼을 생각이었으니 청환단을 줄 필요가 없었을 것이다.

그런데 어제로 백 일이 되고 하루가 지난 지금 자신은 멀쩡히 살아 있지 않은가?

원래 적환단은 먹은 지 백 일이 지나면 사파 내공으로 쌓인 진기를 분탕 치게 만드는 환단이었다. 만일 유청이 가주의 정체를 모르고 시키는 대로 사파 내공을 계속 수련했더라면 적환단의 효과는 여전히 유효했을 것이다.

그러나 그는 정심한 서장 내공심법을 수련했고, 또한 어제 몸속의 모든 진기가 하나로 합쳐지는 바람에 더 이상 적환단은 자신에게 해를 끼칠 수 없게 된 것이다.

그 사실을 모르는 유청은 새삼 세상이 다르게 보였다.

'세상만사 새옹지마로구나!'

죽었다고 생각하자 내공이 완성되어 목숨을 구했다.

희생양이 되어 버림받자 반대로 발목을 잡았던 적환단의 마수에서 풀려났다.

유청은 벌떡 일어났다. 그리고 숲이 떠나가라 웃었다.

"하하하하하하하하!"

정심한 진기가 실린 그의 웃음은 숲을 뒤흔들었다. 깜짝 놀란 새들이 하늘로 날아올랐다.

푸드드득.

웃음을 멈춘 유청은 소리쳤다.

"나, 유청! 이제 다시는 누구에게도 속지 않겠다!"

그의 목소리는 광룡각 광인의 사자후에 못지않았다.

"기억해라! 네놈들이 날 속이기 전에 내가 먼저 속일 것이다!"

第五章

오늘부터 나는 협객!

사천과 하남 사이에 있는 섬서(陝西).

위아래로 길쭉한 섬서 지방에는 구대문파의 두 문파가 자리 잡고 있었다. 화산파(華山派)와 종남파(綜南派)가 바로 그들이다.

그 섬서의 남서쪽 끄트머리, 그러니까 사천과 섬서를 잇는 길목에는 다 쓰러져 가는 낡은 객잔이 하나 있었다.

현판도 걸려 있지 않아 이름이 뭔지도 알 수 없는 객잔.

겉으로 보기에는 예전에 망해서 건물만 남은 객잔인 것 같지만, 점소이가 밖을 기웃거리는 걸로 봐서 장사는 하는 듯했다.

점소이는 볼과 턱에 뻣뻣한 수염이 빼곡히 나 있었다. 그는 인상을 구기며 가래침을 탁, 뱉었다.

"제길, 사람은커녕 쥐새끼 하나 보이지 않는군. 오늘도 공치는 건가?"

옆에서 다른 점소이가 나오며 말했다.

"좀 더 기다려 보자구. 아직 해 떨어지려면 멀었잖아."

그는 입은 옷이 찢어질 정도로 살이 뒤룩뒤룩 찐 모습이었다.

수염을 덥수룩하도록 깎지 않은 점소이나 살이 쪄서 거동이 둔해 보이는 점소이나 둘 다 제대로 된 빠릿빠릿한 점소이로는 보이지 않았다.

그 말에 수염 난 점소이가 역정을 냈다.

"벌써 사흘짼데 손님 하나 없잖아? 도대체 여기가 목이 좋다고 한 놈이 누구야?"

"걱정 말라니까. 여기가 사천과 섬서를 잇는 길목이래. 틀림없이 돈 많은 여행객들이 걸릴 거야."

"허! 돈 많은 놈들이 잘도 이런 객잔에 오겠다!"

둘의 언성이 높아지자 키가 크고 어깨가 떡 벌어진 거구의 점소이가 나오며 말했다.

"셋째 말이 맞다. 장사를 하려면 먼저 참을성이 있어야 하는데 둘째, 너는 그게 부족해."

"젠장, 참기만 하다가 연장에 녹슬겠수!"

둘째라고 불린 수염 난 점소이는 화를 내며 안으로 들어갔다.

거구 점소이가 뚱보인 셋째 점소이에게 말했다.

"네가 호객 좀 맡아라. 저 녀석 얼굴을 보면 오던 손님도 달아나겠다."

"걱정 마슈, 큰형님."

그때였다.

자욱한 먼지 속을 뚫고 인영(人影) 하나가 모습을 드러냈다.

"어서 옵… 쇼."

셋째 점소이는 신이 나서 소리 지르다가 말을 흐렸다. 나타난 사람의 몰골이 영 엉망이었기 때문이다.

시커멓게 기미가 오른 눈.

쑥 들어간 양볼.

쾡한 눈매.

무엇보다 흐느적대며 걷는 게 영락없이 사흘은 굶은 폼이다.

그는 비틀대며 객잔으로 와서는 갈라지는 목소리로 말했다.

"여기 손님 받죠?"

셋째는 그의 몰골을 쳐다보다가 고개를 흔들었다.

"댁 같은 손님은 안 받수다. 얼른 꺼지쇼."

그러자 그가 고개를 들어 셋째를 노려봤다.

방금까지도 다 죽어가는 동태눈깔 같았는데, 갑자기 그의 퀭한 눈에서 번쩍이는 안광이 비쳐 나왔다.

셋째는 자기도 모르게 흠칫했다.

그가 일갈했다.

"이보쇼! 내가 돈이 없는 줄 아는 모양인데, 나 돈 있소!"

"아, 그러쇼……."

셋째는 그의 안광과 기세에 눌려 말소리가 줄어들었다. 그가 다가서자 셋째는 무의식적으로 길을 비켰다. 그는 가장 가까운 곳에 있는 탁자로 가 털썩 주저앉더니 고개를 들어 주위를 둘러봤다.

다 쓰러져 가는 낡은 건물. 비라도 오면 숭숭 구멍 뚫린 천장은 빗방울이 쏟아질 정도로 허름했다.

어딜 봐도 백당의 명물이던 성록루와는 비교가 되지 않았다.

그는 얼굴을 찌푸리며 중얼거렸다.

"쳇, 이것도 객잔이라고 점소이가 위세를 떠나?"

그는 다름 아닌 유청이었다.

광룡각을 탈출한 지 어언 한 달.

죽어라 산을 넘고 노숙을 하면서 겨우 사천의 북동쪽 끝에 당도했다.

혹시라도 가주를 만날지 몰라 평탄한 길을 피해 일부러 험한 산속을 골라 다녔다. 그 바람에 옷은 속이 훤히 들여다 보일 정도로 해졌고, 살은 빠질 대로 빠져 뼈가 앙상히 드러났다.

그나마 다행인 것은 세가를 떠날 때 서장 비급과 비자금을 챙긴 것이었다.

사 년 동안 값을 깎고 거짓 장부를 쓰며 모은 비자금.

하지만 그 비자금은 순식간에 사라져 버리고 말았다.

유청의 씀씀이가 팔 년 전과는 딴판이었던 것이다.

그는 처음 가주를 따라 백당에 올 때 최고급 객잔에서 묵었고, 산해진미만 골라 먹었다. 그런 판에 세가에 와서도 팔 년 동안 백당에 틀어박혀 있었으니 세상 물가가 얼마나 비싼지 전혀 짐작하지 못했던 것이다.

'젠장, 그 주루에서 바가지만 안 썼어도.'

광룡각을 떠나서 이 주일간의 노숙 끝에 유청은 제대로 된 도시에 도착했다. 그리고 제일 비싼 주루를 찾아서 들어갔다.

그곳에서 유청은 주루의 최고 비싼 요리를 잔뜩 시켜 먹었다.

먹고 자고, 먹고 자고만 삼 일을 반복하니 겨우 제정신이 돌아왔다.

삼 일째 되는 밤.

잠자리에 들려 하자 점소이가 눈짓을 해서 영문도 모르고 고개를 끄덕이니 아가씨 하나가 따라 들어오는 게 아닌가.

옳다구나 싶었다.

'드디어 총각 딱지를 떼는구나!'

아랫도리에 힘이 들어가기 시작한 그는 얼씨구나 하고 여자를 침대에 눕혔다.

여자는 코맹맹이 소리로 속삭였다.

"자기, 보기보다 부자네? 날 부르려면 은 다섯 냥은 내야 할 텐데……."

순간 머리가 번쩍였다.

"다섯 냥이라고? 세 냥밖에 안 남았는데."

무심코 꺼낸 말이 화근이었다. 방금까지도 요염하게 눈웃음을 짓던 여자는 금세 앙칼지게 변해 소리쳤다.

"뭐야? 화대도 없이 날 불렀단 말야?"

그것으로 끝이었다.

성인 남자 신고식(?)을 치르기는커녕 유청은 무전취식에다 주루의 최고 기녀까지 부른 괘씸죄로 점소이들에게 먼지 나도록 두들겨 맞았다.

목인비보를 써서 도망치면 그만이었겠지만, 코가 삐뚤어지게 술을 마신 데다 막 여자를 안으려던 참인지라 다리에 힘이 풀려서 꼼짝없이 뭇매를 맞은 것이다. 물론 서장 내공의 호신강기 때문에 별다른 상처는 입지 않았다.

비자금이라고 생각했던 금액이 도시에서는 큰 액수가 아니었던 게 문제였다.

그것도 모르고 새끼 돼지 껍질, 상어 지느러미, 제비집 등의 재료를 사용한 초호화판 요리를 삼 일 밤낮으로 시켜 먹었으니, 사 년간 푼푼히 모은 돈을 홀랑 날린 것이다.

점소이들을 탓할 수도 없었다. 모두가 세상 물정 모르고 세가에서 했던 대로 호의호식하려던 자신의 잘못이니까.

그나마 신발에 숨겨둔 비상금이 있어서 다행이었다. 그날 이후로 비상금을 쪼개고 또 쪼개 썼다.

그러다가 그 돈도 바닥이 나고 구리 동전 이 문만 남았다.

결국 사흘을 굶고서야 겨우 지금 이 객잔에 도착한 것이다.

그런 판국에 다 쓰러져 가는 객잔의 점소이마저 자신을 거지 취급하니 오기가 생겼다.

'성록루 발끝에도 못 미치면서 뭐 어째?'

셋째 점소이가 와서 말했다.

"뭘 드릴깝쇼?"

"……."

주문을 하려다 유청은 방금 눈을 부라린 걸 후회했다.

가진 거라곤 땡전 이 문. 이걸로는 제대로 된 음식을 챙겨 먹을 수 없을 게 뻔했다. 차라리 처음부터 고개 숙이고 들어올 것을……

그는 조심스레 물었다.

"음음, 만두 한 판이 얼마요?"

"열 문인뎁쇼."

"…한 판에 만두가 몇 개 들어 있소?"

"그건 왜 묻소?"

"알면 안 되오?"

"한 판에 만두 다섯 개 들었소."

유청의 이상한 말에 셋째의 언성이 점점 높아졌다.

유청은 검지를 쭉 펴며 말했다.

"여기 만두 하나 주쇼."

"진작 시키지 쓸데없는 걸 묻고 그러쇼. 여기 만두 한 판!"

"저… 잠깐만."

"뭐요?"

"한 판이 아니라 한 개만 달란 소리요."

"아니, 뭐라고?"

셋째의 목소리가 천장을 찔렀다.

"돈도 없으면서 객잔에 들어온 거야?"

유청은 손을 저으며 말했다.

"돈이 없다니, 그게 무슨 소리요?"

"아니, 그럼 만두 한 판도 아니고 누구 입에 풀칠하겠다고 하나를 시켜?"

"내, 돈 있수다! 여기 이 문! 이 문은 돈이 아니란 말이오? 배가 별로 안 불러서 하나 시키는 것이니 군소리 말고 갖다 주쇼!"

셋째는 열받아서 고개를 돌리다가 거구 점소이가 고개를

끄덕이자 분을 참고 말했다.

"알았소. 여기 만두 하나! 한 판이 아니라 달랑 하나!"

셋째는 자리를 뜨면서 유청을 흘깃 보며 중얼댔다.

"살다 살다 만두 한 개 시키는 놈은 처음 보네! 에이, 소인배 같은 놈! 퉤에!"

유청이 듣든 말든 상관없다는 투였다.

유청도 화가 났지만 달리 방법이 없었다.

수중에 남은 건 달랑 이 문. 일단 만두 하나라도 먹어야 다시 길을 떠나든 말든 할 것이 아닌가.

'이럴 줄 알았으면 세가에서 한밑천 싸 갖고 나올걸.'

후회가 막심했다. 급하게 떠나느라 제대로 챙기지 못한 것이다.

돈도 돈이거니와 남겨놓은 무공 비급들이 제일 아까웠다.

'구대문파의 그 비급들! 그것만 있으면 어디 가서 크게 한탕 해먹을 텐데!'

다시 백당에 돌아가 비급들을 훔쳐 올까도 생각해 보았다.

하지만 곧 고개를 저었다.

'괜히 갔다가 가주한테 들키면 끝장이다.'

설령 가주가 없을 때 잠입하여 비급을 훔친다 하더라도 뒷일이 문제였다. 만약 자신이 광룡각에서 죽지 않았다는 걸 가주가 알게 되면 그의 철두철미한 성격으로 볼 때 중원 끝까지라도 쫓아올 것이 분명했기 때문이다.

'어차피 대충 외웠으니까 나중에 쓸 데가 있겠지.'

그렇지만 그것도 자기 위안에 불과했다.

비밀 방을 발견한 뒤로 사 년간 중요 비급들을 달달 외우기는 했다. 하지만 각 문파의 기초 내공도 모르는 판에 정심한 무공들이 이해될 리 없다. 글자만 외우고 무공을 쓸 줄 모르니 그림의 떡이었다.

다행히 서장의 내공 비급은 갖고 왔다. 책 한 권이니 크게 짐이 되지는 않았기에 언젠가는 서장어를 배우고 해석해서 제대로 익힐 수 있으리라 생각했다.

유청이 한 달 전을 생각하며 상념에 빠져 있을 때, 셋째 점소이가 다가왔다.

"여기 만두 하나요!"

턱!

그는 아직도 화가 안 풀렸는지 접시를 쪼갤 기세로 탁자에 내려놓았다.

유청이 보자 김이 오르는 따끈따끈한 만두 하나가 접시 가운데에 놓여 있었다. 생각 외로 만두는 어른 주먹만큼 큼직했다.

그는 쾌재를 불렀다.

'하나 시킨다고 뭐라 하더니 꽤 요기가 되겠는걸.'

그는 두 손으로 만두를 집었다. 막 쪄냈는지 뜨거워서 한쪽 손으로 들었다가 다른 손에 옮겼다가 했다. 얼마 만에 먹는 제대로 된 음식인가! 눈물까지 찔끔 나왔다. 그는 후후 불면서 만두를 입에 가져가 한입 크게 베어 물었다.

그러나 만두를 씹는 유청의 얼굴이 금세 일그러졌다.

'이게 뭐야? 이게 만두야?

만두는 두꺼운 피는 **뻑뻑**하고 속은 거친 것이 꼭 모래알을 씹는 듯한 맛이었다.

팔 년 동안 서문세가에서 요리를 만들고 먹으면서 그의 입맛은 크게 달라져 있었다.

까다로운 세가 식구들의 입맛에 맞추느라 중원 각지의 요리를 만들고 남은 음식을 가리지 않고 먹었다. 그런 사이에 자기도 모르게 주모 못지않은 미식가가 되어 있었던 것이다.

그런 판에 다 쓰러져 가는 객잔에서 만든 만두를 먹었으니……

사흘을 굶었지만 그의 입은 싸구려 만두를 거부했다.

'이건 만두도 아니다!

그는 속으로 한바탕 호통을 늘어놓았다.

'본시 만두란 제갈공명 선생이 밀갸루를 반죽하여 그 속에 고기와 야채를 다져 넣어 인두(人頭)처럼 빚어 제사 드리는 데 썼던 신성한 음식일 터! 후에 요리로 크게 발전하여 중원 각지마다 수없이 많은 종류의 만두가 생겨났다. 대저 만두라 함은 쫄깃한 피의 식감을 맛봄과 동시에 풍부한 육즙이 입 안을 메우고 잘 다져진 고기와 야채가 뱃속을 든든히 채워야 하는 법이거늘, 돼지기름에다가 부추만 대충 썰어 넣어 **뻣뻣**하

기만 한 이걸 만두랍시고 식탁에 내놓는단 말이냐?'

음식에 까칠한 주모를 그렇게 싫어했건만 팔 년 사이에 자기도 모르게 그녀의 식탐과 말투가 몸에 밴 것이다.

셋째 점소이가 그런 유청을 보며 말했다.

"왜 그러슈? 만두가 뭐 잘못됐수?"

"……."

"먹기 싫어도 난 모르오. 설마 만두 하나를 물러 달라고 할 셈이오?"

"아, 아니오. 먹겠소."

유청은 만두를 입에 가져갔지만 퀴퀴한 냄새가 나는 것 같아 슬며시 내려놨다.

그때,

꼬르르륵.

천둥치는 듯한 소리가 들렸다.

'이놈의 배는 밥 달라고 난리치는데 입은 먹지 못하겠다고 버티니, 나보고 어쩌란 말이냐!'

그런데 무언가 이상했다. 꼬르륵 소리는 자신의 배가 아니라 옆에서 난 것 같았다.

고개를 돌리자 문가에서 웬 거지 아이 둘이 유청을 물끄러미 쳐다보고 있었다. 다시 보니 아이들은 자기가 아니라 만두를 보고 있었다.

꿀꺽.

군침을 삼키는 모양새가 며칠은 굶은 듯 보인다.

유청이 말했다.

"이거 먹고 싶니?"

아이들 중에 남자 아이가 얼른 고개를 끄덕였다. 하지만 여자 아이는 고개를 흔들었다.

"엄마가 모르는 사람이 주는 거 먹지 말랬잖아."

"우리가 지금 그럴 처지야?"

여자 아이의 말에 남자 아이가 반박했다.

유청은 고민했다.

'젠장, 어차피 먹지도 못할 거, 버리는 셈 치자.'

그는 만두를 갖고 아이들에게 다가갔다.

"이거 먹어라."

"정말요?"

꼬르르륵!

그때 공교롭게도 이번에는 유청의 뱃속에서 천둥소리가 울렸다.

거지 아이들은 유청을 보며 말했다.

"아저씨도 배고픈 거 같은데 정말 먹어도 돼요?"

"난 괜찮다. 너희들 먹어라."

'굶어 뒈져도 이런 돼지 밥은 못 먹겠다!'

속마음은 딴판이었지만 겉으로 얼굴은 그렇게 친절할 수가 없었다. 세가에서 팔 년을 지내며 터득한 그만의 겉 다르고 속 다른 표정 관리법이었다.

"감사합니다!"

남자 애가 얼른 만두를 받더니 반을 쪼개어 여자 애에게 줬다. 둘은 맛있게 만두를 먹었다. 엄마 운운하던 여자 애도 많이 굶주렸는지 정신없이 먹었다.

"체하겠다. 천천히 먹으럼."

말은 그렇게 했지만 피눈물이 날 것만 같았다.

'내 피 같은 마지막 돈을 거지새끼들이 먹어치우는구나!'

유청이 만두가 거지 애들 입속으로 사라지는 걸 보며 한숨을 쉴 때, 문득 누군가의 목소리가 들렸다.

"허! 자기 배도 고픈 모양인데 남한테 먹을 것을 주다니. 바보천치인가, 아니면 보기 드문 협객인가?"

전음이었다.

'협객은 무슨, 안 그래도 내 만두 없어지는 게 아까워 죽겠소이다!'

유청은 생각은 그렇게 했지만 얼굴은 내색하지 않고 주위를 둘러봤다.

그런데 이상했다. 전음은 분명 바로 옆에서 들린 것 같았는데 주위에는 거지 애들 말고는 아무도 보이지 않았다.

그는 피식 웃으며 중얼거렸다.

"배가 고파서 귀신 목소리가 다 들렸나?"

"이놈 봐라? 멀쩡한 사람을 귀신으로 만들려 하는구나!"

갑자기 목소리의 주인이 눈앞에 나타났다.

'어라, 이상하네?'

유청은 그를 보면서 고개를 갸웃했다. 분명히 주위에는 아무도 없었다. 그런데 허공에서 나타나듯이 목소리의 주인이 떡하니 모습을 드러낸 것이다.

'이자가 대체 어디서 나온 거지?'

하지만 배가 고픈 마당이라 생각하기도 귀찮아졌다.

목소리의 주인은 거지였다.

봉두난발에 얼굴에는 땟국물이 줄줄 흐르는 게 영락없는 상거지다. 등에는 봇짐 하나를 둘러메고 손에는 진흙이 잔뜩 묻은 시커먼 지팡이 하나를 들고 있었다. 나이는 사십 정도로 보이기도 하고, 어떻게 보면 육십이 훨씬 넘은 것 같기도 한 게 종잡을 수가 없었다.

단지 그의 안광이 가끔 빛나는 게 예사로운 거지는 아닌 듯 했다.

하지만 유청은 거지라면 치가 떨렸다. 그가 거지를 싫어하게 된 이유는 팔 년 전으로 거슬러 올라간다.

당시 소림사의 십팔나한이 이가장에서 굽신거리는 걸 보고 실망했을 때, 웬 거지 하나가 구파일방보다 오대세가라며 바람을 넣었다. 결국 오대세가에 흠뻑 빠진 유청은 가주에게 속아서 서문세가까지 오게 됐다.

'그때 그 거지만 없었어도!'

세가 바람을 넣은 거지 때문에 반평생을 잡혀 있었으니, 그가 거지를 싫어하는 것도 일리가 있었다.

그래도 그때 거지는 개방 소속이었다. 하지만 지금 눈앞의 거지는 옆구리에 매듭도 보이지 않으니 개방은커녕 떠돌아다니는 평범한 거지임이 분명했다.

그러니 유청이 거지를 보는 시선이 고울 리 없었다.

'만두 사느라 땡전 한 푼 안 남았으니 제발 꺼져라!'

그런 유청의 속마음도 모르고 거지는 넉살 좋게 말했다.

"젊은이, 사흘을 꼬박 굶었더니 다리에 힘이 하나도 없구려. 나한테도 만두 하나 적선 안 하시려우?"

거지는 머리를 북북 긁으며 말했다. 손이 움직일 때마다 머리에서 허연 비듬이 눈처럼 떨어졌다.

유청은 손을 저으며 말했다.

"안됐지만 돈이 없소."

"호오, 돈이 없다라……. 그럼 있는 돈을 모두 털어 산 만두를 이 아이들한테 줬단 말인가?"

"만두를 누구한테 주든 당신이 상관할 바 아니잖소."

"하긴 그렇지."

거지는 유청의 맞은편에 털썩 주저앉았다.

'이 작자가 허락도 없이 지 맘대로 합석이야?'

그런데 거지가 유청을 물끄러미 쳐다보는 게 아닌가.

유청이 참다못해 말했다.

"왜요? 내 얼굴에 뭐 묻었소?"

"아니네. 내가 찾는 사람과 비슷해 보여서 말야."

언제부터 봤다고 이제 말까지 놓는다.

있는 돈 다 털어 산 만두까지 잃은 판에 거지 하나가 시비 아닌 시비를 거니 유청은 기분이 나빠졌다.

그때 셋째 점소이가 거지들을 보고는 얼굴을 찌푸리며 다가왔다.

"손님은 하나도 없는데 웬 거지만 이리 많아? 얼른 나가!"

거지 아이들은 서로 얼굴을 쳐다보는데, 늙은 거지는 천연덕스럽게 말했다.

"허허, 옛말에 개점(開店) 전에 거지가 오면 그날 장사는 대길(大吉)이란 말도 있잖소. 내 이자랑 얘기 좀 하다 갈 터이니 너무 타박하지 마시오."

하지만 그 말은 셋째를 더욱 화나게 했다.

"뭐야? 이놈의 거지가 말로 하면 들을 것이지 꼭 손이 나가야 되나?"

셋째는 손을 치켜들었다. 금방이라도 거지를 칠 태세다.

그러나 거지는 미동도 않고서 조용히 셋째를 바라봤다. 거지와 눈이 마주치자 셋째는 자기도 모르게 조금씩 들었던 손을 내렸다. 기 싸움에서 패한 셋째는 시선을 피하며 돌아갔다.

"쳇, 만두 다 먹으면 꺼지쇼."

유청은 거지를 다시 봤다. 훅— 불면 날아갈 것 같은데 눈싸움만으로 덩치 큰 점소이를 누르다니…….

그러나 거지는 다시 넉살 좋게 웃는 게 어딜 봐도 무언가가 있을 법한 몰골이 아니었다.

거지가 유청에게 말했다.

"그래, 자네는 어디서 왔나?"

"사천에서 왔수다."

"내가 찾는 자도 사천에 있다고 하던데, 사천 어디서 온 건가?"

"말해도 모를 거요."

백당이란 말은 쉽게 꺼낼 수 없었다. 만에 하나라도 가주의 귀에 들어가면 다시 잡혀가는 건 시간문제일 테니까.

"거참, 이상하군. 혹시 자네 성이 모(茅)씨가 아닌가?"

"아니오. 난 유씨요."

"가진 돈을 몽땅 털어 산 만두를 남한테 줄 젊은이는 중원 강호에 많지 않을 텐데, 거참."

"난 모르는 일이오."

유청은 더 할 말이 없다는 듯 시선을 돌렸다. 그러나 거지는 미련이 남았는지 계속 유청을 쳐다봤다.

유청은 그런 거지의 시선이 적잖이 부담됐다.

'만두 하나 적선한 거 가지고 되게 추켜세우네!'

유청이 자리에서 일어나자 거지 아이들이 고개를 숙이며
말했다.

"아저씨, 만두 잘 먹었습니다!"

유청은 쓴웃음을 지으며 고개를 끄덕였다.

그런데 막상 떠나려 하자 발이 떨어지지 않았다.

머리가 핑 돌며 하늘이 노랗게 보였다.

수중에는 땡전 한 푼 없고 며칠을 굶은 판인데 무작정 가면
어디로 간단 말인가?

한숨이 푹 나왔다.

그때 세 점소이의 얘기 소리가 들려왔다.

"며칠 있었는데 손님 하나 없군. 둘째 말이 맞나 보다."

"거, 내가 뭐랬수? 여긴 장사 막장이라니까!"

셋째가 아쉬운 듯 말했다.

"그래도 좀 기다려 봐야……."

"기다리긴 뭘 기다려! 그래봤자 오늘 온 건 빌어먹을 거지
놈들뿐이잖아!"

수염 난 둘째 점소이가 유청 등을 가리키며 소리쳤다.

졸지에 거지들과 도매금으로 넘어갔지만 할 말이 없었다.

거구 점소이가 말했다.

"할 수 없지. 자리를 옮기자."

"이 대낮에 옮기겠다는 거유?"

"우린 주로 밤에 일하니까 낮에 자리를 옮겨둬야지."

거구의 말이 끝나자 둘째가 소리쳤다.

"모두 큰형님 말씀 들었지? 떠날 준비해라!'

"옛!'

어디에 숨어 있었는지 객잔 이곳저곳에서 건장한 사내 십여 명이 튀어나왔다. 하나같이 험상궂은 얼굴에 울퉁불퉁한 근육질이었다.

유청은 점소이들이 얘기할 때 머리를 굴리고 있었다. 그러다가 이때다 싶자 큰형님이라 불리는 거구 점소이의 앞으로 나갔다.

"저어… 실례합니다만……."

"뭐요?'

"일손 좀 필요한가 해서요."

셋째 점소이가 앞을 가로막으며 말했다.

"이자가 정말! 고작 만두 하나 시킨 주제에 이제 와서 무슨 소리야? 우린 딴 곳에서 장사할 거니까 여기서 죽을 치든 말든 맘대로 하고 저리 가쇼!'

점소이들이 몸을 돌렸다.

유청은 다급했다.

이 기회를 놓쳤다가는 정말 거지가 될지도 모르는 판이었다.

그는 목인비보를 써서 얼른 거구 점소이의 앞으로 돌아갔다.

"잠깐만요! 이래 봬도 잡일 하나는 끝내줍니다. 요리도 자신있고요. 밥만 먹여주셔도 되니 며칠만이라도 써주십쇼!"

유청이 간곡하게 말하자 거구가 물끄러미 바라보다가 말했다.

"셋째, 일거리를 줘라."

"아니, 큰형님? 일이야 동생들이 하면 되는데 왜 입을 하나 더 늘립니까?"

"시키는 대로 해라!"

거구의 말에 셋째는 입을 다물었다.

그는 입이 삐죽 나와서 유청에게 눈을 부라렸다. 그러나 유청은 실실 웃으며 허리를 굽혔다. 배가 고프고 갈 곳이 없자 팔 년간 몸에 익은 겉 다르고 속 다른 아첨 태세가 시작된 것이다.

그는 넉살 좋게 말했다.

"셋째 형님, 뭘 하면 될까요?"

"누가 네 형님이야? 뒤로 가서 짐이나 옮겨!"

"예예, 알아 모시겠습니다."

유청은 객잔 뒤로 가려다 문득 탁자 쪽을 쳐다봤다. 늙은 거지와 아이들은 언제 나갔는지 그곳에 없었다.

"쳇, 먹고 튀었군."

그런데 혼잣말을 중얼거렸는데 어디선가 거지의 전음이 들렸다.

"역시 자네가 맞는 것 같군. 그럼 다시 봄세."

"뭐요?"

전음은 들리는데 먼저처럼 거지의 모습은 보이지 않았다.

'웃기는 귀신이네. 다시 만나서 날 벗겨먹으려는 심산인가 본데, 절대 그럴 일은 없을 거요!'

유청은 고개를 갸웃하며 객잔 뒤로 갔다.

그런 유청을 보면서 셋째가 거구에게 속삭였다.

"큰형님, 대체 저런 샌님은 데려다 뭐 하려고 그럽니까? 제대로 먹지도 못한 거 같은데 칼이나 들겠습니까?"

"넌 몇 년을 나를 따라다니면서 아직도 내 심사를 모르느냐?"

"네?"

"생각해 봐라. 우리 동생들이야 죄다 생긴 게 우락부락하잖냐. 나부터도 그러니까. 둘째는 아예 얼굴에다 흉적이라고 써 붙이고 다니니 눈치 빠른 손님이라면 미리 알아차리고 도망칠 수도 있어."

셋째는 고개를 끄덕이면서도 아직 의문이 남은 얼굴이었다.

"그게 저놈하고 무슨 상관이죠?"

"저놈을 점소이로 쓰면 설령 독을 푼 음식을 내놓는다 해도 아무 의심 않고 먹을 것 같지 않느냐?"

"아하! 역시 큰형님이십니다!"

거구와 셋째는 객잔 뒤로 사라지는 유청을 보며 잔인하게 웃었다.

　팔 년 만에 중원으로 돌아온 유청은 객잔 일행의 쟁자수가
되었다. 말이 쟁자수지, 표국도 아닌 데다 갖은 허드렛일은 도
맡아 하는 처지이니 최하급 하인이나 마찬가지였다.
　하지만 불평할 처지가 못 됐다.
　세가에 있을 때는 몰랐지만, 중원에서는 밥 한 끼 챙겨 먹
는 것도 쉽지 않다는 걸 한 달 사이에 몸으로 체득했기 때문
이다.
　그나마 남은 돈을 털어 산 만두를 먹기 싫다고 거지 아이들
한테 줬으니, 떠돌이(?) 객잔 일행에게 빌붙지 않는다면 천상
거지가 되거나 길가에서 굶어 죽었을지도 모르는 일이었다.
　큰형님인 거구의 명령하에 일행 모두는 짐을 꾸려서 다 쓰
러져 가는 객잔을 떠났다. 짐이라고는 식탁과 의자, 그리고
요리 도구와 접시 등이 전부였다.
　다른 건물을 찾는 것은 어렵지 않았다.
　여행길의 곳곳에 사람이 살지 않는 빈 건물이 쉽게 눈에 띄
었다. 그중 아무 곳에나 들어가 장사를 시작하면 바로 객잔이
될 판이다.
　유청은 우락부락한 둘째 점소이에게 말을 걸었다.
　둘째는 생긴 것과는 달리 성격이 화통해서 금세 유청을 객
잔 일원으로 인정해 주었다.

"사람 없는 집이 왜 이리 많답니까?"

"너, 여기 사람이 아니지?"

"네, 하남에서 왔습니다."

둘째는 쟁자수가 된 유청에게 말을 놓으며 친근하게 대했다.

"여기는 적사파(赤蛇派)와 광견방(狂犬幫)이 전쟁을 벌이는 곳이야."

"뭔 방파 이름이 그렇답니까? 흑도 방파인가요?"

"그렇지. 하지만 그냥 흑도 방파 놈들이 아냐."

"……?"

"사천에 무슨 문파가 있는 줄은 알지?"

"아미파와 청성파, 그리고 당문이 있죠."

"용케 아는군. 그리고 섬서에는 화산파와 종남파가 있지."

둘째의 설명은 이랬다.

사천과 섬서에는 구파일방과 오대세가 중 다섯 개의 세력이 들어서 있다. 그만큼 사천과 섬서를 잇는 중간 땅은 알력 다툼이 잦았다. 때문에 명문정파와 세가는 아예 중간 땅을 중립지로 정하고 그곳에서 일어나는 일은 지역 유지들에게 맡겼다.

그런데 작년부터 적사파와 광견방이 객잔과 주루 운영권을 놓고 본격적으로 전쟁을 시작해 하루가 멀다 하고 죽는 사람이 속출했다. 그러더니 근처에 있다가 잘못 오해받아 화를 당하는 사람도 생겼다. 결국 고래 싸움에 새우 등 터진다고,

사람들이 흑도방파의 세력 다툼을 피해서 집을 버리고 떠났다는 얘기였다.

"그랬군요. 하지만 아무리 중립지라고 해도 이 지경까지 왔는데 명문정파와 세가가 나서지 않는다는 게 이상하네요."

"아무래도 그렇지? 거기엔 다 이유가 있어."

"예? 이유라니요?"

"실은 말이지, 적사파와 광견방을 각각 화산파와 당문이 뒤를 봐준다는 소문이 있지."

"아니, 명문정파인 그들이 흑도방파를 말입니까?"

"명문정파? 퉤! 어차피 먹어야 사는 게 사람인데 그놈들이라고 별수 있겠어? 명문정파든 흑도방파든 다 똑같은 사람이지. 난 그렇게 생각해. 직업엔 귀천이 없잖아? 안 그래?"

"예에……."

그때였다.

셋째 점소이가 잔뜩 눈을 부라리며 소리쳤다.

"너, 벌써부터 농땡이야? 빨랑 일하지 못해?"

셋째는 아직도 만두 일을 못 잊은 듯했다. 유청은 넉살 좋게 웃으며 허리를 숙였다.

"알았습니다. 얼른 가겠습니다."

그러면서 속으로 욕을 했다.

'돼지새끼! 살은 뒤룩뒤룩 찐 주제에 성깔 한번 괴팍하네!'

"웃어? 너 말야, 딴 사람은 모르지만 나한테는 안 통해. 네놈 웃으면서 속으로 내 욕했지?"

"아닙니다. 제가 그럴 리 있겠습니까."

'어라? 눈은 쭉 째졌는데 그래도 눈썰미는 있구먼.'

유청은 괜히 속내가 들켜서 난리를 치기 전에 재빨리 자리를 떴다.

유청은 한숨을 푹 쉬었다.

백당을 떠날 때만 하더라도 기세가 등등했다.

'그놈의 서문세가! 내 반드시 멸문시키고 만다!'

하지만 현실은 달랐다.

어렸을 때는 가난했지만 아버지 밑에서 글공부만 하느라 강호가 무서운 곳인 줄은 꿈에도 몰랐다. 서문세가에서도 기대한 만큼 무공을 배우지 못하고 잡일만 했다 뿐이지, 실상은 좋은 음식 먹으며 평화로운 나날을 보냈다.

그런데 막상 중원에 나와보니 생각한 것과는 거리가 멀었다.

게다가 당장 입에 풀칠하는 문제조차 해결 못해서 떠돌이 객잔의 쟁자수로 들어왔지 않은가?

'군림천하? 가주한테 복수? 얼어 죽을! 굶어 죽지만 않으면 다행이겠구나.'

객잔 일행은 멀리 떨어진 곳의 빈 건물을 새로운 장사터로 삼았다.

짐을 풀고 식탁과 의자를 배치하자 어느새 해가 떨어졌다.

유청은 새로 들어온 막내라서 저녁 준비를 해야 했다.

그전에 요리를 담당하던 자의 이름은 소식이라고 했는데, 작은 키에 비쩍 마른 몸매의 소유자였다.

유청은 그를 보니 만두가 왜 그렇게 맛없었는지 알 수 있을 것 같았다.

'저렇게 비쩍 말랐으니 음식을 좋아하겠어? 게다가 이름도 소식(小食)이니 뻔하잖아?'

유청은 그의 이름 한자마저 바꾸어가며 생각했다.

그리고 예상대로였다.

유청이 주방 일을 도우려 하자 소식이 처음 한 말은 이랬다.

"대충 해라. 음식은 대충 만들어서 끼니만 때우면 되지."

하지만 유청의 속셈은 따로 있었다.

'웃기고 있네. 네놈이 그따위니까 객잔 장사가 될 턱이 있냐?'

소식은 복잡한 요리는 자기가 하겠다고 말한 뒤, 유청에게는 평범한 일인 밥 짓기와 돼지고기 삶기를 시켰다.

유청은 자신의 진면목을 보여주고자 마음먹었다.

밥 짓고 고기 삶는 것은 언뜻 보기에는 쉬워 보이지만 실은 아니다.

복잡한 초식을 쓰는 자보다 평범한 초식을 극성으로 익힌

자가 더 뛰어나듯이, 요리도 숙수의 실력에 따라 간단한 음식이라도 천하일미로 변할 수 있다.

유청은 쌀을 정성껏 씻어 물의 양을 최적으로 조절했다. 또 돼지고기를 삶을 때 근처에 보이는 약초를 뽑아 넣어서 잡내를 없앴다.

저녁 시간.

유청이 솜씨를 부리자 사람들은 밥과 돼지고기를 더 달라고 난리를 피웠다.

특히 요리 담당인 소식은 엄청난 양의 밥과 고기를 먹어치웠다.

'이름만 소식이고 실제는 대식가(大食家)였잖아?'

빼빼 마른 그의 뱃속 어디에 그 많은 음식이 들어가는지 의아할 정도였다.

'하긴 평생 맛대가리없는 것만 만들어 먹다가 내 밥을 먹었으니 입에서 살살 녹겠지.'

큰형님 거구가 유청을 부르더니 말했다.

"오늘부터 식사 담당은 네가 맡아라."

그러자 소식이 당황하며 말했다.

"네? 저는요?"

"넌 앞으로 밥하지 마라. 요리 준비랑 설거지나 도와라. 오늘부터 주방장은 유청이고, 소식, 너는 그 밑이다."

거구는 딱 잘라서 말했다.

소식은 불평 어린 얼굴로 유청을 쳐다봤다. 나중에 들어온 돌이 먼저 박힌 돌을 빼내고 자리를 차지했으니 기분이 좋을 리 없었다.

유청은 헛기침을 한바탕 하고서 그에게 말했다.

"으흠, 흠! 이봐, 소식. 형님들 밥 다 먹으면 설거지 좀 해놔라."

"뭐야?"

안 그래도 울화통이 터지기 직전인 소식을 일부러 긁었으니 불에다 기름 끼얹은 꼴이었다.

"얌마! 너, 들어온 지 얼마나 됐다고 벌써부터 위세를……."

그러나 소식의 불은 유청의 한마디에 바로 꺼졌다.

"큰형님!"

"소식, 잔말 말고 시키는 대로 해라."

"네……."

소식은 큰형님 거구의 말에 고개를 푹 숙였다.

하지만 거구를 비롯하여 다른 이들 모두 소식을 외면했다. 그들의 심정은 하나같았다.

'여태까지 네놈이 했던 게 돼지 밥인 것을 이제야 알겠다.'

사정이 그러니 유청의 콧대는 하늘을 찔렀다.

유청은 풀이 죽어 주방으로 향하는 소식을 불렀다.

"어이, 소식!"

"뭡니까?"

"밥풀 하나라도 남아 있으면 첨부터 다시 할 줄 알아!"

"……"

소식은 아무 대꾸도 못하고 주방으로 갔다.

유청의 득의양양했다.

'거봐. 그러니까 할 수 있을 때 잘하란 말야.'

엉겁결에 떠돌이 객잔에 들어왔는데 하루 만에 고속 승진을 한 것이다.

그러나 기쁨도 잠시.

다시 생각해 보니 세가에 있을 때와 달라진 게 없지 않은가?

한숨이 절로 나왔다.

'이러다가 설마 요리로 군림천하하는 거 아냐? 에휴, 내 인생은 언제쯤 활짝 만개(滿開)하려나……'

그러나 바로 다음날 자신의 운명이 바뀌리라는 것을 유청은 까맣게 몰랐다.

다음날.

막 아침을 먹은 참인데, 셋째가 문가에서 소리쳤다.

"첫 손님이다! 모두 준비해!"

셋째의 외침에 사람들은 모두 일사불란하게 움직였다.

유청은 뭘 해야 할지 몰라 멍청히 서 있었다.

그런데 이상한 소리가 들렸다.

챙강챙강!

무슨 쇠붙이가 서로 부딪치는 소리였다.

고개를 돌리니 두 명이서 커다란 자루를 들고 오는 게 보였다.

'뭐가 들었기에 저런 소리가 나지?'

의문은 금세 풀렸다. 사람들이 줄을 서더니 자루에서 시퍼런 칼 하나씩을 빼 드는 게 아닌가!

그들은 칼을 옆구리에 찔러 차고는 객잔 곳곳으로 자취를 감췄다.

그제야 유청은 상황을 알아차렸다.

'흑점(黑店)이다!'

흑점은 손님의 재산과 목숨을 노리는 객점이다.

일반 도적과는 달리 흑점 무리는 스스로 객잔을 꾸리면서 부자 손님이 묵으면 죽인 다음 재산을 빼앗는다.

그러고 보니 이상한 점이 한두 가지가 아니었다.

객잔을 운영하는데 죄다 우락부락한 남자들뿐이다. 게다가 세상에 어느 객잔이 장사가 안 된다며 여기저기 자리를 옮겨 다니는가?

점소이들의 관계도 이상했다.

사람들은 거구의 점소이한테 깍듯이 큰형님이라고 불렀다. 대사형(大師兄)도 아니라 '큰형님'이다. 큰형님, 곧 자신들이 도적이라고 선언하는 게 아니고 무엇이겠는가?

유청은 이제야 상황을 깨달은 자신이 한심했다.

그가 처음 흑점 얘기를 들은 것은 팔 년 전의 어렸을 때다. 그동안 세가에 틀어박혀 살았으니 세상 돌아가는 일을 제대로 알아차리지 못한 것이다.

'큰일이다. 얼른 도망쳐야 돼!'

기껏 세가에서 도망쳤더니 이번엔 흑점이다.

그러나 설상가상이라고, 나쁜 일은 연이어 이어졌다.

턱.

누군가가 어깨에 손을 올렸다. 고개를 돌리니 거구 큰형님이었다.

"큰형님?"

"손님은 셋째가 맞이할 거다. 손님이 들어오면 네가 차를 내라."

"네? 전 요리를 준비해야 되지 않을까요?"

"요리는 신경 쓰지 마라. 넌 차만 내오면 된다."

"예……."

순간 유청은 거구의 눈빛에서 그의 생각을 알아차렸다.

객잔 일행은 모두 이십 명이다. 짐을 옮길 사람은 부족하지 않다. 그런데도 자신을 굳이 쟁자수로 들인 것은 무언가 꿍꿍이가 있어서였다.

'날 미끼로 사용하려는구나!'

그랬다.

사람은 많지만 객잔 일행은 하나같이 우락부락한 사내들 뿐이다. 아무리 허허벌판에 있는 객잔이라도 그런 남자들만 가득하면 손님이 의심할 게 뻔하다.

하지만 젊고 곱상한 자신이 차를 낸다면 손님들은 의심하지 않고 객잔에 머물지 않겠는가?

'이런 쌍! 가주 새끼도 그러더니 네놈들까지 날 호구로 보냐?'

절로 욕이 나왔다.

그때 한 가지 생각이 들며 진땀이 흘렀다.

손님에게 차 심부름을 하는 순간 빼도 박도 못하고 흑점의 일원이 되고 마는 것이다.

'기회를 봐서 내빼자!'

아버지에게서 도망치고 세가에서 도망쳤는데, 이제 아주 도망자 인생이 되는가 싶었다.

하지만 도망칠 기회는 쉽게 오지 않았다.

셋째가 유청의 옆에서 떨어지지 않고 감시하는 게 아닌가?

유청은 그가 등 뒤에 숨긴 칼자루에서 손을 떼지 않는 걸 눈치챘다. 자신이 도망이라도 치면 당장에 칼을 휘두를 표정이다.

지금은 목인비보로 도망치기도 난감했다.

광룡각에서 막힌 진기가 폭발하느라 찢어진 손등과 발바닥.

손등은 그럭저럭 큰 흉터 없이 아물었지만 발바닥은 달랐다. 계속 걷느라 완전히 아물지 못하고 아직도 피고름이 살짝 맺혀 있었다.

때문에 보법을 펼친다면 모를까, 다시 진기를 뿜어내어 도적들을 따돌리고 미친 듯이 달린다면 겨우 아물던 살이 다시 찢어질 게 뻔하다.

'기다리자. 분명 도망칠 기회는 올 것이다.'

유청의 눈알이 끊임없이 좌우로 왔다 갔다 했다.

셋째가 말했다.

"동생, 왜 그렇게 안절부절못하고 있나?"

"네? 제가 뭘요?"

유청은 아무렇지도 않다는 듯 어깨를 으쓱했다. 하지만 셋째는 눈을 가늘게 뜨고서 말했다.

"내 눈은 못 속여. 얼굴은 아니지만 속은 떨고 있잖아? 목숨이 아깝다면 큰형님 말에 순순히 따르는 게 좋을 거야."

"……."

유청이 이러지도 저러지도 못하고 있을 때, 손님들이 객잔으로 들어오기 시작했다.

"어서 옵쇼!"

셋째가 앞으로 나가 손님을 맞았다.

방금까지도 흉흉한 기세로 유청을 노려보던 그의 얼굴.

하지만 어느새 그의 얼굴에는 점소이 특유의 미소가 가득

해 흑점 무리의 흔적은 한 점도 찾을 수 없었다.

그 순간 새옹지마라고, 유청은 한 가지 희망을 찾아냈다.

들어온 손님들은 표국 일행이었던 것이다.

'다행이다!'

유청은 일단 안심이 됐다.

표국(鏢局)은 중원 각지를 다니며 물품이나 중요 인물을 호송하는 자들이다. 중원에는 도적들이 만든 방파의 일종인 녹림(綠林)이나 각종 잡도적들이 즐비하다. 때문에 표국은 무공이 강한 무사들을 보표(保鏢)로 고용한다.

게다가 지금 들어온 표국과 흑점은 서로 인원수가 비슷하기 때문에 함부로 흑점이 나설 수 없을 듯했다.

'네놈들이 제아무리 흉포한 흑점이라도 표국이 손님으로 들어왔으니 뜻대로 되지는 않을 거다.'

그러나 유청의 기대는 산산이 깨졌다.

거구는 유청을 주방으로 불렀다. 유청이 따라가자 거구는 품에서 무슨 약봉지를 꺼내더니 차가 들어 있는 병에 넣는 게 아닌가?

약은 차 속에 사르르 녹아들어 흔적도 남지 않았다.

"이걸 갖다줘라."

"예? 지금 탄 게 뭔가요?"

"넌, 몰라도 된다. 시키는 대로만 해."

난감했다.

'필시 미혼약(迷魂藥)일 게 뻔하다.'

유청이 주저하자 거구가 칼자루로 손을 가져갔다.

"어서 차를 내가라. 아니면 목이 떨어지는 걸 바라느냐?"

거구는 이제 자신이 흑점 두목이라는 걸 대놓고 드러냈다. 유청은 하는 수 없이 찻병을 쟁반에 얹고서 주방을 나섰다.

표국 무리 십여 명은 이미 탁자에 앉아 있었다. 그들 중에 표두(鏢頭)로 보이는 중년인이 말했다.

"여기 술과 삶은 쇠고기, 그리고 국수를 사람 수만큼 갖다 주게."

"옛! 잠시만 기다리십쇼!"

셋째는 주문을 받고 주방으로 가다가 막 나오는 유청과 마주치자 눈을 부릅떴다. '잘못하면 목숨은 없다' 라고 말하는 듯했다.

유청은 똥줄이 탔다.

흑점에 잘못 꿰인 것으로도 모자라서 그들의 도적 행각을 제 손으로 도와야 한다니!

'지금이라도 차를 내팽개치고 도망쳐?'

그러나 객잔 내부는 이미 흑점 무리에게 포위되어 있어 괜한 짓을 했다간 어디서 칼이 날아와 등에 꽂힐지 알 수 없었다.

제발 표국 무리가 이 객잔이 흑점이란 걸 알아차리기만을 바랐다.

다행히 기도가 통했는지 표사 하나가 표두에게 말했다.

"이상하군요. 인적도 드문 이런 곳에 객잔이 있다니요."

유청의 얼굴이 환해질 찰나, 표두가 말했다.

"자네, 너무 예민하군. 저기 차 심부름하는 점소이를 보게. 내가 관상을 좀 볼 줄 아는데, 저런 얼굴을 하고 무슨 흑점을 차리겠나? 딱 글공부하는 서생이지 않나."

"하긴 그렇군요."

표두의 말에 표사들은 모두 유청을 보며 웃었다.

유청은 똥줄이 탔다.

'이 야매 관상쟁이야! 난 글공부하기 싫어서 집 나온 사람이야!'

유청은 별수 없이 탁자를 돌며 약을 푼 차를 따랐다. 그러면서 차를 마시지 말라고 은근히 눈빛을 보냈다.

그러나 별무신통이었다.

표두는 잔을 들어 차를 단숨에 마셔 버렸다. 그러자 표사들도 모두 차를 한번에 마셨다.

어이가 없었다.

'아주 한입에 털어 넣냐?'

그때였다.

"어? 만두 준 대인(大人) 아저씨다!"

문가를 보니 어제 봤던 거지 남매가 들어오고 있었다.

표두가 아이들의 말이 궁금했는지 물었다.

"만두 준 대인 아저씨라니, 무슨 소리냐?"

남자 아이가 신이 나서 대답했다.

"저 아저씨가 어제 자신이 먹을 만두를 우리한테 줬어요! 그래서 대인이라고 부르기로 했어요!"

"뭐야?"

표두와 표사들은 유청을 보며 피식 웃었다.

유청은 그들의 생각이 훤히 들여다보였다.

만두 하나 적선하고 대인 소리를 들으니 장사 한번 잘했군.

'어휴! 지금 만두가 중요한 게 아니라니까!'

유청은 입이 바싹바싹 말랐다. 셋째가 와서는 아이들에게 눈을 부라렸다.

"네놈들! 오늘은 국물도 없으니 썩 꺼져라!"

"이보게, 잠깐만."

그런데 표두가 손을 들어 셋째를 저지했다.

"값은 내가 치를 테니 아이들에게 만두와 국수를 주게."

"예? 아, 알겠습니다, 손님."

표두는 빙그레 웃으며 아이들에게 말했다.

"이제 나도 대인이냐? 하하하!"

뜻밖에도 아이들은 고개를 젓는 게 아닌가.

"감사합니다. 하지만……."

"하지만?"

"대인 아저씨는 가진 돈을 몽땅 털어서 만두 하나 사셨는데 자기도 굶으면서 우리에게 준걸요."

그 말에 표두와 표사들의 얼굴빛이 달라졌다.

'거지 아이들에게 적선한 거야 훌륭하다 치지만, 자기도 굶으면서 줬다? 그것도 가진 돈을 몽땅 털어서 산 만두를? 허, 중원에서 보기 드문 바보로군.'

그들의 생각을 읽은 유청은 답답했다. 맛이 없어서 버린 셈 치고 준 만두 때문에 바보 취급을 받아야 하다니.

그때였다.

거구가 둘째와 셋째를 대동하고 모습을 드러냈다.

"오래들 기다리셨소."

표두가 의아한 얼굴로 말했다.

"술과 고기는?"

"우리가 아니라 당신이 한턱 내야지! 얘들아!"

"옛!"

거구의 외침이 끝나기도 전에 객잔 곳곳에 몸을 숨겼던 남자들이 모두 튀어나왔다. 위아래로 검은 옷을 입은 차림새에다 손에 칼을 든 것으로 보아 누가 봐도 쉽게 상황을 짐작할 수 있었다.

"흑점이군요."

표사가 말하자 표두도 고개를 끄덕였다. 표사들도 전부 일어나 칼자루로 손을 가져갔다.

순간 표두가 얼굴을 찌푸리더니 털썩 주저앉았다.

"쿨럭!"

그가 기침을 하자 입에서 한 모금의 선혈이 튀어나왔다.

"이, 이놈들! 차에 뭔가를 탔구나!"

콰당탕탕!

그는 고목나무가 쓰러지듯 객잔 바닥을 나뒹굴었다.

표두를 시작으로 표사들도 하나둘 얼굴빛이 변하며 자리에 쓰러졌다.

거구는 호탕하게 웃으며 말했다.

"와하하하! 산공독(散功毒)과 미혼약을 섞어서 탄 차를 마셨으니 열두 시진 동안은 내공은 물론 기력도 쓰지 못할 것이다! 순순히 명에 따르면 목숨만은 살려주마!"

스릉.

표사 하나가 억지로 검을 빼어 들고 달려들었다.

"우리 홍성표국이 간악한 흑점에게 당할 듯싶으냐!"

하지만 검을 쥔 손에 힘이 없으니 독 안에 갇힌 쥐가 고양이에게 대드는 꼴이다.

거구는 표사의 검을 피한 다음, 한칼에 그의 목을 잘라 버리고는 소리쳤다.

"또 개죽음당할 놈이 있으면 나와라!"

이제 아무도 나설 엄두를 못 냈다.

그때 유청은 상황을 눈치 채고 슬며시 문 쪽으로 향하고 있었다.

'결국 끝장났군. 도망치는 게 상책이다.'

하지만 거구가 유청을 보며 말했다.

"막내야, 이놈들 품에서 금전을 한 푼도 남김없이 꺼내라."

거구의 말에 표두와 표사들이 일제히 유청을 노려봤다.

'내가 미쳐!'

이제 빼도 박도 못하고 졸지에 흑점의 막내가 된 것이다.

거지 아이들이 눈에 그렁그렁 눈물을 매달고 소리쳤다.

"우리 대인 아저씨는 도적이 아냐! 그렇죠?"

그러나 옆에서 거구가 눈을 부릅뜨고 보자 유청은 그 말에 답할 수 없었다.

'어이구, 대체 나보고 어쩌라는 거냐? 한쪽은 만두 하나 줬다고 대인이라 하고, 한쪽은 밥 한 끼 챙겨줬다고 막내라 하니, 먹을 것 때문에 꼬이는 인생이구나!'

유청은 벌주를 받는 심정으로 표두한테 다가갔다.

그때였다.

"어이, 대인 아저씨! 아니, 협객 젊은이!"

"……?"

유청은 고개를 들었다. 어제 봤던 늙은 거지가 날린 전음이다. 그러나 거지는 어디 있는지 보이지 않았다.

유청이 주위를 두리번거리자 다시 전음이 들렸다.

"조심해라. 안 그러면 흑점 놈들한테 들킨다."

계속해서 거지의 전음이 들려왔다.

"자네가 혹점 놈들의 주위를 끌어주면 내가 먼저 기습하지. 그런 다음 둘이서 놈들을 해치우세나."

"……."

난감했다.

무얼 믿고 생전 처음 본 거지의 편을 든단 말인가?

상대는 포악한 혹점의 무리다. 돈이라면 사람 목숨을 파리 목숨처럼 여기는 놈들이다.

그러나 동시에 오기도 생겼다.

안 그래도 가주한테 배신당한 터라 기분이 좋지 않았다. 그런 판에 혹점 무리까지 자신을 미끼로 이용한 것이다.

'내가 봉으로 보였단 말이지?'

그때 좋은 생각이 떠올랐다.

유청은 표두에게 다가가 품을 뒤졌다. 예상대로 표두인 그는 많은 은자를 품에 지니고 있었다.

유청이 시간을 끌자 거구가 언성을 높였다.

"막내, 혹시 날 배신하려는 건 아니겠지?"

유청은 뒤로 돌아서며 말했다.

"설마 제가 무슨 힘으로 그러겠습니까?"

하지만 말을 끝내기도 전에 유청은 두 손을 앞으로 확 펼쳤다.

"큰형님이 한턱 내는 것이니 맘껏 가지십쇼!"

촤르르르.

새하얀 은자가 객잔 바닥에 뿌려졌다. 유청이 표두의 품에서 꺼낸 은자를 한번에 흩뿌린 것이다.

"우와아아!"

그러자 표사들을 포위하고 있던 남자들이 함성을 지르며 달려들었다. 칼마저 팽개치고서 서로 은자를 주우려고 난리를 벌였다.

거구가 칼을 뽑으며 소리쳤다.

"네 이놈들! 빨리 제자리로 돌아가라!"

그러나 두목인 그의 말도 소용이 없었다.

실은 남자들은 거구가 하나하나 모은 잡도적들이었다. 혹도방파의 전쟁으로 농사지어서 먹고살기 힘드니 도적이 된 것이었다. 때문에 몸은 건장하지만 군기라고는 전혀 없는 오합지졸이었다.

그런 판에 은자를 봤으니 거구의 말이 귀에 들어올 리 없었다.

단지 거구와 오랜 시간 같이한 둘째, 셋째만이 당황한 얼굴로 자리를 지키고 있었다.

그때, 객잔의 천장 높은 곳에서 누군가가 바닥으로 뛰어내렸다.

탁!

그는 발이 바닥에 채 닿기도 전에 은자를 줍는 사내들 속으로 들어갔다.

유청만이 그가 누구인지 알아차렸다.

'늙은 거지?'

모습을 드러낸 자는 바로 전음을 날린 늙은 거지였다.

'저 양반이 죽으려고 환장을 했나? 칼 든 도적놈들 속으로 제 발로 들어가면 어떡해?'

하지만 걱정은 기우였다.

거지는 시커멓고 둔탁해 보이는 지팡이로 남자들의 혈도를 찍어 나갔다.

거지의 지팡이 놀림은 거침이 없었다. 그는 남자들의 혈도, 그것도 마혈(痲穴)만을 골라 찍었다.

제아무리 고수라도 칼을 든 십여 명의 적 사이에 뛰어든다면 목숨을 부지하기 힘들다. 적들이 너 죽고 나 죽자 식의 동귀어진(同歸於盡)의 각오로 덤빈다면 한둘은 처리할지 몰라도 결국에는 칼을 맞게 되기 때문이다.

하지만 적들은 유청이 뿌린 은자에 정신이 팔려서 제대로 반항 한 번 못했으니 유청의 계략과 거지의 무공이 함께 빛을 발하는 순간이었다.

밥 한 술 뜰 사이에 거지는 모두 열세 명의 혈도를 짚는 데 성공했다. 마혈을 짚인 자들은 은자를 줍던 자세 그대로 꿈쩍도 하지 못하고 서 있었다.

거지는 예의 그 실실 웃는 미소를 지으며 말했다.

"내가 뭐랬나? 또 보자고 했지?"

그러나 유청은 다급하게 외쳤다.

"조심하쇼!"

거지가 유청에게 고개를 돌린 사이, 혈도가 짚이지 않은 거구와 둘째, 셋째가 일제히 칼을 들고 달려든 것이다.

세 개의 칼이 각각 거지의 가슴과 양팔을 노렸다.

그때 거지의 지팡이가 기이하게 원을 그렸다.

터억!

그러자 흑점 무리의 칼날이 거지의 지팡이에 마치 지남철 붙듯이 달라붙는 게 아닌가?

거지가 지팡이를 좌우로 뿌리치자 흑점 무리는 방향을 잃고 엉뚱한 곳으로 칼질을 했다.

거지가 킬킬 웃으며 말했다.

"그래서야 돼지나 닭도 못 잡겠구나!"

"이 거지새끼가!"

거구와 둘째, 셋째는 일갈하며 다시 달려들었다.

하지만 거지의 지팡이는 여전히 그들의 공격을 쉽게 막아 냈다.

기이한 것은 거지의 봉술만이 아니었다.

그의 지팡이 또한 듣도 보도 못한 무기였다.

겉에는 진흙이 덕지덕지 묻어서 무엇으로 만들었는지 알 수 없었고, 길이 또한 봉(棒)보다는 짧아 보이는데 곤(棍)보다는 긴 것이 어정쩡했다.

그러나 거지는 자유자재로 지팡이를 놀리며 오히려 거구들의 빈틈을 찔렀다.

밥 한술 뜰 시간에 거지와 거구 일행은 수십 합을 교환했다.

무공을 모르는 이라면 용호상박의 혈투로 보았을 것이다.

하지만 유청은 진실을 알았다.

'저 빌어먹을 상거지가… 고수였구나!'

그는 출수할 줄 아는 무공은 없지만 소가주와의 대련으로 견문은 높아져 있는 상태였다. 그냥 대련이 아니라 구파일방의 무공 초식을 허구한 날 맞으면서 몸으로 배웠으니 오죽하랴.

그런데 거지의 봉술은 듣도 보도 못한 것이지 않은가?

어찌 보면 초식이라고 볼 수 없을 만큼 괴상한데, 그 일 초일 초에 흑점 무리 셋은 쩔쩔맸다.

그랬다. 거지는 셋을 가지고 놀고 있었다.

"이 거지새끼가 강호 무서운 줄 모르는구나!"

수염 난 둘째가 소리를 지르며 달려들었다. 공격이 계속 무위에 그치자 열이 받은 나머지 거지를 포위하던 진형을 깨고 무작정 돌진한 것이다.

그의 칼이 거지의 가슴팍으로 날아갔다.

순간 거지의 지팡이가 뱀처럼 꿈틀대더니 둘째의 칼을 휘감았다.

계속해서 거지가 팔을 위아래로 흔들자 둘째는 칼을 놓치고 말았다. 공교롭게도 칼은 셋째한테로 날아갔다.

셋째는 몸을 돌려 칼을 피했다.

그러자 거지는 칼을 놓친 둘째를 점혈하고서 곧바로 셋째의 가슴팍으로 파고들었다.

거지의 손가락이 거골혈(巨骨穴)을 짚자 셋째는 힘을 잃고 고목나무 넘어가듯 바닥에 쓰러졌다.

거지는 눈 깜짝할 사이에 흑점 두목인 거구의 왼팔, 오른팔 격의 부하를 제압한 것이다.

거지는 지팡이를 어깨에 걸치고는 거구에게 몸을 돌렸다.

"나으리, 거지를 문전박대하면 그날 장사는 종친다는 거 모르십니까?"

"네놈, 어쩐지 어제 봤을 때부터 눈빛이 수상하다 싶더니 우리를 미행한 것이었군."

"알고 있었냐? 눈깔은 제대로 박힌 모양이구나."

거지는 존대를 하다가 반말을 하며 거구를 농락했다.

유청은 어안이 벙벙했다.

거지가 갑자기 무공의 고수로 나타난 것도 놀라운 일인데, 흑점 두목은 이미 감을 잡고 있었다니⋯⋯.

중원이란 게 쉬운 곳이 아니란 걸 새삼 느꼈다.

거지가 손을 내밀며 말했다.

"해약이나 내놓아라."

하지만 거구는 못 주겠다는 듯 팔짱을 꼈다.

"해약 같은 건 없다. 산공독은 본시 열두 시진이 지나면 자연스레 풀리는 것이니까."

"평범한 산공독이 아닐 텐데?"

거지의 말에 거구는 살짝 얼굴을 찌푸렸다.

"그건 어떻게 알았지?"

"제아무리 독성이 강한 산공독이더라도 찻병 하나 정도의 양으로 십여 명의 표사를 중독시키는 건 무리지. 그렇다면 네놈이 쓴 게 보통 산공독이 아니란 건 뻔할 뻔 자 아니냐?"

거구는 어깨를 으쓱했다.

"거지라고 우습게봤더니 명포두 뺨칠 놈이군."

"해약이나 내놓아라."

거지는 지팡이로 바닥을 툭툭 치며 말했다.

그런데 갑자기 거지의 안색이 확 바뀌었다. 그는 가슴을 움켜쥐더니 말했다.

"네놈! 또 무슨 독을 쓴 게냐?"

"크흐흐, 설마 차를 안 마셨으니 자신은 중독되지 않았을 거라 생각한 건 아니겠지?"

거구는 품에서 작은 주머니를 꺼내어 들어 보였다.

"지금 것은 무색무취에 공기를 타고 퍼지지. 냄새만 맡아도 중독되고 말야."

"네놈, 방금 공격에서 암수를 꾸미고 있었구나."

"알아챘다니 가상하지만 이미 늦었다. 주머니에 있는 독약을 몽땅 허공에 뿌렸으니 그걸 들이마신 네놈은 설사 절정고수라 하더라도 한 시진은 일어나지 못할 거다."

털썩.

거구의 말이 끝나기가 무섭게 거지는 바닥에 주저앉았다. 하지만 거지는 여전히 서슬 퍼런 눈으로 거구를 보며 말했다.

"날 쓰러뜨리다니 독을 꽤 쓸 줄 아는 놈이구나. 가만있자, 바로 옆이 사천이었지? 네놈, 혹시 당문 사람이냐?"

거구는 아무 대답도 않고서 조용히 거지를 노려봤다.

그러나 거지의 말에 객잔 안에 있는 표국 사람들의 눈빛이 달라졌다.

사천당문!

독과 암기로 무림을 호령하는 오대세가 중 한 곳.

당문과 화(禍)가 생기면 쉽게 풀 수 없다.

사람들은 상황이 생각보다 더욱 나쁘게 돌아가고 있음을 깨달았다.

유청도 미칠 것 같았다.

'그러길래 진작에 도망칠걸!'

그런데 거지가 유청을 돌아보며 말했다.

꼼짝을 못하면서도 만면에 미소를 띤 얼굴이다.

"내가 방심했네. 다음은 젊은 협객, 자네한테 맡기지."

유청은 황당했다.

'맡기긴 뭘 맡겨? 내가 언제부터 협객이었다고 지랄이야? 이놈의 거지가 중독되더니 정신까지 오락가락하나?'

설상가상으로, 거지는 유청의 속마음은 전혀 모르는지 부탁한다는 눈빛으로 고개까지 끄덕이는 게 아닌가.

유청은 상황이 어떻게 돌아가는지 계산해 봤다.

표국 일행과 거지는 중독되어서 당장 힘을 못 쓴다.

둘째, 셋째 점소이와 나머지 흑점 무리는 거지에게 점혈되어 쓰러졌다.

남은 것은 유청과 흑점 두목인 거구.

일 대 일의 상황이 된 것이다.

거구도 이제 상대할 사람이 유청뿐이란 걸 깨닫고는 말했다.

"네놈은 어느 문파 소속이냐?"

"문파 같은 것 없소이다."

"밝히기 싫단 소리군. 이해한다. 나도 방금 들키기 전까진 내 입으로 당문 사람인 걸 말한 적이 없으니까."

정말 없다고 한 소리인데, 거구의 말이 뒤에 붙자 마치 유청이 중원에 쉽게 나서지 않는 숨은 고수인 양 비춰졌다.

거구가 유청에게 칼을 겨누며 말했다.

"어느 문파인지는 더 묻지 않겠다. 단지 네 갈 길을 정해라. 흑점에 들어와 내 오른팔이 될 것이냐, 아니면 협객 흉내를 내다가 목이 떨어지겠느냐?"

난감했다.

늙은 거지와 거지 아이들, 그리고 표국 사람들은 모두 유청만을 믿는 눈빛이다.

하지만 지금 칼을 쥔 건 흑점 두목 거구다.

'어떻게 하지?'

유청이 탈출구를 찾으며 잔머리를 굴릴 때, 거구가 칼을 거꾸로 쥐더니 칼자루를 내밀었다.

"자, 이 칼로 저 거지의 목을 쳐라!"

"……!"

거구의 말에 유청은 고민에 빠졌다.

유청은 과거 십팔나한의 일 때문에 거지를 죽도록 싫어했다. 하지만 방금 늙은 거지가 대활약을 하는 것을 보니 문득 질투심이 일었다.

그것은 바로 호승심(好勝心)이었다.

'저 거지도 하는데 나라고 못할쏘냐?'

구파일방, 오대세가 운운하며 군림천하를 꿈꿨던 것.

그것도 어쩌면 거지처럼 협행(俠行)을 위해서가 아니겠는가?

그러나 자신의 무공이 과연 흑점 두목한테 통할지 믿음이 가지 않았다.

'백호복운과 목인비보만으론 이길 수 있을까?'

일 초식과 보법 하나.

유청의 계산은 금세 다시 도망치는 쪽으로 기울었다.

'역시 목숨이 더 소중하다!'

협객 흉내 내다 죽으면 구파일방이든 오대세가든 물거품

이니까.

'젠장, 빼도 박도 못하게 됐군.'

유청이 머리를 굴리며 결정을 못 내릴 때였다.

거구의 눈빛이 어딘가 이상했다.

옆으로 길게 찢어진 눈웃음, 무언가를 중얼거리는 입가.

분명 어디서 본 느낌이 드는 얼굴인데…….

순간 유청은 깨달았다.

'가주의 얼굴이다!'

그랬다. 팔 년 전에 가주가 유청을 꼬시며 근골이 튼튼하다고 할 때의 그 표정과 지금 거구의 표정이 판에 박은 듯 똑같은 게 아닌가!

'날 속이려는구나!'

유청은 다급히 목인비보의 동인괘(同人卦) 방향으로 발을 뻗었다. 그때 거구의 소매가 펄럭이면서 번쩍이는 빛이 쏟아졌다.

후두두두둑.

수를 셀 수 없이 많은 가느다란 금침이 유청이 서 있던 곳 뒤의 벽에 날아가 박혔다.

거구는 암습이 무위로 돌아가자 잔인하게 웃으며 말했다.

"동작 하나는 생쥐처럼 빠르군."

그리고 칼을 들어 유청을 베어왔다.

휙! 퍽!

유청은 바닥을 데굴데굴 구르며 간신히 칼을 피했다.

거구의 칼질은 계속됐다. 그는 엄청난 완력으로 닥치는 대로 마구 베어왔다.

유청은 역공은커녕 피하는 것만으로도 숨이 찼다. 이러다가는 금세 칼을 맞아 토막이 날 듯싶었다.

그냥 칼질뿐이라면 목인비보로 피하면 그만이다.

그러나 거구는 당문 사람이다. 방금 금침을 날렸듯이 언제 어떤 독과 암기가 쏟아질지 모른다.

무엇보다 유청은 실전 경험이 전무하다는 게 문제였다.

생전 처음 무림에 나오자마자 목숨을 건 대결을 펼치니, 유청은 그나마 가진 재주인 목인비보도 제대로 펼치지 못하고 허둥거렸다.

그때 거지가 소리쳤다.

"그놈의 칼엔 독이 없으니 걱정 말게!"

"충고, 고맙수다……."

거지는 유청이 중독될까 봐 피하는 데 급급한 줄 안 것이다.

팔 년 동안 소가주와의 대련으로 맞는 데는 이골이 났다.

하지만 칼은 다르다.

칼은 한 번 베이면 끝장이 아닌가?

그런 생각을 하니 분노가 치밀었다.

반평생을 속아 살다가 막 중원에 나왔는데 바로 황천으로 갈지도 모르는 처지라니…….

인생이 참 엿 같았다.

'빌어먹을 오대세가! 빌어먹을 가주! 빌어먹을 중원무림!'

유청은 속으로 한바탕 욕을 퍼부었다.

그런데 욕을 하자 반대로 머리가 맑아졌다.

'그래, 사나이로 태어나서 한 번 죽지 두 번 죽냐?'

유청은 결심을 하고서 아예 막나가자는 생각으로 거구의 칼에 맞섰다. 그러자 뜻밖에도 거구의 칼놀림이 또렷하게 보이기 시작했다.

다시 보니 그의 공격은 칼을 휘두르며 수직 또는 수평으로 베는 게 전부였다.

문득 소가주의 정교하고 변화무쌍한 초식 운용이 떠올랐다. 그녀와 비교하면 거구의 칼질은 닭 잡는 것만도 못해 보였다.

'좋아!'

유청은 양팔을 가슴 위로 들어 올리고는 제대로 된 목인비보의 자세를 취했다.

거구의 칼이 허리로 날아들지만, 맞지만 않는다면 칼이든 목석이든 다를 게 없다.

팔 년 동안 하루도 거르지 않고 수련한 목인비보.

이름부터 괴이한 보법이 객잔의 중앙에서 펼쳐졌다.

거구는 흉흉한 기세로 베고 또 베었다.

그러나 유청이 본격적으로 보법을 밟아서 거구의 주위를

빙빙 돌며 피하자 칼은 허공을 가를 뿐이다.

참다못한 거구가 소리쳤다.

"미꾸라지 같은 놈! 도망만 치지 말고 일 합을 겨뤄보자!"

하지만 유청은 일언반구 말이 없었다.

'내가 미쳤냐? 피하는 것도 힘들어 죽겠구먼!'

팔꿈치를 옆구리에 딱 붙인 채 정(丁) 자 각도로 구부린다.

그리고 두 손바닥을 위로 향한 다음 상체를 꼿꼿이 세운다.

바로 목인비보의 기본 자세.

유청은 그 엉성해 보이는 폼으로 거구의 칼을 아슬아슬하게 피해갔다.

산공독에 중독되어 힘겹게 누워 있는 표사 하나가 표두에게 말했다.

"저 젊은이, 정말 기이하군요. 보법도 보법이지만 대체 저 손의 자세는 뭘까요?"

표두도 고개를 저었다.

"나도 모르겠네. 주먹을 편 것으로 보아 권(拳)은 아닌데, 손바닥을 위로 했으니 장(掌)도 아냐. 손의 방향이 상대를 향하지 않으니 점혈 수법도 아닌 것 같고……."

"금나수의 일종이 아닐까요?"

"그럴지도 모르지. 하나 듣도 보도 못한 모습이네. 소림의 용조수(龍爪手)도 아니고 무당의 호조수(虎爪手)도 아냐. 아니, 구대문파 어느 곳에도 저런 조법(爪法)은 없어. 생전 처음 보는 걸세."

"아까 문파를 밝히지 않은 것을 보면 설마……."

"천외비처에 숨어 살다가 중원에 나온 신진 고수?'

"……!'

객잔의 모든 사람은 표두의 마지막 말을 듣고는 새삼 유청을 다시 보게 됐다.

사실 거구는 완력이 엄청나서 칼질에 위력이 붙은 것뿐이지, 무공의 정교함은 고수 수준이 아니었다.

하지만 유청의 운신법이 하도 괴이했기 때문에 거구의 칼질이 평범하다는 것은 드러나지 않고 반대로 유청이 고수인 양 비쳐진 것이다.

분명 유청은 거구의 칼을 아슬아슬하게 피하고 있다.

그러나 그의 보법은 괴상하면서도 반대로 너무나 평범해서 도저히 신공절학으로는 보이지 않았다.

당연했다.

유청의 기이한 자세가 팔 년 동안 음식 쟁반을 나르면서 굳어진 것이라고 감히 누가 상상이나 할 수 있겠는가?

중원에서 잔뼈가 굵은 표국 사람들이지만 설마 유청이 식사 시중을 들면서 보법을 수련했으리라고는 생각할 수 없었던 것이다.

거구의 전신에는 어느새 진땀이 줄줄 흘러내리고 있었다.

반면 유청은 숨 한 번 헐떡이지 않았다.

누가 봐도 승패는 뻔했다.

거구는 그 사실을 참을 수 없었다.

'평소 검술 수련을 게을리 하지만 않았어도…….'

그는 타고난 무골(武骨)이었다. 하지만 사천당문은 무(武)는 물론이거니와, 독(毒)과 지략까지 겸비한 인재를 중용했다.

윗사람의 인정을 받지 못해 삐뚤어진 그는 타고난 힘만 믿고 무공 수련을 게을리 하다가 결국 당문에서 쫓겨난 것이다.

그 후 흑점을 차려서 도적질을 했지만, 그의 가슴속 깊은 곳에는 명문세가의 후손이라는 자부심이 남아 있었다.

그러나 오늘 자신의 드잡이질하는 것 같은 칼놀림이 유청에게 패퇴하자 지나간 인생을 되돌아보게 됐다.

'칼 하나 제대로 못 쓰는 내가 사문을 원망할 자격이 있는가?'

그는 크게 일갈하며 칼을 휘둘렀다.

"어디, 이것도 피해봐라!"

마지막 남은 자존심의 일격이었다.

그러나 하늘은 유청을 도왔다.

유청은 거구의 자세를 보자마자 무슨 무공인지 알아차렸다.

'당문의 금룡편법(金龍鞭法)?!'

그런데 의문이 일었다.

'칼을 들고 있으면서 금룡편법을 쓴다고?'

금룡편법은 채찍을 사용하는 절기다. 사천당문은 독과 암기에 정통한 것과 마찬가지로 가전무공도 검보다는 채찍같이 다른 문파나 세가에서 잘 쓰지 않는 병장기를 사용했다.

칼과 채찍은 너무나 성질이 다른 무기다. 그러나 거구의 일초식이 펼쳐지자 유청은 그가 꾀하고 있는 바를 알 수 있었다.

칼은 통상적으로 상대를 찌르거나 베기 마련이다. 그러나 거구는 큰 체구만큼이나 팔이 비정상적으로 길었다. 그는 긴 팔을 채찍 뿌리듯이 흔들면서 칼끝으로 쿡쿡 찔러왔다.

하지만 유청에게는 통하지 않았다.

가주는 서문세가와 같은 사천 땅에 있는 당문의 무공을 집요하게 연구했다. 유청은 금룡편법을 출수하는 소가주의 채찍에 죽도록 얻어맞았기에 모든 초식 운용이 눈에 빤히 들어왔다.

휘익! 팍!

거구가 팔을 흔들며 칼을 던지듯 찔러왔지만 허공을 가를 뿐이다. 그는 금룡편법까지 유청이 피하자 망연자실하여 미친 듯 칼을 휘둘렀다.

실은 유청이 거구의 임기응변식 금룡편법을 이길 수 있는 이유는 따로 있었다.

바로 상승의 무공이라도 평소 수련을 게을리 한 자와 반면에 달랑 보법 한 가지라도 팔 년을 하루같이 수련한 자.

그 둘의 자웅 겨룸은 쉽게 판가름 났다.

유청은 목인비보의 구명절초인 비괴능파를 펼쳐서 순식간에 거구의 뒤로 돌아갔다.

"……?"

거구는 눈앞에서 유청의 신형이 사라지자 깜짝 놀랐다. 유청이 보법의 절초를 쓴다는 것은 느꼈지만 그를 따라잡을 수는 없었다.

유청을 잡으려고 억지로 몸을 틀던 그는 그만 발이 꼬여서 균형을 잃고 말았다.

'됐다!'

유청은 진기를 끌어올려 백호복운을 날리려 했다.

그러나 멈칫했다.

안 그래도 광룡각에서 찢어진 손등이 겨우 아문 상태다. 손등도 걱정이지만 아직 진기를 마음먹은 대로 운용하여 발경할 수 있을지는 자신이 없었다.

그렇다고 이 기회를 놓칠 수는 없는 일.

'에라, 모르겠다!'

유청은 팔 년간 외공을 수련한 백호복운을 힘차게 내뻗었다.

퍼억!

힘차게 뻗은 권격이 거구의 옆구리에 깊숙이 박혔다.

"크윽!"

거구는 비틀거리다가 바닥에 쓰러졌다.

"와아! 대인 아저씨가 이겼다!"

거지 아이들이 환호성을 질렀다.

유청도 기뻤다. 중원에 나와서 처음으로 겨룬 승부에서 이긴 것이다.

그것도 소가주와 했던 무공 대련이 아니라, 잘못하면 목이 떨어지는 진검 승부에서!

감회가 새로웠다.

'내가 이겼다!'

보법 하나와 일 초식만을 수련했는데 그게 실전에서 통하다니…….

그때였다.

쓰러진 줄 알았던 거구가 다시 몸을 일으키는 게 아닌가?

유청의 백호복운이 상당한 위력을 갖고 있기는 했다.

그러나 발경을 하지 못한 외공만의 권격은 한계가 있었다. 때문에 타고난 무골에다 통뼈인 거구는 백호복운을 정통으로 맞고서도 이를 악물고 간신히 몸을 일으킬 수 있었던 것이다.

'이긴 게 아닌가?'

거구는 천천히 몸을 돌려 유청을 바라봤다.

꿀꺽.

유청은 자기도 모르게 침을 삼켰다.

'이제 어떡하지? 백호복운도 안 들으면 도망치는 수밖에 없는 건가?

그런데 거구의 눈빛이 먼저와는 달랐다. 마치 세상일에 달관한 듯이 담담한 눈빛. 그는 양손을 들어 유청에게 포권지례를 올리며 말했다.

"소인이 졌소. 멋진 백호복운이오."

"백호복운?"

거구의 말을 듣고는 표국 사람들이 일제히 경악해서 소리쳤다.

시정잡배나 하는 무공인 음양오행권의 제일초식 백호복운.

하고 많은 무공 중에 왜 하필이면 가장 평범하고 천박한 초식을 썼단 말인가?

모두는 의아한 얼굴로 유청을 바라봤다.

유청은 이유는 모르겠지만 지금의 상황이 자신에게 유리하게 돌아가고 있다는 것을 직감적으로 느꼈다.

유청은 머리를 굴렸다.

지금 하는 말 한마디에 천당과 지옥이 결정될 것이다.

"흠흠."

유청은 일단 헛기침을 하며 분위기를 잡았다.

"내가 일부러 백호복운을 쓴 이유를 아시겠소?"

말은 자신있게 했지만 거구가 모른다고 하면 모든 게 끝장 날 판이다.

할 줄 아는 게 백호복운뿐이라서 했다고는 차마 말할 수 없지 않은가?

그러나 거구는 미소를 지으며 말했다.

"알고 있소. 시정잡배도 할 줄 아는 백호복운으로 날 이긴 것은 내 무공이 그보다 하찮은 것임을 일깨워 주려는 것이 아니고 무엇이겠소? 제아무리 신공절학이라도 마음이 담긴 평범한 일 초식에는 당하지 못한다는 진리를 일깨워 준 게 아니오?"

'그런 뜻이었어? 그래서 사람들이 죄다 달라진 눈빛으로 날 쳐다보나?'

유청은 속으로 가슴을 쓸어내렸다.

거구의 말은 계속됐다.

"나는 당신을 죽이려고 칼을 휘둘렀소. 하지만 당신은 날 죽이기는커녕 내 공격을 모두 피해 버리고서 단 일 초식만을 써서 날 쓰러뜨렸소. 게다가 혈점을 열어 사람 죽이기를 밥 먹 듯 한 나에게도 당신은 권격에 진기를 싣지 않고 손속에 정을 두었소."

"……."

세상에 오해도 이런 오해는 없으리라.

거구의 칭찬(?)을 듣자니 얼굴이 빨갛게 달아오르려 했다.

하지만 유청이 누군가? 어떤 상황에서도 마음먹은 대로 얼굴 가죽을 바꿀 수 있는 게 그였다.

유청은 거구에게 살짝 고개를 끄덕였는데, 실로 은둔고수의 풍모가 엿보이는 모습이었다.

거구가 말했다.

"나 당정립, 당신에게 진심으로 감복했소. 내가 졌소. 당신이 이겼소."

거구 당정립의 말에 사람들은 유청을 보며 탄복했다.

어떤 이는 '아아' 하면서 감탄의 신음 소리를 내뱉기도 했다.

힘으로, 무공으로 적을 굴복시키는 건 어찌 보면 쉽다.

하지만 적에게서 승복하는 마음을 이끌어내는 것은 천하의 고수라도 쉽지 않았기 때문이다.

표두가 중얼거렸다.

"아이들 말이 옳았군. 나이는 젊지만 대인의 풍모를 지녔어."

표두의 말에 표사들도 모두 고개를 끄덕였다.

그때였다.

혈도를 짚여서 꼼짝 못하고 있던 셋째가 소리쳤다. 그는 아혈(啞穴)은 짚이지 않은 상태가 말을 할 수 있었던 것이다.

"큰형님, 지다니 그게 무슨 소립니까? 내 보기엔 저놈은 사기꾼이오! 다시 칼을 들어 놈을 요절 내시오!"

유청은 속으로 흠칫했다.

'저 자식! 다 된 밥에 코 빠뜨리려 하네?

셋째가 표정 관리에 능하고 언변이 화려한 건 유청도 잘 알고 있었다.

그는 흑점에서 손님 대접을 주로 맡았다. 손님들은 그의 꾸며낸 미소에 속아서 흑점인 줄 모르고 발 뻗고 자다가 목이 떨어지고는 했다.

타고난 사기꾼 셋째. 그는 유청을 처음 봤을 때부터 직감적으로 자신과 같은 부류라는 걸 눈치 채고 있었다.

"큰형님이 속은 것이오! 저놈은 아까부터 도망칠 궁리만 하고 있었단 말이오!"

유청은 다급해졌다.

'저놈의 입을 아예 찢어버려?

하지만 금세 생각을 바꿨다. 지금 함부로 나섰다가는 공든 탑이 무너질지도 모른다.

팔 년 동안 숙련된 유청의 잔머리가 빠르게 회전했다.

그는 바닥에 떨어진 칼을 주워서 거꾸로 들어 당정립에게 자루 쪽이 향하게 하여 내밀었다. 먼저 당정립이 유청에게 했던 것과 똑같았다.

"그래, 어쩌겠소? 당신이 속았다고 생각하면 이걸로 나를 치시오!"

거기에서 유청의 진가가 발휘됐다.

생사의 갈림길. 목숨을 건 도박.

하지만 칼을 든 유청의 손은 한 치의 흔들림없이 굳건했고, 그의 눈빛은 먼저의 당정립과는 달리 반짝반짝 빛나는 것이, 진심이 담겨 있었다.

실로 염라대왕 앞에 끌려가서도 속여 넘길 눈빛이었다.

당정립이 말했다.

"더 이상 날 시험하는 건 업신여기는 걸로 알겠소. 하나 당신이 그럴 리 없다는 걸 알고 있소. 이 당정립, 한때 사도(邪道)를 걸었지만 이제 죄를 뉘우치고 표국을 따라가서 벌을 받겠소."

'휴우!'

유청은 십년감수한 기분으로 가슴을 쓸어내렸다.

셋째가 소리쳤다.

"큰형님! 안 됩니다!"

당정립도 맞받아쳤다.

"시끄럽다! 내 너와 함께 혹점을 연 몸이지만, 협객의 정신이 무엇인지 항시 잊지 말라고 하지 않았더냐?!"

"저놈은 협객이 아니라니까요! 세상에 구걸을 했으면 했지 달랑 만두 하나 시키는 밴댕이 소갈딱지 협객이 어딨답니까?"

"그만두지 못할까! 배가 고프면 설령 부처라도 그럴 수 있는 법! 네놈 같은 소인배가 이분의 큰 뜻을 어찌 안다고 망발이냐!"

유청은 이제 살맛이 났다.

'잘한다, 잘해! 이 몸은 가만있는데 아주 알아서 구름 위로 띄워주는구나!'

거지 아이들도 신이 나서 외쳤다.

"대인 아저씨! 대인 아저씨가 최고야!"

마지막으로 셋째의 울부짖음이 객잔에 울려 퍼졌다.

"큰형니임, 제가 소인배면 그놈은 무슨 대인배라도 된단 말이오?!"

第六章

협객도 아니고 협객이 아닌 것도 아니다

결국 흑점 무리는 유청의 손에 무릎을 꿇었다.

유청은 감회가 새로웠다.

내공도 싣지 못하는 백호복운 단 일 초식.

목인비보 보법을 제외하면 자신이 아는 유일한 무공.

그런데 진기도 싣지 않은 백호복운 일 초식에 모든 이가 감복하여 협객이라 칭송한 것이다.

'일 권, 일 초라도 삼 년을 수련하면 소림의 문턱을 넘나들고, 십 년을 수련하면 군림천하한다'란 말이 마치 자신을 두고 한 얘기인 양 느껴졌다.

저절로 턱이 높아지고 어깨에 힘이 들어갔다.

그러나 곧 마음을 고쳐먹었다.

'아니다. 모든 일은 끝까지 밀어붙여야 후환이 없는 법이지.'

그는 다시 전신의 힘을 뺐다.

그런 사정은 모르고서 사람들은 유청이 싸움에 이기고도 겸손함을 잃지 않는 것으로 착각했다.

표사들은 아직 미혼약의 독성이 풀리지 않아 기운을 차리지 못했다. 때문에 유청과 거지가 점혈되어 꼼짝 못하는 흑점 무리를 포박했다.

유청이 흑점 무리 한 명의 목에 칼을 대고 있으면, 거지가 해혈을 한 다음 밧줄로 묶었다.

흑점의 큰형님인 당정립이 제일 먼저 순순히 포박당하자 다른 이들은 크게 저항하지 않았다.

그러나 셋째만은 끊임없이 유청을 향해 욕을 지껄였다. 조상 욕에서부터 극악한 저주까지 다양했다.

유청은 분개했다.

'이 새끼가 진짜! 입을 꿰매 버려야 닥치려나?'

하지만 꾹꾹 참았다.

유청은 어렸을 때부터 동네의 소문난 말 싸움꾼이었다. 그런데 욕을 먹으면서도 반격을 못하니 죽을 맛이었다.

표국 일행은 그런 그를 보며 역시 도량이 넓다고 중얼거렸다.

"흑점 놈의 말이 많이 심한데, 저 청년은 꿈쩍도 않는군요?"

"나이는 젊지만 수련이 깊어 흔들리지 않는 게지."

표사의 말에 표두가 대답했다. 특히 표국 일행 중에서도 표두가 유청에게 깊은 호의를 가진 듯했다.

흑점 무리의 포박이 끝나자 표두가 유청에게 다가왔다.

그는 품에서 작은 주머니 하나를 꺼내어 건넸다.

"이걸 받으시오."

"이게 뭡니까?"

"별것 아니오. 은 스무 냥이오."

은 스무 냥!

유청은 한 달 동안 고생하면서 중원의 물가를 몸으로 체득하고 있었다. 은 스무 냥이라면 아껴 쓰면 족히 석 달은 편히 여행할 수 있는 금액이다.

기쁜 마음에 자기도 모르게 손이 나갈 뻔했다.

'아냐! 지금은 때가 아니다!'

유청은 주머니를 받으려고 저절로 내밀어지는 오른손을 왼손으로 꾹 눌렀다.

유청이 말했다.

"돈을 받자고 한 일이 아닙니다."

말은 그렇게 했지만 아까워서 손이 벌벌 떨렸다.

'괜히 멋낸 거 아냐? 이러다 다시 품에 집어넣으면 말짱 끝인데. 참자. 장사란 원래 흥정이 중요한 법. 값을 올려야

한다.'

다행히 표두는 미소를 띠며 말했다.

"당신 같은 협객에게 금품으로 사례하는 것이 곧 협심을 업신여기는 것이란 건 알고 있소. 하나 이건 우리 홍성표국(紅星鏢局)의 마음이오. 만약 홍성표국이 협객의 도움을 받고도 아무 사례를 하지 않았다는 소문이 퍼지면 강호에서 우리의 명성은 땅에 떨어진다오. 부디 외면하지 마시오."

"…그렇게까지 말씀하시니 받겠습니다."

유청은 십년감수한 기분으로 주머니를 건네받았다.

그런데 표두는 다시 품에서 둘둘 말은 종이 뭉치를 꺼냈다.

"이건 하남 이가장에서 발행한 전표요. 후에 무림에서 큰일을 도모할 때 자금이 필요할 때 이 전표를 전장(錢莊)에 가져가면 돈으로 바꿀 수 있을 거요. 물론 지급은 우리 홍성표국이 할 테니 신용 문제는 걱정하지 않아도 좋소."

유청은 속으로 쾌재를 불렀다.

'거봐! 잠깐 참으니까 금세 값이 오르잖아!'

유청뿐 아니라 표사들의 표정도 바뀌었다.

은 스무 냥은 작은 정성의 표시라고 하더라도 전표는 다르다.

세가의 자금과 바꿀 수 있는 전표.

그것은 곧 유청이 무슨 일을 벌일 때 홍성표국이 뒤에서 돕겠다는 증표가 아니고 무엇이겠는가?

유청은 고개를 숙이며 전표를 받았다. 그리고 살짝 펴보다가 깜짝 놀라고 말았다.

전표에는 금액 표시가 되어 있지 않았다.

'백지 전표?'

유청은 놀라서 표두를 쳐다봤다. 표두는 미소를 머금고 고개를 끄덕였다.

협객(?) 유청에게 반해도 어지간히 반한 모양이다.

유청은 머리가 복잡해졌다.

'이거 받아도 되나? 덥석 받았다가 혹시 코가 꿰이는 거 아냐?'

그러다가 문득 좋은 생각이 떠올랐다.

그는 전표를 품에 갈무리하고는 말했다.

"감사합니다. 전표는 후에 중원무림과 약한 이들을 위해 요긴하게 쓰겠습니다."

그리고 먼저 받은 은 스무 냥이 든 주머니를 다시 꺼냈다.

"하나 현금인 은 스무 냥은 받을 수 없습니다. 무림의 일에 쓰지 않고 제 사적인 일에 사례로 받은 돈을 쓴다면 후에 사람들이 저의 협행(俠行)을 업신여기며 곡해하지 않겠습니까?"

한 번 협객 행세를 시작하니 아주 터진 봇물처럼 말이 줄줄 나왔다. 한 달 전만 해도 눈치나 보던 세가의 하인이었는데, 갑자기 무림의 중요 인물 취급을 받게 되니 스스로 그 역(役)

에 도취된 것이다.

표두가 말했다.

"내가 생각이 모자랐군요. 용서하시오."

유청이 담담한 미소를 지으며 말했다.

"아닙니다. 대신에 이 은자는 저 아이들에게 주는 것이 어떻는지요?"

사람들의 시선이 거지 아이들에게 모였다. 아이들은 놀라서 입을 딱 벌렸다.

얘기를 듣기만 하고 있던 늙은 거지가 짝! 하고 손뼉을 한 번 치고는 말했다.

"옳거니! 사례는 거절하지 않아 상대의 체면을 세워주고, 대신에 그 돈으로 다시 좋은 일을 하겠다? 허허허!"

유청은 아이들에게 가서 주머니를 건넸다. 아이들은 눈물을 글썽이며 주머니를 받았다.

"와아아!"

짝짝짝짝!

표국 일행은 그 따뜻한 장면을 보며 함성과 함께 박수를 쳤다. 밧줄에 묶인 흑점 무리도 셋째를 제외하면 유청의 협심에 무언가를 느낀 듯 고개를 숙였다.

물론 유청의 속마음은 딴판이었다.

'은 스무 냥 따위 없어도 그만이다. 백지 전표를 돈으로 바꾸면 그 수십, 아니, 수백 배는 될 테니까.'

그러나 유청을 제외한 다른 사람들은 표두가 준 전표가 백지인 줄은 모르기에 유청이 또 한 번 협행을 한다고 속아넘어간 것이다.

가히 꿩 먹고 알 먹고, 일거양득이 아닐 수 없었다.

아이들은 연신 고개를 숙이며 말했다.

"감사합니다, 대인배 아저씨!"

"엥? 뭐라고?"

유청이 묻자 아이들은 신이 나서 소리쳤다.

"대인배! 대인배 말이에요!"

"그게 무슨 소리냐?"

아이들은 포박당한 셋째를 가리키며 말했다.

"저 사람이 소인배니까 아저씨는 대인배죠!"

유청은 난감했다.

어려서부터 글공부를 한 그는 '대인배' 란 말은 쓰지 않는다는 걸 잘 알고 있었다.

'칭송하려면 제대로 할 것이지 대인배가 뭐야?'

하지만 애들 앞에서는 표정 관리에 더 신경을 써야 했다. 아이들은 오히려 어른보다도 분위기를 직감적으로 알아채고는 하니까.

유청은 부드럽게 웃으며 말했다.

"얘들아, 대인배란 말은 없단다. 굳이 부르겠다면 그냥 대인이라고 부르렴."

"하지만 대인배가 더 좋은데……."

그때 표두가 크게 웃으며 말했다.

"하하하! 하긴 그렇군. 소인배의 반대이니 곧 대인배가 아니고 무엇이겠는가?"

그의 말에 사람들도 모두 파안대소(破顔大笑)했다.

*　　　*　　　*

그들은 하룻밤을 객잔에서 묵었다.

표사 일행이 중독된 산공독과 미혼약이 해독되려면 열두 시진이 지나야 했기 때문이다.

그날 식사는 물론 유청이 실력을 발휘했다. 사람들은 유청의 솜씨에 놀라 엄지손가락을 내밀었다.

"훌륭하오! 이런 요리는 중원 어디서도 먹어본 적이 없소!"

"대인배는 협심뿐만 아니라 요리 솜씨 또한 일류 숙수 뺨치시오!"

유청은 절로 어깨가 들썩거렸다.

협객이야 어쩌다 거짓 흉내를 내는 것이지만, 요리 솜씨는 진짜배기였으니까 말이다.

다음날 날이 밝자 모두는 각자 갈 길로 헤어졌다.

거지 아이들은 헤어진 어머니를 찾는다며 고향으로 돌아갔다.

표국 일행은 흑점 무리를 가까운 포청에 넘기겠다며 남쪽으로 향했다.

유청은 북쪽으로 발길을 옮겼다.

팔 년 만에, 아니, 실상은 평생 처음으로 나온 중원.

돈도 생기고 좋은(?) 일도 하니 정말 무림인이 된 듯한 기분이다.

그러나 그는 곧 얼굴을 찌푸렸다.

늙은 거지가 자신을 따라왔기 때문이다.

"이보쇼, 자꾸 따라오지 말고 당신 갈 길이나 가시오."

"허허, 성질도 급하군. 내가 언제 대인배, 자네를 따라간다던가? 그저 가는 길이 같을 뿐이라네."

하지만 유청이 보기에는 영락없이 졸졸 따라오는 행색이다.

그제야 유청은 자신이 실수했다는 걸 깨달았다.

'이 거지한테도 은자 좀 나눠 줄걸.'

그는 팔 년 전 시장을 떠돌면서 개방이나 거지들에 대해 들었던 얘기를 떠올렸다. 거지 중에서 독종은 한 번 봉을 물었다 싶으면 절대 놓지 않는다는 얘기.

물론 지금 거지가 물은 봉은 유청 자신이다.

'표두에게 받은 전표가 당신 목적인 걸 알고 있수다!'

마음 같아선 한몫 떼어주고 쫓아버리고 싶었다.

하지만 전표는 달랑 한 장이다. 전장에 들러 은자로 바꾸지 않는 이상, 떼어주고 싶어도 방법이 없다.

유청에게 전음을 보내고, 흑점 무리를 일순에 해치운 걸로 봐서 거지가 상당한 무공 고수라는 것을 알고 있었다.

그러나 아무리 무공에 굶주렸다고 해도 거지한테까지 손을 벌리기는 싫었다.

게다가 거지는 허리춤에 매듭 하나 없다. 개방 소속이 아닌, 그냥 떠돌이 거지다.

팔 년 전에도 개방 거지의 말을 곧이곧대로 듣는 바람에 서문세가에 잡혀가서 죽도록 고생만 했다. 그런데 또 거지다.

생각할수록 짜증이 났다.

'전생에 뭔 죄를 지었기에 허구한 날 거지가 꼬이지?'

거지가 유청을 보며 말했다.

"젊은 놈이 왜 그리 오만상을 찌푸리나?"

"알 필요 없수다. 젊어도 다 고민이 있는 법이오."

"하긴, 명색이 대인배인데 다음엔 어떤 협행을 할지 고민도 되겠구먼."

유청은 울컥했다.

"그 대인배 소리 좀 그만두쇼!"

거지가 말끝마다 대인배 운운하니까 짜증이 팍 일었다.

"그냥 대인도 아니고, 그렇다고 소인배도 아니고, 대인배가 뭡니까, 대인배가?"

"뭐, 어떠냐? 난 정감있고 듣기 좋은데."

"허! 그럼 무림맹주한테도 어디 한 번 맹주배라고 불러보지 그러오?"

"오호, 그것참, 재미있겠군. 알았네. 내 꼭 한 번 해보지."

유청은 고개를 절레절레 흔들었다.

'이놈의 거지가 미쳐도 단단히 미쳤군. 지가 백 년을 산다 해도 무림맹주를 어떻게 만난다고 지랄이야?'

그런데 거지가 사뭇 진지한 얼굴로 말했다.

"아무도 없으니 이제 솔직히 밝히게. 자네, 강남일협(江南一俠)이지?"

"뭐요?"

'또 뭔 흰소리야?'

표국 사람이나 당정립한테 협객 소리를 듣는 것은 좋았다. 하지만 거지는 귀찮을 뿐이다.

유청은 딱 잘라 말했다.

"아닙니다."

"내 눈은 못 속이네. 그러지 말고 그만 털어놓지 그러나?"

"어이구! 중원이 아무리 어지럽다고 해도 강남에 무슨 협객이 딱 한 명 있다고 강남일협이랍니까? 난 들어본 적도 없소이다!"

"다 알고 있어."

"알긴 뭘 아슈? 난 강남엔 가본 적도 없소! 강북에서 태어났단 말요!"

협객도 아니고 협객이 아닌 것도 아니다 267

"그만 좀 우기게!"

"그만 좀 우기십쇼!"

둘은 언성을 높이다가 씩씩댔다.

거지가 말했다.

"좋네. 어차피 여기가 강남은 아니니까. 그럼 강북일협이라고 해두지."

"맘대로 하십쇼."

둘은 계속해서 말다툼을 하면서 북쪽으로 걸음을 옮겼다.

유청과 거지는 섬서의 중심 도시 서안(西安)으로 향했다.

사천과 섬서의 중간 지대에서는 인적이 드물었지만, 북으로 올라가면서 조금씩 사람들이 많아졌다.

그런데 얼마 가지 않아 유청은 무언가를 깨달았다.

'아차!'

표두가 준 은 스무 냥은 협객질 한다고 고스란히 거지 아이들에게 건넸다. 그 수십, 수백 배의 가치가 있는 백지 전표를 가졌으니 선뜻 은자를 내줬다.

그게 발목을 잡은 이유였다.

결국 수중에 땡전 한 푼 없다는 것은 바뀌지 않은 게 아닌가?

길을 가면서 객잔에 묵을 돈이 없는 것이다.

하남 이가장에서 발행한 전표.

그 전표는 이가장이 각 지역에 세운 분점, 즉 전장(錢莊)에 가야만 바꿀 수 있다.

하지만 흑도방파가 전쟁을 벌이는 통에 사람 행적마저 뜸해진 이곳에 전장이 있을 리 없었다.

결국 대도시로 가야만 전표를 현찰로 바꿀 수 있게 된 것이다.

'손 안에 금은보화가 있는데 그걸 바꾸지 못해서 쓰지 못하다니……'

후회가 막심했다.

'몽땅 주지 말고 은 한 냥이라도 남겨둘걸.'

모든 게 협객 행세 때문이었다.

혼자 협객 역에 도취되어 갖은 연기를 다 꾸미다가 너무도 당연한 사실을 까맣게 잊어버린 것이다.

'협객이고 나발이고 일단 뭐라도 먹어야 하든 말든 할 텐데……'

결국 전표를 바꾸기 전에는 거지와 함께 노숙하는 수밖에 없었다.

문제는 끼니 해결이었다.

노숙하는 것이야 한 달 동안 습관이 되었다 치더라도 굶고 살 수는 없는 일이 아닌가.

그날 저녁,

거지가 잠깐 모습을 감췄다 싶더니 어디서 구했는지 통통하게 살이 오른 닭 한 마리를 손에 들고 돌아왔다.

유청은 관심없는 척하며 말했다.

"닭은 어디서 났소?"

"훔쳤을까 봐 그러냐? 하긴 천하의 강북일협 대인배가 훔친 걸 먹어서야 체면이 안 서겠지."

"훔친 게 아니면 뭐요?"

"거지가 달리 거지겠냐? 구걸해 온 것이니 걱정 마라."

속마음은 거지가 훔쳤든 구걸했든 상관없었다. 그러나 얻어먹자니 심사가 불편했다.

지금까지 거지를 쫓아버리지 못해 안달이었는데, 배가 고프다고 손을 벌리자니 마지막 남은 자존심이 허락을 하지 않았다.

유청이 외면하든 말든 거지는 콧노래를 부르며 닭의 털을 뽑고 물에 씻었다. 그리고 어디서 구했는지 금이 간 그릇에 물을 담고 닭을 넣은 다음 모닥불을 피워서 삶으려 했다.

유청은 이때다 싶어서 끼어들었다.

"양념도 없고 채소도 없는 판에 닭을 삶겠다는 거요?"

"그럼 삶기라도 해야지 생닭을 먹을 셈이냐?"

"이리 주쇼. 요리는 내가 해주겠소."

"그 나이에 무공 수련하는 것도 벅찰 텐데 요리는 언제 배웠는고?"

"…어릴 때 곁눈질로 조금 배웠소."

아는 무공은 일 초식과 보법이 전부며, 실은 요리가 본업이
었다는 말은 죽어도 하기 싫었다.

유청은 닭을 삶는 대신 굽기로 결정했다.

'조미료도 없는 판에 삶아봤자 맹탕 국물밖에 더 나와? 본
시 모든 고기란 육즙이 빠지면 맛이 없는 법!'

유청은 닭에다 깨끗한 진흙을 덕지덕지 발랐다. 진흙은 곧
딱딱하게 굳어서 돌처럼 됐다. 그리고 진흙 바른 닭을 모닥불
한가운데에 던져 넣었다.

반 시진쯤 지났을까. 유청은 닭을 꺼냈다.

거지가 지팡이로 진흙덩이를 내려치자 불 속에서 굳은 진
흙이 수박 쪼개지듯 떨어져 나갔다. 그러자 노릇노릇하게 잘
익은 닭고기가 나왔다.

거지는 품에서 주머니 하나를 꺼내 유청에게 건넸다.

"이게 뭐요?"

"소금이다."

유청은 피식 웃음이 나왔다.

'빌어먹는 주제에 소금을 갖고 다녀? 별놈의 미식가 거지
를 다 보는군.'

둘은 잘 구워진 닭에다 소금을 뿌리고는 정신없이 먹어치
웠다.

큼지막한 닭 한 마리가 순식간에 앙상한 뼈만 남았다.

먹을 게 뱃속에 들어가자 그제야 좀 살 것 같았다. 유청은

문득 궁금했던 점이 생각났다.

"아까 말한 강남일협이 도대체 누구요?"

"네가 강남일협이잖냐."

"아니라는데 왜 자꾸 계속 그러쇼?"

"정말 아니냐?"

거지가 고개를 갸웃하며 말했다.

"하긴 나도 헷갈린다. 네놈이 하는 짓을 보면 정말 아닌 것 같기도 한데, 다시 생각하면 날 속이려는 것 같기도 하고. 너, 협객 맞냐?"

"내가 언제 내 입으로 협객이랬소?"

거지는 머리를 긁적였다. 비듬이 떨어지자 유청은 슬그머니 옆으로 떨어져 앉았다.

거지가 정색을 하고서 말했다.

"그럼 묻자. 너도 쫄쫄 굶은 것 같았는데 첨 보는 아이들한테 만두는 왜 줬냐? 그것도 있는 돈 다 털어서 산 거라며?"

"아이들이 불쌍해 보여서 적선한 것도 죄요?"

"누가 죄랬냐? 네놈 하는 짓이 소문에 듣던 강남일협이랑 똑같으니까 그러지."

그제야 유청은 거지가 말하는 강남일협이란 자에 대해 감이 왔다.

'어떤 미친놈이 자기 배도 고프면서 남한테 먹을 걸 준대?'

그러나 속마음을 그대로 말할 수는 없었다.

흑점 숙수 소식이 만든 만두가 맛대가리없어서 버리려다가 준 것이라고 어찌 말하겠는가?

그 말을 꺼냈다가는 협객 행세는 끝장이다.

거지가 쫓아오는 건 싫었지만, 반대로 그가 협객이라고 추켜세우는 게 은근히 싫지는 않았던 것이다.

유청이 묵묵부답이자 거지가 재차 물었다.

"그리고 또 하나, 왜 신분을 속이고 흑점에 들어갔냐?"

"잘 알잖수. 돈 없어서 밥 얻어먹으려고 사정해서 들어간 거."

"흑점 놈들이 본색을 드러내면 한꺼번에 일망타진하려고 그런 게 아니고?"

유청은 입을 딱 벌리다가 얼른 다물었다.

오해도 이 정도면 가히 부처님 급이다.

"난 모르오. 게다가 흑점인 줄 어찌 알고 일부러 들어간단 말이오?"

"허허! 그럼 그런 우락부락한 사내놈들만 있는 객잔이 흑점이 아니고 무어냐? 거지 아이들도 만두를 얻어먹고서 이상하다고 하더라. 설마 삼척동자도 아는 걸 너만 몰랐다고는 말 못하겠지?"

말이 목 끝에 걸렸다.

'정말 몰랐수다! 알았으면 진작에 도망쳤지!'

그러나 협객행이 몽땅 거짓인 게 탄로날까 봐 차마 말을 못했다. 하고 싶은 말을 억지로 참으니 얼굴이 일그러졌다.

거지는 그런 유청을 보며 말했다.

"자기 칭찬을 제 입으로 하려니까 부끄러우냐? 허, 강남일 협도 아직 어리긴 한 놈이군."

"……."

"흑점 놈들 무공이 시원찮긴 했지. 하나 그 두목 놈이 당문 출신이란 걸 미리 알 수야 있나? 두목 놈 무공이야 잘 봐줘도 일류 수준밖에 안 됐지만 독 쓰는 게 신출귀몰해서 나까지 중독당했으니 원. 나야 설령 중독됐어도 내 한 몸 지키는 것이야 어려웠겠냐마는 표국 일행은 또 어쩌겠느냐? 네놈이 없었으면 전부 몰살당할 뻔하지 않았냐?"

"……."

"네놈이 보법만 써서 두목의 칼을 피하다가 진기도 싣지 않은 백호복운을 써서 쓰러뜨린 건 어떻게 설명할 테냐? 네가 무공이 아니라 도의(道義)로 두목을 승복시키는 바람에 별 피해 없이 몽땅 잡은 것 아니냐?"

'그래선가?'

듣고 보니 오해할 만도 하구나 싶었다.

하지만 실상은 역시 말 못했다.

'할 줄 아는 게 백호복운뿐이라서 그걸로 친 거요!'

임금님 귀는 당나귀 귀라는 걸 밝히지 못해서 화병이 났다는 옛이야기가 그렇게 가슴에 와 닿을 수 없었다.

"어쨌든 난 아니오."

"끝까지 아니란 것도 딱 강남일협이군."

"……?"

"강남일협이 협행을 하고서 끝끝내 부인하고 사라진다는 걸 다 알고 있다. 사람들이 기인(奇人)이라고 하던데, 네놈을 직접 보니 그럴 만도 하겠구나."

'어이구, 골치야!'

왜 거지가 자신의 말을 죽어라 믿지 않는지 이유를 그제야 알 수 있었다.

'강남일협이래서 이름난 협객인 줄 알았더니 순 미친놈 아녀?'

유청은 크게 한숨을 내쉬며 말했다.

"좋소. 내가 강남일협이라고 칩시다. 날 찾아서 뭐 하려는 거요?"

"이제야 인정하는군."

"인정하는 게 아니라 가령 그렇다는 거요!"

"그게 그거지 소리는 왜 질러? 젊은이한테 내 부탁할 게 있네."

"뭐요?"

"지금은 말할 수 없고… 무당산에 가면 말하지."

"무당산?"

거지의 말을 듣자 과거의 일이 떠올랐다.

하남 땅에서 태어나 구파일방만을 꿈꾸던 어린 시절. 소림과 무당은 무림의 양대 산맥으로 아이들은 누구나 정식 제자, 그게 아니면 속가제자라도 되기를 원했다.

그러나 정체 모를 거지가 바람을 넣어서 오대세가로 방향 전환을 한 다음부터 무당파에 대한 관심은 사라진 지 오래였다.

"맘대로 하슈. 내 장담하건대, 무당산 갈 일은 절대 없을 거요."

"흐음, 과연 그럴까?"

둘은 각자 호언장담을 했다.

*   *   *

유청은 거지가 구걸해 온 밥을 먹고 노숙을 하며 계속 길을 갔다.

이제 발바닥의 상처도 어느 정도 아물었다.

매일 걸어야 하는 형편이니 손등과는 달리 발바닥은 쉬이 아물지 않아 큰 흉터가 남았다. 하지만 일부러 보이지 않으면 발바닥은 볼 수 없으니 그다지 걱정은 안 됐다.

그렇게 꼬박 열흘을 가자 드디어 섬서의 중심지인 서안이 나타났다. 그동안 인적 없는 곳에서 노숙만 거듭하다가 사람 사는 곳에 도착하니 마음이 놓였다.

사람이 북적이는 거리를 한 시진 즈음 걸었을까.

드디어 오매불망 찾던 이가장의 섬서 지부를 발견했다.

유청은 거지에게 말했다.

"그동안 고마웠소. 이제 그만 헤어집시다."

"허어, 밥은 누가 구걸하고?"

"고맙지만 이제 됐수다. 예까지 왔으니 나도 내 밥은 찾아먹을 수 있소."

이가장의 섬서 지부 전장(錢莊)에서 전표를 바꾸면 많은 돈이 수중에 떨어진다.

막상 돈이 눈앞에 보이자 유청은 거지한테 한몫 떼어주기가 아까웠던 것이다.

'땡전 한 푼 주면 안 돼! 굶주린 상어한테 피 냄새를 맡게 해선 안 돼지. 암!'

거지가 자칫 돈 냄새를 맡았다가는 지금까지보다 더 악착같이 물고 늘어질지도 모르는 일이다.

하지만 의외로 거지는 순순히 받아들였다.

"아쉽지만 할 수 없지. 난 무당산으로 갈 테니 생각나면 동행해도 좋네."

"잘 가십쇼."

유청은 딱 잘라 말하곤 등을 돌렸다.

가면서 뒤를 힐끔힐끔 쳐다보는데 생각 외로 거지는 더 이상 자신을 따라오지 않았다.

'드디어 돈이 수중에 들어온다!'

돈도 벌고 성가신 혹도 뗴었다고 생각하니 절로 콧노래가 나오고 발걸음이 가벼웠다.

　그런데 거지는 무슨 생각을 하는지 바쁘게 걸음을 옮기는 유청의 등을 쳐다보며 빙그레 웃었다.

　유청은 거지가 가버린 걸 확인하고서야 전장으로 향했다.

　이가장의 섬서 지부는 큼직한 건물이었고, 주위에는 무사들이 엄정하게 호위를 서고 있었다. 하남을 떠난 지 팔 년이 되었지만 이가장의 성세는 여전한 것 같았다.

　유청은 가슴이 뛰었다.

　홍성표국 표두가 준 전표!

　그것도 액수를 마음대로 적을 수 있는 백지 전표다.

　그런데 유청이 전장 문 앞으로 다가가자 호위를 서는 무사 하나가 손을 들어 저지했다.

　"멈추시오. 여기가 어딘 줄 알고 함부로 들어오는 것이오?"

　'이놈, 말하는 싸가지 좀 보게?'

　무사가 정중히 안내하기는커녕 길을 막자 기분이 상했다.

　"알고 있소. 이가장의 섬서 지부가 아니오?"

　"알았으면 얼른 돌아가시오."

　무사는 꺼지라는 듯 손을 내저었다.

　유청은 화가 나서 일갈했다.

　"아니, 이자가? 내가 누군지 알고 이러는 것이오?"

그런데 무사는 들은 체도 않고서 유청의 머리부터 발끝까지를 훑어봤다. 그리고는 동료들과 함께 피식 웃는 게 아닌가?

설상가상으로 손까지 휘휘 젓는 게 아예 말하기도 귀찮다는 폼이다.

백지 전표가 품에 있어서 꿀릴 게 없는 참인데 영문 모를 비웃음을 당하니 화가 폭발했다.

"오대세가에도 끼지 못하는 주제에 손님한테 왜 이리 불친절해?!"

순간 무사들의 눈빛이 바뀌었다.

이가장은 하남에서는 세를 떨친다 해도 중원 오대세가에는 못 미쳤다. 이가장 사람들도 그 사실을 알았지만 입 밖에 내지는 않았다.

그런 판에 유청이 이가장의 금기(禁忌)를 건드린 것이다.

무사가 한 걸음 앞으로 나서며 말했다.

"네놈! 다시 말해봐라! 이가장이 어쩌고 어째?"

그러나 유청도 열이 받을 대로 받은 뒤다.

"오대세가에 못 낀다고 했다! 아니면 뭐, 이가장이 껴서 육대세가라도 됐냐?"

"뭣이?!"

막 무사가 검을 뽑으려 할 때였다.

"왜 이리 소란스러우냐?"

협객도 아니고 협객이 아닌 것도 아니다 279

풍채가 좋고 얼굴에 살집이 붙은 중년 남자가 안에서 나왔다.

유청은 그자가 전장주(錢莊主)인 걸 한눈에 알아봤다.

'말단 부하들이랑 입씨름해 봐야 나만 손해지.'

유청은 품에서 둘둘 말은 전표를 꺼내어 전장주에게 펼쳐 보였다.

"눈이 있으면 똑바로 보쇼. 전표를 바꾸러 왔소이다."

"전표?"

장주는 눈을 가늘게 뜨고 유청이 펴 든 전표를 봤다. 그는 잠시 뜸을 들이더니 말했다.

"실례했소. 어느 문파에서 오셨소?"

'엥? 돈 바꾸는데 무슨 문파가 필요하다고 이 난리야?'

유청은 팔짱을 끼며 말했다.

"문파 같은 건 없소이다."

"흐음, 그럼 어느 세가 소속이오?"

'세가?'

서문세가에서는 도망친 터다. 그게 아니더라도 백당에 틀어박힌 이름뿐인 서문세가 소속이라 말하기는 싫었다.

"세가 사람도 아니오."

"그럼 방파라도 있나? 개방 사람인가?"

장주의 말투가 점점 하대 비슷하게 바뀌었다.

"개방 거지도 아뇨. 돈만 바꿔주면 되지 그런 건 왜 묻소?"

"그럼 마지막으로 묻지. 별호가 무엇인가?"

별호(別號).

어릴 적 시장 바닥에서 중원무림 얘기를 들을 때 빠지지 않는 것이 별호였다. 하남일기(河南一奇), 북곡신승(北谷神僧), 육지대악마(六指大惡魔) 등 중원에서 이름 높은 고수들은 하나씩 또는 많으면 두세 개의 별호를 갖고 있었다.

별호는 그 사람의 무공 수준과 성격을 보여주는 것은 물론, 무림에서 얼마나 세를 떨치는가를 한눈에 보여주는 징표이기 때문에 무림인들은 별호를 이름보다 더 중요시했다.

하지만 중원에 막 나온 자신이 별호란 게 있을 리 없었다.

그때 문득 떠오르는 생각이 있었다.

유청은 잠깐 망설이다가 말했다.

"난 강북일협 대인배라고 하오."

거지 아이들이 소인배의 반대라 하여 말한 대인배.

늙은 거지가 딴사람과 혼동해서 임시로 붙여준 강북일협.

그 둘을 합쳐서 강북일협 대인배.

영 마음에 들지 않는 별호이지만 왠지 그것마저 대답하지 못하면 업신여김을 받을 것 같아서였다.

"강북일협? 대인… 배?"

"그렇소."

전장주는 잠깐 멍하니 유청을 자세히 들여다봤다.

그러더니 갑자기 크게 웃어젖혔다.

"와하하하하! 드넓은 강북에 단 하나 있는 협객이라고? 게다가 소인배도 아니고 무슨 놈의 대인배?"

"하하하하!"

전장주의 말에 무사들도 함께 웃음을 터뜨렸다.

유청은 짜증이 팍 일었다.

"남의 별호가 염라대왕이든 관음보살이든 당신들이 신경 쓸 것 없잖소! 얼른 돈이나 바꿔주시오!"

그는 원래 백지 전표에 금 스무 냥 정도를 적으려 했다. 아무리 백지라고 해도 무작정 큰 액수를 적었다가는 뒤탈이 날지도 몰라서였다.

하지만 문전에서 박대를 당하자 마음이 바뀌었다. 전장이 곤란해할 액수를 적어서 전장주를 혼쭐내고자 마음먹었다.

'금 일백 냥 정도 확 질러서 네놈 상판때기가 어찌 변하는지 봐야겠다. 그걸로 모자라면 아예 일천 냥을 질러?'

그런데 배꼽이 빠져라 웃어대던 전장주가 정색을 하고서 말했다.

"내가 별호를 물은 이유를 아나?"

"내가 알 게 뭐요?"

전장주가 턱짓을 하자 무사들이 나와서 유청을 빙 둘러쌌다.

그가 말했다.

"문파도 없고, 방파도 없다? 허! 아무 소속도 없이 전표 한

장만 달랑 가져오면 돈으로 바꿀 수 있을 줄 알았더냐?'

무언가 일이 꼬여가고 있었다. 유청은 전표를 잘 보이게 높이 들며 외쳤다.

"여기 아래를 보시오! 홍성표국의 직인(職印)이 있지 않소? 표국의 표두가 직접 준 거요! 설마 이것까지 부정할 셈이오?'

"홍성표국은 맞는 것 같군."

"거 보쇼!'

그러나 유청의 희망은 산산이 깨졌다.

"전표를 소속도 없는 사람에게 사례로 주는 건 종종 있는 일이긴 하다. 하나 이름난 협객도 아니면서 큰 금액이 걸린 전표를 갖고 있다는 건 아무리 생각해도 수상쩍은 일이다. 게다가 네놈의 몰골을 봐라. 다 떨어진 옷을 걸치고 제대로 씻지도 않은 몰골을 하고서 협객이라고? 행여 개방 소속이라면 그러려니 하겠다. 하지만 네놈은 허리춤에 매듭도 없으니 그도 아닐 테지. 그래서 혹시나 해서 물어는 본 것이다."

유청은 아차 싶었다.

자기가 봐도 그랬다.

거지 중의 상거지 꼬락서니를 하고서, 게다가 제대로 먹지도 못해 초췌한 몰골로 대뜸 전표를 내밀었으니 믿어줄 사람이 있을 리 만무했다.

전장주의 말이 이어졌다.

"그런데 뭐, 별호가 강북일협 대인배? 누구 그런 별호 들어본 사람이 있느냐?"

무사들은 모두 고개를 저었다.

"저놈이 강북일협이면 전 중원제일협입니다!"

"와하하하!"

"킬킬킬킬!"

"으헤헤헤!"

사방에서 동시에 웃음이 터졌다.

전장주가 손을 들자 무사들이 웃음을 멈추고 일제히 칼을 뽑았다.

전장주가 차갑게 말했다.

"솔직히 말하면 목숨만은 살려주마. 그 전표는 어디서 얻었느냐, 아니, 훔쳤느냐?"

"……!"

일이 꼬여도 한참 꼬였다.

유청은 전표를 품에 넣으며 짐짓 태연한 척했다.

"훔친 게 아니오. 실은 저자가 줬소."

그러면서 손가락으로 전장주의 뒤를 가리켰다.

장주와 무사들이 고개를 돌렸다.

"어디?"

그러나 유청이 가리킨 곳에는 사람은커녕 그림자 하나 없었다.

모두를 속여 넘긴 유청은 무사들의 포위망 틈새로 빠져나가려 했다.

"놈을 잡아라!"

무사들의 칼이 유청에게 쏟아졌다.

"죽이지는 말아라! 전표를 어디서 훔쳤는지 알아내야 한다!"

유청은 목인비보로 팽이가 돌 듯 빙글빙글 돌며 칼을 피했다.

많은 인원이 유청 하나를 잡으려고 칼을 휘두르자 유청에게 맞기도 전에 서로 부딪치는 일이 일어났다.

촤앙!

"모두 한 발짝씩 떨어져서 포위망을 만들어라!"

전장주의 외침에 무사들은 동시에 물러서며 칼을 가슴에 올린 중단세를 취했다. 허투루 포위망의 틈새를 빠져나가려다가는 도마 위의 닭 모가지 꼴이 될 판이다.

'빌어먹을! 뭐, 백지 전표를 바꿔서 협행하는 데 자금으로 쓰라고?!'

환장할 것 같았다.

협객인 양 행세는 했지만, 흑점 무리를 잡은 것이 잘한 일임은 분명하다. 자신은 돈을 달라고 한 적도 없다. 한데 표두가 억지로 전표를 쥐어주는 바람에 일이 이 모양이 된 것이다.

'빌어먹을 홍성표국 표두 놈!'

유청은 전표를 받을 때 생각은 않고 표두를 원망했다.

'이놈의 전표, 확 찢어버릴라!'

그러나 눈앞의 적이 먼저였다.

지금은 목인비보를 쓰기에도 애매했다.

소가주의 뭇매를 죽어라고 피하느라 보법에는 자신이 있었지만, 그것도 흑점 두목을 상대할 때처럼 일 대 일에서만 통했다.

목인비보는 상대의 옆과 뒤로 빙글빙글 돌면서 현혹시키는 게 중요한데, 무사들 십여 명에게 포위당한 지금 상황에서는 어느 하나를 피해봤자 다른 이의 칼에 맞을 게 뻔했다.

아무리 머리를 굴려도 도망칠 방도가 떠오르지 않았다.

지금 자신의 처지는 딱 부처님 손바닥 위의 손오공이었다.

"출수해라!"

전장주의 명령에 무사들이 일제히 칼을 휘둘렀다.

'꼼짝없이 잡히는구나.'

그때,

"오른쪽으로 몸을 돌려라."

전음이 들려왔다.

'늙은 거지?'

생각할 겨를도 없었다. 유청은 보법을 밟았다. 먼저 왼발을 오른발 뒤꿈치에 바싹 댄 다음 다시 오른발을 허리 뒤로 빼면서 몸을 회전했다.

그런데 눈앞으로 무사의 칼 하나가 날아오는 게 아닌가?

머릿속이 텅 비었다.

'이놈의 거지가 내 목을 떨어뜨리려고 일부러 틀리게 말했구나!

서슬 시퍼런 칼이 목줄기에 닿았다. 유청은 두 눈을 질끈 감았다.

한데 목을 베어야 할 칼이 갑자기 제자리에 딱 멈춰 섰다.

'뭐지?

다시 거지의 전음이 들렸다.

"멍청히 있지 말고 얼른 다른 칼을 피해라!"

정신을 차리니 목을 향해 칼을 내려치던 무사가 꼭두각시처럼 꼼짝 않고 있는 게 아닌가!

'거지가 점혈을 했구나!

순간 흑점 무리들을 순식간에 점혈하던 거지가 떠올랐다.

하지만 거지는 어디에 있는지 보이지 않았다. 계속해서 칼이 날아들었다. 유청이 몸을 틀어 피하려 할 때였다.

휙!

하얗고 길쭉한 무언가가 날아와서는 무사의 겨드랑이 아래에 적중했다. 그러자 무사는 동작을 딱 정지했다.

거지가 던진 물체가 땅바닥에 떨어졌다. 유청이 궁금해서 자세히 보자, 살점을 깨끗이 발라 먹은 닭뼈가 아닌가?!

계속해서 거지가 날린 닭뼈는 무사들을 하나씩 점혈내 나갔다.

무사들도 그 사실을 깨닫고는 칼을 가슴께로 회수하며 주위를 살폈다.

"조심해라! 고수가 정체불명의 암기를 출수하고 있다!"

"암기에 독이 묻었는지 확인해라!"

유청은 그 와중에도 웃음이 터질 것 같았다.

'네놈들이 맞은 것은 정체불명의 암기가 아니라 닭뼈다! 암기에 묻은 것은 독이 아니라 닭기름이고!'

거지의 무공에 다시 한 번 감탄했다.

사천당문과 같은 곳의 악명 높은 비전 암기보다 오히려 평범한 닭뼈를 암기로 쓰는 것이 훨씬 어려우리라는 것은 자명했으니까.

거지가 던진 닭뼈에 무사들 절반 이상이 순식간에 점혈당했다.

"이놈아! 길을 뚫어줬으면 얼른 도망치지 뭘 넋을 놓고 있느냐?"

거지의 말에 정신이 번쩍 들었다.

유청은 포위망이 무너진 곳으로 목인비보를 써서 뒤도 돌아보지 않고 도망쳤다.

인적이 드문 골목.

"허억허억!"

무사들을 겨우 따돌린 유청은 숨을 몰아쉬고 있었다.

"그래, 전표를 바꾸니까 얼마를 주더냐?"

모퉁이에서 거지가 나오며 말했다.

유청은 울화가 치밀었다.

"다 보고 있었잖소! 돈을 주기는커녕 전표를 어디서 났느냐고 잡아서 감옥에 처넣으려 합디다! 말해보쇼! 이렇게 될거 다 알고 있지 않았소? 왜 처음부터 말리지 않았소?!"

"어허, 이놈 보게? 목 떨어질 뻔한 것을 구해주니 되레 화를 내네?"

할 말이 없었다. 사정이야 어쨌든 거지가 아니었다면 잡혀가서 목숨을 부지하지 못할 판이었으니까.

"구해줘서 고맙소……."

유청은 마지못해 고개를 숙이며 인사를 했다.

거지가 말했다.

"그래, 이제 어디로 갈 계획이냐?"

"알아서 뭐 하려고 그러쇼. 어차피 전표도 못 바꾸니 날 벗겨먹으려 따라올 필요도 없지 않소?"

"하긴 그렇군. 난 무당산으로 갈 건데 같이 안 갈 테냐?"

"싫소."

유청은 몸을 돌렸다.

하지만 앞길이 막막했다.

세가에서 도망은 쳤지만 거지의 말대로 막상 할 일이 없었다. 그렇다고 다시 아버지가 있는 고향으로 돌아가기는 싫었다.

원래의 생각은 전표를 바꿔서 목돈이 생기면 그걸 밑천으로 유명 세가를 찾아가 자리를 얻어볼 생각이었다. 세가가 안 되면 돈을 주어서라도 무림문파에 속가제자로 들어갈 생각까지 했다.

그러나 전표를 바꾸기는커녕 엉뚱한 누명을 쓰고 잡힐 뻔했으니, 다른 곳에 가더라도 전표를 바꿀 수는 없을 것 같았다.

혹시 때 빼고 광 내면 전표를 바꿔줄지도 모른다. 그러나 그러려면 돈이 들지 않겠는가? 전표를 바꿔야 돈이 생길 텐데 그럴듯한 행색을 갖추려면 먼저 돈이 있어야 하는 판이니 이도 저도 안 되는 꼴이다.

졸지에 갈 곳 없는 신세가 되고 만 것이다.

'이제 뭘 해야 되지?'

무공을 익히고 세가를 세워서 군림천하한다는 걸 쉽게 생각한 자신이 한심했다. 오대세가와 구대문파의 꿈은 이대로 영영 사라지는 듯했다.

그때였다.

거지가 걸어가면서 툭, 말을 뱉었다.

"어디 보자. 무당산에서 무림맹대회가 한 달 후에 열린다고 했지? 시간도 넉넉하니 가면서 구걸 걱정할 일은 없겠구나."

'무림맹대회?'

귀가 활짝 열렸다.

유청은 슬그머니 거지의 뒤를 따라가며 말했다.

"그러고 보니 무당파의 도학 진인이 현 무림맹주를 한 지 딱 십 년째가 됐수다?"

"잘도 아는구나. 새로 무림맹주를 뽑을 때도 되었지."

이거다 싶었다.

어차피 당장 자신을 받아줄 세가나 문파를 찾기는 힘들 것이다.

유청은 결심했다.

'일단 무림맹대회에 가서 견식을 넓히자. 그러다 보면 세가나 문파 사람들과 연줄이 닿을 수도 있다.'

유청이 계속 따라오자 거지가 퉁명스럽게 말했다.

"이제 헤어진 사이인데 왜 쫓아오는고?"

"누가 쫓아간다고 그러시오? 가는 길이 우연히 같을 뿐이오."

"허허, 난 무당산에 가는데 대인배는 어디로 가시오?"

"거, 대인배 소리 좀 꺼내지 마쇼! 안 그래도 전장 놈들이 비웃어서 짜증나는 판인데!"

"휴우!"

거지는 웬일인지 크게 한숨을 쉬고는 말했다.

"소문을 듣기는 했다만 직접 만나보니 네놈의 속은 정말 모르겠구나."

"뭘 말이오?"

"네놈이 말하는 거나 하는 짓을 보면 협객 같기도 하고, 어떻게 보면 협객이 아닌 것 같기도 하니 대체 네놈의 속은 어떻게 생겨먹었냐?"

유청은 거지의 말투를 흉내 내며 대답했다.

"허허, 한낱 소인배가 대인배의 깊은 의중을 어찌 알겠소?"

"이놈이!"

둘은 말다툼을 계속하면서 호북(湖北)에 위치한 무당산(武當山)으로 발길을 옮겼다.

第七章

집안 좋고 잘생긴 것들은 죄다 왕싸가지

무당파는 조사(祖師) 장삼봉이 소림사에서 나와 스스로
세운 문파다.

무공의 절정 경지를 훨씬 넘어선 그는 자신만의 독창적인
무공을 발전시켰다. 소림 무공이 쾌속함과 강맹함을 대표한
다면, 무당 무공은 자연과의 합일(合一)과 유(柔)를 중시했다.

무당파는 빠르고 강하기만 하던 당시 무공에 새로운 바람
을 불어넣었다. 얼마 지나지 않아 무당은 소림과 더불어 중원
무림의 세를 양분하는 양대 산맥이 되었다. 동시에 그 둘은
자웅을 가리기 힘든 호적수이기도 했다.

하지만 원이 망하고 명이 들어서면서 팽팽하던 저울추는

기울어졌다. 세가 약화된 소림사가 무당에게 무림맹주 자리를 넘겨주고 만 것이다.

새로운 무림맹주가 된 무당파의 도학 진인은 중원제일자로서 무당을 이끌었다. 그리고 십 년이 흐른 지금 무림맹대회가 다시 열리게 되었으니, 사람들은 이번엔 무당과 소림 중 누가 무림맹주가 되느냐에 시선을 집중했다.

                    *   *   *

섬서를 떠난 지 이 주일 후.

유청과 거지는 무당산에 도착했다.

무당산의 지세는 사천 땅보다는 험난하지 않았다. 그러나 무당산의 중심지인 세 개의 봉우리는 하늘을 찌를 듯이 높아 정상이 구름에 가려 보이지 않았다.

때문에 무당산을 처음 본 이들은 당금 무림을 영도하는 무당파의 위용을 느낄 수 있었다.

유청은 가슴이 설레였다.

중원의 중심지인 하남에서 태어났다고는 하나 정작 소림사가 있는 숭산(嵩山)과 개방 총단이 위치한 개봉(開封)에는 가본 적이 없었다. 그 후로는 가주를 따라 사천으로 가서 시골 백당에 처박혀서 살았다.

처음 발 디뎌보는 무림의 본산. 그의 심장은 쉴 새 없이 쿵쾅거렸다.

유청은 짐짓 관심없는 척하며 물었다.

"이번 무림맹대회는 왜 여는지 아쇼?"

거지가 대답했다.

"뻔하지 않느냐? 무림맹주를 새로 뽑기 위해서지."

"그럼 무당파 도학 진인이 물러나고 다른 사람이 맹주가 되는 거요?"

"글쎄다. 결과는 두고 봐야 알겠지만, 아마도 도학 진인이 계속 맹주를 할 거다."

"엥? 계속할 거면 뭐 하러 대회를 연답디까?"

"십 년이 지났는데 아무 말 없이 계속하면 체면이 깎인다고 생각해서겠지. 근데 내가 말한 얘기는 그런 뜻이 아니다."

"그럼 뭐요?"

"십 년 전 무림맹 비무대회에서 누가 우승했는지 아느냐?"

"도학 진인 아니오?"

유청의 말에 거지는 쯧쯧 혀를 찼다.

"놈, 되레 중요한 걸 모르는구나."

"…협행하느라 바빠서 강호 사정엔 어둡소."

팔 년간 백당에 틀어박혀 있어서 모른다는 얘기는 하기 싫었다.

거지는 개의치 않는 듯 말을 계속했다.

"우승자는 무당파의 신진이었던 무당신검(武當新劍) 진하군이었다. 도학 진인의 사손(師孫)이지."

유청은 깜짝 놀라 말했다.

"아니, 그럼 제자가 우승한 공을 사조(師祖)가 가로챘다는 거요?"

"이놈, 말하는 것 좀 봐라? 무당산에서 무당 욕을 하다니, 잘못하다가 뼈도 못 추리겠구나."

거지의 설명은 이랬다.

구파일방을 비롯한 정파무림이 가장 중요시하는 것은 명분과 위신이다. 만약 문파의 장문인이나 방주들이 모여서 맹주·자리를 놓고 무공을 겨룬다면 감투를 바라고 싸우는 것으로 보일지도 모른다. 게다가 절정고수들이 손을 섞을 시에는 상대가 죽을 가능성도 높으니 불상사는 피해야 했다.

그런 이유 때문에 비무대회는 각 문파에서 스물여덟 살 이하의 제자만이 참가 자격이 주어졌다.

그런 다음 우승자가 무림맹주를 추천하는 방식이었다.

무림의 장래를 이끌어갈 후기지수를 가린다는 격식에도 맞고, 각 장문인들이 직접 출수하지 않는다는 체면도 지키는 방법이었다.

그러나 얘기를 마친 거지는 가래침을 탁, 뱉으며 말했다.

"명분이든 위신이든 다 헛짓이야. 알고 보면 지들 밥그릇 싸움에 애새끼들을 내보내는 셈이지."

"나만 그런 게 아니라 장 형도 말이 거칠지 않소?"

"난 살 만큼 살았으니 걱정 말게, 유 아우."

언제부터인지는 모르지만 두 사람은 서로에게 장 형, 유 아 우라고 불렀다.

거지는 자기가 장씨라며 장 어르신이라고 부르라고 했으 나, 유청은 그냥 장 형으로 못 박았다. 그래서 거지도 유 아우 라고 부르게 된 것이다.

"그래서 어찌 되었소? 무당신검이 도학 진인을 추천한 것 이오?"

"당연하지. 힘들게 우승해 놓고 제 밥그릇을 못 챙겨먹는 바보는 없을 테니까."

유청은 고개를 갸웃하며 말했다.

"근데 이상하잖소? 장문인이 아니라 제자들이 비무대회에 나가면 이번에는 누가 우승할지 모르는 판인데, 아까는 도학 진인이 계속 맹주를 할 거라 하지 않았소?"

"허허, 하나를 가르쳐 주면 하나밖에 모르는구나."

거지는 검지를 좌우로 흔들었다.

"무당신검은 당시 열여덟 살에 불과했는 데도 각 문파의 장문인이나 원로를 제외하면 상대가 없었다. 아니, 구파일방 을 제외하면 다른 중소 문파는 설사 장문인이라 해도 감히 이 길 수 없었을 거다. 그런 판에 십 년 동안 칼을 갈았다니 오죽 하겠느냐?"

"칼을 갈다뇨?"

"무당신검은 무공 수련에 미친 걸로 유명하다. 일 년간 산 속에 처박히는 면벽수련도 그간 세 번이나 했다지?"

"……!"

무림의 최고 자리에 올랐는 데도 자만하지 않는 무당신검의 얘기를 듣자 유청은 존경심이 일었다. 반대로 그가 미칠 듯이 부러웠다.

'난 도대체 뭐지?'

그런 절정고수도 면벽수련을 하는데, 자신은 팔 년 동안 요리와 잡일만 했다. 물론 무공 수련도 했지만, 아직 진기를 싣는 게 서툰 백호복운과 피하는 것 하나만 수준급인 목인비보가 전부다.

게다가 무당신검이 당시 무림맹대회를 제패했을 때 나이가 열여덟이었다니, 공교롭게도 지금 자신의 나이와 같지 않은가?

새삼 자신의 처지가 한심하게 느껴졌다.

유청이 풀이 죽어 있자 거지가 말했다.

"너는 비무대회에 나갈 생각이 없느냐?"

"됐소이다."

"젊은 놈이 그렇게 패기가 없어서야 원!"

"그럼 장 형이나 나가쇼."

"난 서른 넘은 지 몇십 년 됐다."

유청도 비무대회에 나가고 싶었다.

하지만 달랑 백호복운 일 초식 갖고 뭘 할 수 있겠는가?

괜히 망신이나 당하느니 차라리 견식을 넓히고 인맥이나 만들자고 생각했다.

무당산으로 가는 길은 인산인해였다.

사람들은 제각기 체격이 건장하고 칼이나 창 같은 병장기를 들고 있었다.

하지만 전혀 무림인 같지 않은 자들도 많았다.

비무대회에 참가하기보다는 당대 무림의 가장 큰 행사인 무림맹대회를 구경이라도 해보려는 심산이었다.

겉으로 보기엔 유청과 거지도 그런 자들에 속했다.

무당산에 오르는 길은 잘 닦여 있어서 오르기에 편했다. 소림과 이름을 나란히 하는 명문정파다웠다.

무당산의 해검지(解劍池)에 다다르자 무당 제자들이 하객들의 병장기를 걷고 있었다.

"무당산에 오르려면 병장기는 이곳에 두고 가셔야 됩니다. 이름을 적은 헝겊을 묶어둘 터이니 걱정 마시고 무당의 법도를 지켜주시오."

말투는 공손했지만 누가 들어도 무당의 세가 느껴지는 말이었다. 물론 무당산에 와서 감히 병장기를 들고 올라가는 사람은 보이지 않았다.

유청은 당연히 무사통과였다.

그러나 거지는 지팡이가 문제였다.

"병장기는 주고 가셔야 됩니다."

무당 제자의 말에 거지는 넉살 좋게 너스레를 떨었다.

"늙은이가 허리 아파 짚는 지팡이를 무에 쓰려고 그러오? 내 이거 없으면 걷기도 힘듭디다."

거지의 말마따나 진흙이 묻어 볼품없는 지팡이는 병장기라고 할 수도 없었다. 제자들은 서로 시선을 나누다가 이내 거지도 통과시켰다.

무당산 중턱에 오르자 한 제자가 사람들에게 거처를 안내했다.

"구대문파나 다른 문파에서 오신 분들은 왼쪽 길로 가십시오! 세가와 장원에서 오신 분들은 오른쪽 길입니다! 개방 분들은 산허리를 돌면 거처가 나올 겁니다!"

거한 하나가 그에게 물었다.

"문파가 없는 사람은 어디로 가면 되오?"

"소속이 없는 분들은 저리로 가십시오."

제자가 가리킨 곳에는 허름한 건물들이 줄을 이어 늘어서 있었다.

유청과 거지는 그곳 중의 한 건물로 들어갔다.

흙바닥이 아니고 비를 막는 천장이 있다 뿐이지, 건물은 누추해서 거처라고 말하기도 힘들었다.

유청은 짜증이 났다.

'이놈의 거지가 개방 소속이었다면 여기보단 나았을 텐데……'

거지가 유청의 눈치를 알아차렸는지 말했다.

"아서라. 개방 거처가 어떤지 아느냐?"

"최소한 여기보단 나을 거 아뇨?"

"건물이야 그렇지. 하나 좁은 방에 거지 수십, 수백 명이 들어앉아 있다고 생각해 봐라. 방 안에 이와 벼룩이 들끓고 냄새가 진동해서 네놈은 반 시진도 못 견딜 거다. 여기로 온 걸 다행으로 여겨라."

"……."

거지의 말에도 유청의 불만은 쉽게 풀리지 않았다.

둘이 구석진 곳에 자리 잡으려고 할 때였다.

"이게 무슨 냄새야?"

주위 사람 하나가 소리치자 방 안의 모두가 고개를 돌렸다.

곧 그들은 유청과 거지를 보며 코를 틀어쥐었다.

"젠장! 거지가 개방 거처로 안 가고 왜 여기에 있어?"

원래 자기 몸의 냄새는 스스로는 잘 모르는 법이다.

거지와 함께 씻지도 못하고 노숙하는 바람에 유청 역시 몸에서 악취가 풍기게 된 것이다.

거지가 말했다.

"우린 개방인이 아니오. 하나 무림맹대회에 개방인이 아닌 거지가 오지 말란 법은 없잖소?"

거지의 말에 사람들은 달리 뭐라 하지 못했다. 다만 그들은 모두 유청과 거지를 피해 멀찍이 자리를 잡았다.

그 바람에 유청과 거지는 방구석에 넓게 자리 잡고 두 다리를 쭉 펴고 누울 수 있었다.

여장도 풀고 숨도 돌리자 유청은 목욕 생각이 났다.

사람들이 피하는 통에 자리가 넓어서 좋기는 하지만 거지와 도매금으로 넘어가니 기분이 별로였다.

마침 산을 오르던 길에 계곡물이 흐르는 곳이 생각났다. 다 해진 옷은 어쩔 수 없지만 목욕이라도 해야겠다는 생각이 들었다.

유청이 일어나자 거지가 말했다.

"어디 가는고?"

"계곡물에 목욕하러 갑니다. 같이 가서 씻읍시다."

"네놈이나 씻어라. 자고로 거지는 더러우면 더러울수록 구걸하는 데 어려움이 없는 법이다."

"맘대로 하쇼."

유청은 거처를 나와 계곡으로 향했다.

반 시진 정도 내려가자 계곡이 나왔다.

그는 옷을 벗고는 근처 나무에 걸었다. 워낙 낡아서 잘못하면 찢어질 수 있기에 그의 행동은 조심스러웠다.

계곡물은 얼음장같이 차가웠다. 물에 발을 넣자 이빨이 딱 딱 부딪쳤다.

그러나 물속에 들어가자 이내 한기(寒氣)에 익숙해졌다.

비싼 객잔에서 돈을 치르지 못해 점소이들에게 쫓겨난 이후 처음 하는 목욕이다.

전신의 때를 벗기니 시원해서 콧노래가 절로 나왔다.

그런데 목욕을 끝낸 다음 넝마 같은 옷을 걸치고 길가로 나올 때였다.

나무 사이에서 나오는 그의 앞에 웬 한 마리의 말이 전속력으로 달려오는 게 아닌가?

"비켜라!"

말에 탄 사람이 소리쳤다.

유청은 반사적으로 보법을 밟았다. 그러나 워낙 갑작스레 벌어진 일이라 채 피하지 못한 그를 말이 치고 지나갔다.

퍼억!

말 옆구리에 허리가 정통으로 부딪치자 유청은 허공에 떠올랐다가 숲으로 떨어졌다.

눈앞에서 번개가 쳤다.

하지만 아픈 것도 잊고서 벌떡 일어났다.

여기는 무림맹대회에 오는 사람들이 빈번히 지나다니는 길이다. 때문에 그리 넓지도 않은 길에서 전속력으로 말을 달리는 건 미친 짓이다.

하물며 말을 탄 자가 조심하기는커녕 비키라고 소리치며

무작정 사람을 치고 달리다니!

적반하장도 이보다 더할 수는 없었다.

유청은 분노해서 소리쳤다.

"도대체 무슨 짓이오?! 사람 다니는 길에 말을 타고 그리 빨리 달리면 어쩌란 말이오?!"

그런데 말을 탄 자는 유청은 본 척도 하지 않았다.

그는 말의 얼굴을 쓰다듬으며 혼자 중얼거렸다.

"어디 보자. 이런, 제길! 피가 나잖아?"

그의 말을 듣고 다시 보자 말의 콧등이 찢어져서 피가 흐르고 있었다. 아마도 유청과 충돌하지 않으려고 진로를 바꾸려다 나뭇가지에 긁힌 듯 보였다.

유청은 기가 막혀 말도 안 나왔다.

말에 치인 사람은 놔두고서 고작 말 콧등 찢어진 것을 걱정한단 말인가?

유청이 일갈했다.

"이 작자가 지금 사람보다 말이 중요하단 거야, 뭐야?!"

말 주인이 천천히 고개를 돌리자 유청은 자기도 모르게 침을 꿀꺽 삼켰다.

팔 년 동안 백당에서 지내느라 사람들을 많이 보지는 못했다.

그러나 눈앞의 남자가 중원에서 손꼽힐 미남자라는 것은 한눈에 알 수 있었다. 저잣거리에서 들었던 과거 전설 속의 미남자인 송옥이나 반안이 다시 환생한 것 같았다.

유청도 잘생긴 축에 속하지만, 눈앞의 남자에 비하면 평범한 외모로 보일 정도였다.

게다가 타고 있는 말도 전신의 털이 선혈처럼 붉고 긴 갈기는 윤기가 자르르 흘렀다. 말 때문에 남자의 용모는 더욱 돋보였다.

아마도 사람 중에 용(龍)이 있다면 이런 자이리라.

머리는 상투를 틀었고 일자건을 두른 데다 청색 도복을 걸친 폼이 젊은 도사로 보였다.

문득 남자의 허리에 찬 검이 눈에 들어왔다. 그런데 그 검병에는 소나무가 새겨져 있는 게 아닌가?

'송문고검? 무당파의 제자구나!'

남자가 무당 제자라는 게 드러나자 유청은 더욱 화가 났다.

'손님을 안방에 불러놓고 말로 치는 게 무당의 법도냐?'

유청이 막 화를 터뜨리려 할 때였다.

남자가 툭 말을 뱉었다.

"그래, 어떻게 할 테냐?"

"뭘 말이오? 사람을 친 건 당신이잖소?"

"네놈 눈엔 말의 콧잔등이 다친 게 보이지 않느냐?"

유청은 코웃음을 쳤다.

"말 콧잔등이 사람보다 중요하오?"

그런데 남자의 다음 말이 속을 확 뒤집어놓았다.

"당연하지."

"뭐요?"

"네놈 같은 거렁뱅이가 이 말의 값어치를 알 턱이 없지!"

"……?"

"이 말은 중원에서는 나지 않는 것으로, 멀리 장성 너머 북쪽 땅에서만 구할 수 있다! 중원산이 아니라 외지산(外地産) 명마란 소리다! 이 말의 종(種) 이름은 패라리(覇羅理)로, 모용세가에 직접 부탁하여 열흘 전에 힘들게 구해 오늘 시험 삼아처음 타본 것이다! 한데 네놈 때문에 말이 긁혀서 상처가 났으니 무엇으로 보상할 테냐? 이 패라리의 콧잔등이 긁힌 것은설령 네놈 사는 집을 팔더라도 못 갚는다는 말이다!"

유청은 입이 딱 벌어졌다.

사람을 쳐서 잘못하면 중상을 입힐 뻔한 판에 고작 말 긁힌것에 더 신경을 쓰다니!

'뭐, 이런 개자식이 다 있어? 사람을 다치게 해놓고 무슨외지산 명마가 어쩌고 어째?'

방금은 얼떨결에 일어났지만 다친 게 생각나자 허리가 뜨끔했다. 다행히 근골이 다친 것 같지는 않았다.

하지만 허리가 아파서 쭉 펴기가 힘들었고, 또 막 목욕을했는데 땅에 구르는 바람에 전신이 흙투성이가 되어 있었다.

유청이 허리에 손을 짚고 끙끙거리는 데도 남자는 말 콧잔등만 보며 중얼거렸다.

"젠장, 흉터 없이 잘 아물게 하려면 비싼 금창약 좀 써야

젯군."

그러다가 그는 유청을 돌아보며 말했다.

"다쳤느냐?"

"보면 모르겠소?"

"꼴을 보아 하니 말 긁힌 보상을 하긴커녕 제 몸 하나 못 돌볼 자로군."

남자는 품에서 무언가를 꺼내며 말했다.

"얼마면 돼?"

"무슨 소리요?"

"치료비로 얼마면 되겠냐고?"

"……!"

어이가 없어서 화도 나지 않았다.

사람 다친 것보다 말 콧잔등 긁힌 걸 더 신경 쓰더니, 이제는 정중히 사과하기는커녕 돈 몇 푼 쥐어주고 끝낼 모양인가보다.

그때였다.

산 밑에서 다시 두 필의 말이 올라왔다.

"무슨 일입니까, 사형?"

말에 탄 어린 소년이 물어왔다. 유청을 친 남자가 사형인 모양이다.

그런데 함께 온 말 위에는 눈이 번쩍 뜨일 미녀가 타고 있었다.

여자가 어쩌나 예쁜지 유청은 허리가 아픈 것도 까맣게 잊어버렸다. 서문세가 소가주인 서문영옥의 미모도 상당했다.

그러나 소가주가 사람이라면 눈앞의 여자는 선녀(仙女)였다.

여자가 남자에게 말했다.

"사형, 무슨 일이세요? 어머, 말 콧등이 찢어졌군요?"

옥이 구르는 듯한 목소리였다.

여자는 품에서 천 조각을 꺼내서 말의 코에 흐르는 피를 닦았다. 백설(白雪)처럼 희고 가느다란 섬섬옥수였다.

유청은 정신을 잃고 멍하니 여자를 바라봤다.

그러다가 여자가 고개를 돌릴 때 유청과 시선이 마주쳤다.

'······!'

유청은 전신이 얼어붙는 것 같았다.

그런데 여자는 살짝 눈가를 찌푸리며 고개를 돌렸다. 마치 더러운 것을 봤다는 양 시선을 피한 것이다.

'······.'

평소라면 한바탕 욕을 털어놨을 유청이다. 하지만 이상하게도 화가 나지 않았다. 오히려 여자의 얼굴을 보기만 해도 절로 화가 사그러들었다.

유청이 여자에게 정신이 팔려 있을 때, 남자가 어린 소년에게 말했다.

"이 거지가 갑자기 숲에서 튀어나오는 바람에 말이 다쳤다."

그 소리에 유청은 정신이 확 들었다.

"이보쇼! 당신이 위험하게 말을 몰다가 날 친 것 아니오?!"

유청의 말에 어린 소년이 싸늘한 얼굴로 말했다.

"네놈! 보아하니 무림맹대회가 열린다고 모여든 잡배 같은데 이곳이 어디인 줄 알고 감히 큰소리냐?"

"뭐, 뭐요?"

유청은 되레 책망을 받자 기가 막혀서 말이 안 나왔다.

소년이 남녀를 가리키며 말했다.

"이분들이 누구이신지 아느냐? 머지않아 무당파와 중원무림을 이끄실 무당용봉이시다!"

무당용봉(武當龍鳳).

무림에서 젊은 남녀 신진 고수에게 '용봉'이란 별호를 종종 붙여준다는 것은 익히 알고 있었다.

그러나 눈앞의 남녀는 정말 용과 봉황이 현신한 듯했다.

유청은 속이 뒤틀렸다.

천지신명은 공평할 거라 생각했다. 아무리 사람이 잘났어도 최소한 단점 하나는 있으리라 여겼다.

그러나 눈앞의 무당용봉은 모든 걸 다 가지고 있지 않은가?

당금 무림의 최고봉인 무당파라는 배경에다 잘생기고 예쁜 외모까지.

무엇보다 무당용봉 중 남자에게 분노가 치밀었다.

처음에는 사람 다친 것보다 말에 신경 쓰는 게 싸가지가 없어서 싫었다.

그런데 남자를 보고 있자니 팔 년 전에 아버지가 회초리를 들 때면 빼놓지 않고 하던 말이 생각났다.

"나랑 동문수학하던 친구 아들놈이 이번에 과거에 급제를 했다던데, 네놈은 글공부는 안 하고 싸돌아만 다니느냐!"

아버지는 유청이 말썽을 저지를 때면 항상 그와 비교했다.

빌어먹을 아버지 친구 아들!

회초리를 한 대, 한 대 맞을 때마다 죽도록 미웠다. 누군지도 모르는 놈 때문에 매를 맞는 심정이 오죽하랴.

그런 과거가 있으니 눈앞의 무당용봉이 곱게 보일 리 없었다.

유청은 그들과 자리하는 것조차 싫어졌다.

'관두자, 관둬.'

모든 걸 가진 그들과 싸워봤자 자신만 비참해질 것을 느낀 것이다.

그런데 남자가 끝내 돈 소리를 하는 게 자존심을 건드렸다.

"치료비나 가져가라!"

울컥했다.

"됐소이다! 난 하나도 안 아프니 외지산 말한테 비싼 보약이나 지어주쇼!"

더 할 말이 없는 유청은 허리를 주무르며 자리를 떠나려 했다.

그런데 소년의 다음 말이 귓속에 들어왔다.

"아무리 개나 소나 다 오는 무림맹대회라지만 저런 소인배 놈까지 오다니, 대회의 격이 떨어지지나 않을까 심히 걱정되는군요."

"그러게 말이다."

순간 짜증이 팍 일었다.

'뭐? 소인배? 난 대인배라고!'

유청은 홧김에 중얼거렸다.

"말 코 좀 찢어진 것 갖고 오만 지랄 다 떠는 도사 나부랭이 주제에 무당파라고? 빌어먹을, 소림이 울겠다!"

"뭐야?!"

소년의 앙칼진 목소리가 울려 퍼졌다. 그가 말을 몰아 유청의 옆으로 오더니 말했다.

"네놈! 다시 한 번 말해봐라! 말코도사가 어쩌고 무당파가 어째?"

"……?"

유청은 잠깐 어리둥절해하다가 소년의 말뜻을 이해했다.

소년은 공교롭게도 유청의 말을 '말코도사 무당파'라는 것으로 잘못 오해한 것이다.

'젠장! 귀가 막혔나?'

무당파에게 가장 치욕스런 말은 바로 말코도사란 소리다. 그 말은 곧 소림승에게 소림 땡초라고 하는 것과 같았다.

무당인 앞에서 절대 꺼내지 말아야 할 금기를 무당산에서, 그것도 무당용봉이라 불리는 직계제자 앞에서 했으니……!

그러나 말을 번복할 생각은 없었다.

벌써 겪을 수모는 다 겪은 참이다. 아무렴 어떠랴 하는 심정이 되었다.

"말코도사보고 말코도사라 하지 그럼 뭐라고 하나?"

유청의 말이 떨어지자 소년은 물론 무당용봉의 얼굴빛이 바뀌었다.

남자가 검에 손을 가져가자 소년이 말했다.

"사형은 가만있으세요. 저런 무례한 놈은 제가 상대하겠습니다."

남자가 고개를 끄덕이자 소년이 말에서 뛰어내렸다.

나이는 열두어 살로 보이지만, 한 치의 흐트러짐 없이 땅에 착지하는 것으로 보아 어릴 때부터 무공을 익힌 모습이다.

소년은 유청을 가리키며 말했다.

"이건 무공 대련이 아니다. 감히 무당파를 욕보인 네놈에게 중원무림의 쓴맛을 보여주려는 것임을 명심해라!"

난감했다.

마음 같아서야 소년을 쓰러뜨려 분풀이를 하고 싶었다.

하지만 아무리 어리다고는 해도 무당파의 제자다. 백호복운 일 초식만 아는 자신이 감당해 낼 수 있을지 자신이 없었다. 더구나 말에 치이는 바람에 허리까지 불편한 마당이다.

소년은 예를 차리지도 않고 즉시 주먹을 뻗었다.

'무슨 놈의 명문정파가 포권지례도 안 하고 주먹부터 내미냐?'

유청은 어쩔 수 없이 보법을 밟아 몸을 피했다.

휙!

소년의 옷소매에서 바람 소리가 들리는 게 예사로운 권격이 아니었다.

이를 앙다문 얼굴이 아주 본때를 보여주겠다는 속셈이다.

소년의 손속에 정이 없자 유청도 화가 났다.

'방귀 뀐 놈이 성낸다고, 네놈들이 오히려 날 능멸하는구나!'

소년이 쓰는 무공은 무당장권(武當長拳)이었다. 무당장권은 소가주와의 대련으로 이미 눈에 익어 있었다.

유청은 소년의 주위를 빙글빙글 돌며 권격을 피했다.

공격이 계속 무위에 그치자 소년은 화가 나는지 더욱 세차게 권을 내뻗었지만, 유청의 몸에 스치지도 못했다.

갑자기 소년이 몸을 낮추면서 동시에 왼발을 뻗어서 바닥을 쓸었다. 전소퇴(前掃腿)였다.

유청은 공중으로 살짝 뛰며 가볍게 피했다.

그때였다.

공중에서 내려오는 유청의 바지 자락이 옆의 나뭇가지에 걸렸다.

찌지지직!

사타구니 부분이 터지면서 바지가 찢어지려 했다.

'이게 뭐야?'

그의 옷은 다 해져서 이미 너덜너덜한 상태였다. 그런 판에 나뭇가지에 걸렸으니 남아날 리가 없다.

유청은 얼른 손을 내려 바지를 붙잡았다.

그때 기회를 포착한 소년의 주먹이 유청의 배로 날아들었다.

"잠깐만!"

다급히 외쳤지만 소년은 들은 체도 안 하고 주먹을 뻗었다.

평소의 유청이었으면 설령 바지가 찢어지더라도 우선 피하고 봤을 것이다.

문제는 싸움을 보고 있는 여자였다.

평생 처음으로 본 선녀 같은 여자. 한데 그녀 앞에서 바지가 찢어져 덜렁거리는 물건을 내보일 수야 없는 일이 아닌가?

결국 바지춤을 끌어올리느라 엉거주춤해 있던 유청은 소년의 회심의 일격을 피하지 못했다.

퍼억!

소년의 주먹이 뱃속에 깊숙이 박혔다.

유청은 그대로 비명도 지르지 못하고서 천천히 바닥에 쓰러졌다.

소년은 별것 아니었다는 듯 먼지를 털어내듯 손바닥을 마주쳤다.

"이제 감히 무당파를 업신여기진 못하겠지?"

남자가 근심 어린 목소리로 말했다.

"너무 세게 친 건 아니냐?"

"삼 할의 공력만 실었으니 괜찮을 겁니다. 저런 놈들은 혼 좀 나봐야 해요!"

"그럼 됐다."

남자는 차갑게 말했다.

유청은 남자의 속셈을 알아차렸다. 그는 자신을 걱정해 준 게 아니라 괜한 일로 무림맹대회에 불상사가 생길 것을 우려한 것이다.

그들은 바닥을 나뒹구는 유청을 내버려 두고서 말을 달려 산 위로 올라갔다.

반 시진 후.

유청은 겨우 몸을 추스려 일어났다.

실은 소년은 삼 할이 아니라 팔 할의 공력을 실었다. 무당파의 정심한 무공을 어려서부터 수련한 소년의 공격은 쉽게 볼 수 있는 것이 아니었다. 무공을 모르는 이였으면 즉사했을지도 모르는 권격이었다.

그러나 소년의 주먹이 적중하는 순간, 유청의 몸속에서 서장 내공의 진기가 반사적으로 반탄력을 발한 것이다.

때문에 내상은 입지 않았지만, 꼬박 반 시진을 땅에서 뒹굴고서야 정신을 차릴 수 있었던 것이다.

'억울하다!'

자신이 말보다도 가치없는 존재일 줄이야.

그러나 분노보다도 자괴감이 컸다.

무공을 익히고 돈을 벌어 세가를 세우면 중원무림에서 한가락 할 거라 꿈꿔왔다. 최근엔 엉겁결에 협객 대우를 받으면서 마치 꿈이 이루어진 듯한 착각에 빠졌다.

그러나 무당용봉을 만나고 나니 자신은 단지 무림의 뜨내기에 지나지 않는다는 것을 깨달은 것이다.

터벅터벅.

유청은 힘없이 발걸음을 뗐다.

남자와 소년에게 복수하고 싶었다. 자신이 받은 치욕을 무당파에게 고스란히 되돌려주고 싶었다.

하지만 이렇다 할 방법이 있을 리 없었다.

밥 한 끼 먹을 시간이 지나자 처소가 있는 산 중턱에 도착했다.

사람들이 근처에 모여서 비무대회 얘기를 하고 있었다.

힘든 하루를 보낸 유청은 그냥 지나치려 했다. 그런데 귀를 파고드는 얘기가 있었다.

"이번 비무대회에 무당신검이 나오지 않는다며?"

"그렇다네. 무당신검은 무슨 일이 있는지 한 달 전에 강호행을 한다며 무당산에서 내려갔다더군."

"거참, 우승 후보 영순위인 무당신검이 없으니 다른 문파와 세가들이 발칵 뒤집혔겠군. 이번에야말로 무림맹주를 차지할 절호의 기회가 아니고 무엇이겠는가? 특히 십 년 전에 맹주 자리를 빼앗긴 소림이 제일 기뻐하겠군. 아니 그런가?"

"그게… 사정이 그렇지 않다네."

"아니, 왜?"

"아마 이번 비무대회도 무당파가 우승할 거란 소리가 많네."

"무당신검은 출전 안 한다면서?"

"무당신검이 스물여덟 아래의 당금 후기지수 중 최고수인 거야 맞지. 그런데 지난 십 년 동안 무당파가 따로 새끼 호랑이를 기르고 있었다고 하더군."

"그가 누군가?"

"바로 무당용봉이라네. 용봉 중에서 무당일룡(武當一龍)인 영조명이 무당신검을 대신해 비무대회에 나온다더군."

"다른 문파들, 좋다가 말았구먼."

유청은 옆에서 조용히 얘기를 듣다가 처소로 갔다.

방구석에 대자로 누워 있던 거지가 유청을 보더니 말했다.

"이놈! 목욕하다가 물에 빠져 뒈진 줄 알았다!'

"……."

유청이 아무 말 없이 조용히 있자 거지의 표정이 달라졌다.

"무슨 일이라도 있었느냐?'

잠시 허공을 응시하던 유청이 입을 열었다.

"장 형, 나 결심했소.'

"……?'

"당금 중원무림은 썩었소. 특히 구파일방이 더욱 그렇소. 무림을 영도하기는커녕 자기들끼리 이전투구에 정신이 없소. 이제 아무도 그들을 우러러보지 않소!'

유청의 말에 방에 있던 사람들이 하나둘 고개를 돌렸다.

거지가 말했다.

"맞는 말이긴 하구먼. 근데 갑자기 왜 그런 소릴 하느냐?'

거지와 방 안 사람들이 유청의 다음 말에 귀를 기울였다.

'엥? 갑자기 왜 이래?'

유청은 난감했다.

원래 거지한테만 하려던 말인데 화가 나서 말소리가 너무 커진 것이다.

하지만 이미 돌이킬 수 없는 일.

'에라 모르겠다! 지르자!'

"내가 명색이 강북일협으로서 그들에게 따끔한 일침을 놓아주지 않는다면 누가 한단 말이오?!'

"호오?"

거지가 안색을 달리하며 감탄했다.

처음에 중원무림 운운하길래 또 뭔 흰소리냐라고 생각하던 사람들도 유청의 말에 빠져들었다.

유청은 주먹을 불끈 쥐며 소리쳤다.

"나, 비무대회에 나갈 거요! 나가서 콧대만 높고 무림의 안위를 걱정하지 않는 명문정파 놈들을 몽땅 혼내주고 말겠소!"

"와아아아!"

짝짝짝짝!

사람들이 환호성을 지르며 박수를 쳤다.

소속 문파가 없어서 낡은 건물에 한데 틀어박힌 사람들. 무림맹대회를 힘들게 찾아왔으나 중원무림에 끼지 못하고 구경꾼이 된 듯하여 착잡해하던 사람들.

그러던 차에 유청이 일갈하자 모두 속이 확 뚫리는 기분이된 것이다.

"꼭 우승하길 바라오!"

"힘내시오! 우리가 있지 않소!"

생각도 않던 응원 소리를 듣자 유청은 어깨에 힘이 들어갔다. 그는 담담한 얼굴로 한 손을 치켜들어 사람들에게 고마움을 표시했다. 그 동작이 사뭇 신진 고수의 풍모를 느끼게 했다.

"감사합니다. 반드시 우승하여 구파일방에게 중원무림에 자신들만 있는 게 아니란 걸 알려주겠습니다!"

"와아아아!"

그러나 유청의 속마음은 따로 있었다.

'무당일룡 영조명! 내 네놈의 콧대를 반드시 꺾고야 말리라!'

第八章

비무대회 예선날

비무대회 예선이 열리기 전날 밤.

무림맹대회가 열리자 대회 진행을 맡은 무당 제자들은 눈코 뜰 새 없이 바빴다. 무당은 소림과 함께 중원에서 가장 큰 문파였으라 중원 각지에서 몰려든 인파는 상상을 초월했던 것이다.

대회 진행은 물론이거니와, 식사 준비가 특히 곤욕이었다.

대회에 참가한 사람은 이만 명 가까이 되었다.

이만 명 이상의 식사를 한꺼번에 준비해야 하니 들어가는 쌀의 양도 어마어마했다.

게다가 구파일방의 높은 분들께는 특별히 식사에 공을 들여야 하는 만큼 초빙해 온 숙수들도 기진맥진해 버렸다.

그러나 가장 힘든 무당 제자는 다름 아닌 간이 변소의 인분(人糞)을 처리하는 자들이었다.

이만 명이 먹고 싸지르니 그 양이 오죽 많겠는가!

임산도 인분 처리를 맡은 무당 제자 중 하나였다.

그는 불만에 입이 잔뜩 튀어나왔다.

'제기랄! 하고 많은 일 중에 똥 치우는 게 뭐야?!'

그는 무림맹대회가 열리기 한 달 전에 어느 기루에 들러 홍청망청 마시다가 돈을 못 내는 바람에 망신을 당했다.

자신은 무당 제자라고 소리쳤지만, 당시 사문의 눈을 피해서 기루에 오는 터라 평범한 복장으로 차려입었기에 점소이들이 알아주지 않았던 것이다.

술에 취한 그를 보며 한 점소이는 이렇게까지 말하기까지 했다.

'네가 무당 제자면 난 소림신승이다!'

결국 그 사건이 사문에까지 흘러들어 갔고, 임산은 무림맹대회 진행의 최하직인 인분 처리를 벌 대신에 맡게 되었다.

그나마 장문인의 귀에 들어가지 않은 게 천만다행이었다. 무당 제자가 기루에서 돈 없이 술 처먹고 행패를 부렸다면 파문당해도 할 말이 없는 것이다.

그러나 사람은 자신의 나쁜 행실은 금세 잊고 좋은 쪽으로 미화하기 마련이다.

'내가 똥이나 치우고 있을 배분이야? 빌어먹을!'

임산은 코를 틀어쥐었다.

똥이 잔뜩 담긴 통을 짊어 메자니 냄새가 장난이 아니었다. 그걸 메고 산 아래에 내려가 버릴 생각을 하자니 열불이 났다.

그때였다.

스슥.

옆의 숲에서 무슨 소리가 났다.

'살쾡이인가, 아니면 여우?'

여우면 잡아서 가죽을 벗기면 대박이다. 여우 생가죽에 껌벅 넘어가지 않는 기녀는 없다.

욕심이 동한 그는 조심해서 소리가 난 쪽으로 접근했다.

그러나 그는 자신이 실수했다는 것을 깨달았다.

'이런 병신!'

자신은 똥통을 메고 있다. 여우가 그 냄새를 못 맡을 리 없다. 접근하기도 전에 달아나 버릴 게 뻔했다.

그런데 소리의 주인은 여우가 아니었다.

시커먼 복면을 쓰고 전신 역시 검은 복장을 한 자가 팔짱을 끼고 임산을 노려보고 있었다.

어두운 밤인 데도 그의 눈빛은 밤짐승처럼 안광을 발했다.

임산은 그가 살수(殺手)라는 것을 직감적으로 깨달았다.

"누구냐?! 감히 무당산에서……."

휙!

툭!

순간 빛이 번쩍이는가 싶더니 임산의 목이 땅에 떨어졌다.

복면인은 검에 묻은 피를 털고는 검집에 넣었다.

실로 전광석화 같은 발검(拔劍)이었다.

목이 사라진 임산의 몸이 서서히 기울다가 옆으로 쓰러졌다.

철퍼덕!

그 바람에 똥통에서 똥이 왕창 쏟아져 내렸다.

복면인은 품에서 무언가를 꺼내 임산의 시체를 향해 던지고는 어디론가 사라졌다.

다음날.

무당산 산정에 위치한 상청궁(上淸宮).

무당파의 중지(重地)인 상청궁에서도 가장 중요한 곳은 바로 장문인의 처소인 청월헌(淸月軒)이다.

평소라면 호법을 서는 제자 말고는 함부로 접근하기조차 어려운 청월헌에 이른 아침부터 열 명의 사람이 모여 있었다.

그들은 하나같이 안광을 번쩍이는 모습이 사뭇 장엄해 보였다.

호법을 서는 무당 제자 하나가 들어와서 말했다.

"모두 오셨습니다."

"그러냐? 그럼 회의를 시작하겠소."

말을 받은 자는 새치가 섞인 머리를 한데 묶어 아래로 늘어뜨리고, 전신에는 푸른 도포를 걸치고 있는 게 예사롭지 않은 모습이었다.

또한 얼굴 생김으로 보아 나이 오십은 넘겼을 터인데 이마나 볼에 주름살 하나 없었다.

그는 다름 아닌 무당파의 현 장문인 무당군자검 장평이었다.

그뿐만이 아니라 기다란 탁자에 앉아 있는 자들 모두 범상치 않았으니, 바로 구파일방의 장문인이 한자리에 모인 것이었다.

무당 무당군자검(武當君子劍) 장평.

소림 방장 무혜(無慧)대사.

화산 신선검(神仙劍) 풍조학.

아미 청송(靑松) 사태.

곤륜 백발광귀(白髮狂鬼) 주식.

점창 노독(老毒) 황필우.

공동 적수무적권(赤手無敵拳) 왕철심.

청성 창천비수(蒼天飛手) 석호.

종남 종남일검(終南一劍) 진월량.

마지막으로 개방 장로 송막.

청월헌은 창문을 모두 천으로 가리고 있어 어두웠으나 그들의 안광만으로도 물건을 구별할 수 있지 않을까 싶을 만큼 무림 명숙들의 위용은 대단했다.

무당군자검 장평이 말했다.

"어젯밤 무당 제자 하나가 살수에게 죽임을 당했소."

번쩍이는 안광이 일제히 한곳으로 모였다.

그중 하나가 말했다.

"아직 비무대회가 열리기 전인데 모두를 부른 것은 그 때문이오?"

화산파의 장문인 신선검(神仙劍) 풍조학이었다.

그가 무당파 장문인의 말에 즉시 반문할 수 있는 것은 구파일방에서 현재 화산파가 무당과 소림의 뒤를 이어 중원에서 위세를 떨치고 있는 것을 반증했다.

"사람이 죽었다니 안됐지만 무림에서 종종 있는 일 아니오?"

그의 말투가 거슬렸으나 무당군자검 장평은 내색하지 않고 대답했다.

"물론이오. 하나 무당 제자가 죽은 곳에 살수의 서찰이 있었소."

"서찰?"

장문인들은 작은 목소리로 말했지만 내공이 깊은 그들의 목소리에 방 안이 웅웅 진동했다.

"이리 가져오너라."

장평이 명령하자 제자 하나가 서찰을 가지고 왔다. 장평은 서찰을 펼친 다음 읽어 내려갔다.

"이것이 첫번째다. 앞으로 네 번. 마지막으로……."

"마지막으로, 뭐요?"

풍조학이 물었지만 장평은 잠시 멈칫거렸다.

곧 장평이 양미간을 찌푸리더니 나머지 글귀를 읽었다.

"마지막으로… 무당 도학 진인의 목이 떨어질 것이다."

"미친 소리!"

아미파 장문인 청송(靑松) 사태가 일갈했다.

아미파와 무당파는 최근에 겹사돈을 맺어 사이가 돈독했기 때문에 무당의 일이 마치 자신의 일이라도 되는 양 소리친 것이다.

청송 사태의 카랑카랑한 목소리가 방 안에 울려 퍼졌다.

"그런 미친 소리에 신경 쓸 것 없습니다! 구파일방이 모두 모인 이곳에서 어떤 놈이 감히 무림의 영도(領導)이신 도학 진인을 암살 운운한단 말입니까?"

"못할 것도 없지."

"뭐라구요?!"

풍조학이 말하자 청송 사태는 화를 내며 자리에서 일어났다.

풍조학이 손을 저으며 말했다.

"진정하시오. 내 말은 도학 진인이 암살을 당할 거란 게 아니오. 그런 시도가 없으리란 법은 없단 소리요."

"으음……."

청송 사태는 분을 참으며 다시 자리에 앉았다.

풍조학은 내심 쾌재를 불렀다.

'어떤 놈인지는 모르지만 도학 진인의 암살 시도는 우리 화산에 실보다 득이 많다!'

화산파는 섬서와 사천 중간 지대의 영역 소유권 때문에 전쟁 중인 흑도방파 중 적사파의 뒤를 몰래 봐주고 있었다.

하지만 당문이 문제였다. 사천에는 당문 말고도 아미와 청성이 있지만, 당문의 세가 제일 강했다. 적사파의 뒤를 봐주는 것도 당문의 세를 조금이나마 약화시키자는 의도에서였다. 흑도방파의 전쟁이 골칫거리가 되면 당문은 당장은 다른 일에 신경 쓰지 못할 것을 노린 계략이었다.

한 가지 마음에 걸리는 것은 섬서 옆구리에 위치한 호북 무당의 움직임이었다. 당문이 딴 곳에 신경 쓰고 있을 때 화산이 강북의 패권을 조금씩 갉아먹으려는 것을 무당이 두 눈 뜨고 보고만 있지는 않을 테니까.

그런 판에 도학 진인의 암살 시도가 일어나서 무당이 어지러워진다면 안 그래도 뒤가 구린 곳을 남이 닦아주는 게 아니고 무엇이겠는가?

무당은 화산과 당문세가의 일에 신경 쓸 여유가 없을 테니 말이다.

풍조학은 미소를 지으려다 흠칫했다.

'아차!'

"쿨럭쿨럭!"

그는 기침을 하는 척하며 얼른 표정 관리를 했다. 그가 말했다.

"그 서찰을 내가 한번 볼 수 있겠소?"

장평이 턱짓을 하자 무당 제자가 서찰을 풍조학에게 넘겼다.

그때 침묵을 지키던 누군가가 입을 열었다.

"소림이 벌인 일이라고 해도 이상하진 않지요."

모두의 시선이 방금 말한 자에게 꽂혔다.

그는 바로 소림사의 방장 무혜(無慧) 대사였다.

소림의 방장은 보통 늙은 고승이기 마련인데 현 방장인 무혜는 이상하게도 젊은 얼굴을 한 것이, 마흔 초반으로 보였다. 무공 때문에 젊어 보이는 것도 있겠지만, 실제 나이도 그렇게 보였다.

문제는 소림사의 방장이 암살 서찰을 두고 '소림이 벌인 일'이라고 한 것이다.

스스로를 암살 용의자라고 한 말.

풍조학이 의문 어린 얼굴로 물었다.

"무슨 뜻이오?"

무혜 대사가 대답했다.

"당금 무림의 양대 산맥이 소림과 무당이라는 것을 부정하는 분은 없을 것입니다. 행여 무당의 도학 진인께 안 좋은 일이라도 생길 시에 우리 소림에게 이득이 있을 거라 생각하는 것도 이상하진 않지요. 하나 그렇기 때문에 반대로 흑심을 품은 무리가 두 문파를 이간질하기 위해 만든 계략일 가능성이 높습니다. 지금 중요한 것은 소림과 무당이 서로를 의심하지 않고 믿는 것입니다. 그러지 않으면 흉수의 계략이 반쯤은 성공한 게 될 테니까요."

청송 사태가 장평에게 말했다.

"내용도 분명찮은 서찰에 크게 심려하실 필요는 없습니다."

그러나 장평의 표정은 조금도 나아지지 않았다.

그의 생각을 읽은 듯 무혜 대사가 말했다.

"심상치 않은 서찰임은 분명합니다. 이미 무당 제자 하나가 죽었으니 간과하고 넘길 수는 없습니다. 아미타불. 무당 장문인께서는 필히 무림맹대회의 경계를 더욱 강화하셔야 될 것입니다."

장평은 미간을 찌푸리며 물었다.

"그 말씀은 혹시……?"

"예. 앞으로 세 번의 살겁이 더 일어날 것입니다."

청송 사태가 다그치듯 말했다.

"그게 무슨 소립니까?"

그러나 무혜 대사는 담담한 얼굴로 대답했다.

"서찰에는 이번이 첫 번째고 도학 진인까지 앞으로 네 번이라고 적혀 있죠. 즉, 중간에 세 번의 살겁을 더 행할 거라는 살수의 뜻이라고 봐도 좋겠지요."

"……!"

방 안은 침묵에 휩싸였다.

무림맹주인 무당파의 안방에서 제자 하나가 죽은 것으로도 모자라 앞으로 세 명이 더 죽는다니……!

청송 사태가 호탕하게 웃으며 말했다.

"설마, 그럴 리가요? 어떤 살수가 감히 무당산을 제 안방 여기듯 한답디까? 오호호호!"

그러나 따라 웃는 사람은 아무도 없었다.

청송 사태는 무당파의 위신을 세워주려고 아첨의 말을 한 것이나 주위의 반응은 차가웠다.

그야말로 분위기 파악 못하고 나댄 꼴이다.

무당 장문인 장평마저 맞대꾸를 안 하니 자연 청송 사태의 웃음소리는 잦아들었고 방 안은 다시 조용해졌다.

장평이 침묵을 깨고 입을 열었다.

"알겠소. 무혜 대사의 조언대로 경계를 강화하겠소."

"아미타불."

그때 지금까지 조용히 있던 자가 입을 열었다.

"도학 진인까지 다섯이라……. 왜 하필 살수는 다섯을 죽이겠다고 했을까요? 그것도 일부러 서찰까지 남기면서?"

말한 이는 청성의 장문인 창천비수 석호였다.

그에 무혜가 대답했다.

"무림의 질서를 흔들려는 의도라고 봅니다."

"그 말씀은……?"

"현 무당맹주이신 도학 진인이 안 계시다면, 아미타불, 필히 무림은 지난 십 년과 달리 흔들릴 게 뻔하지요. 그러나 살수는 한 단계 더 나아가서 구파일방을 농락하려는 것 같습니다. 네 번의 살겁이 일어났는 데도 살수를 찾아내지 못한다면 구파일방의 위엄은 자연 내려갈 터이니 살수가 서찰을 남긴 것은 그런 뜻이겠지요."

무혜의 말에 모두의 눈빛이 달라졌다.

일부러 암살 예고 서찰을 남긴 살수.

살수의 의도는 구파일방을 농락하여 무림 질서를 흔들려는 것이다.

그렇다면 무당 제자 하나가 죽었다고 하여 단순히 무당파만의 일이라고는 볼 수 없었다.

그런데 풍조학이 툭, 말을 내뱉었다.

"제자 하나 키워내는 걸 돈으로 치면 금 수백, 수천 냥이 드는 판인데 앞으로 셋이 더 죽는다라……. 거참, 무당파도 힘들겠소이다. 그렇지 않소?"

모두는 그의 말에 양미간을 구겼다.

아무리 세 다툼을 하고 있다고 해도 해서 될 말과 안 될 말이 있는데, 풍조학은 아까부터 되는 대로 말을 던지고 있는 것이었다.

모두는 슬며시 장평의 눈치를 살폈으나 그는 무당군자검이란 별호답게 다행히 아무 내색도 않고 있었다.

하지만 언제 불똥이 튈지 모르는 일촉즉발의 분위기가 방 안을 감돌았다.

풍조학은 나름대로 심사가 불편했다.

그는 무혜 대사의 말마따나 내심 무당과 소림이 암살 서찰 일로 더욱 틀어지기를 바랐다.

하지만 그가 세 치 혀의 재주를 부리기도 전에 무혜 대사가 이미 사태를 진정시키고 만 것이다.

풍조학은 서찰을 이리저리 둘러보다가 탁자에 놓인 전병 하나를 집어서 먹기 시작했다.

차와 다과는 먹으라고 놓은 것이지만, 아직 회의가 끝나지 않았는데 무림의 명숙들 앞에서 태연히 전병을 먹는 풍조학의 행동은 분명 예의에 어긋난 것이었다.

그러나 아무도 그에게 뭐라 말하지 못했다. 그만큼 화산파의 성세는 무당과 소림마저 넘어서려 하고 있었기 때문이다.

문득 풍조학은 서찰에서 무언가를 보고 무당 제자에게 물었다.

"여기 밑에 거무죽죽한 얼룩이 있는데, 이건 무엇이냐? 죽은 자의 선혈이 묻은 것이냐?"

"저어, 그게… 실은 희생자는 인분 처리를 맡고 있었습니다."

"인분 처리?"

"예, 희생자가 옮기고 있던 인분이 묻은 것입니다."

"……!"

풍조학은 안색이 창백해지더니 먹던 전병을 내팽개쳤다. 그리고는 찻잔을 들어 벌컥벌컥 들이켰다.

모두는 그 광경을 보고 속으로 파안대소했다.

'똥 묻은 서찰을 만진 손으로 전병을 집어 먹었구나! 꼴 좋다!'

무혜가 장평에게 물었다.

"살수는 분명 비무대회에 참가하는 자일 겁니다. 그것도 문파와 소속이 없거나, 아니면 소속이 있더라도 없다고 속이고 참가하는 자일 것입니다."

장평이 깜짝 놀라며 반문했다.

"아니, 그걸 어찌 아시오? 만에 하나, 살수는 사파가 구파 일방에 들여놓은 세작(細作)일 수도 있지 않소?"

"도학 진인께서 비무대회 준결승에 참관하셔서 네 명의 후학들을 직접 격려한다는 소문이 있던데요?"

"맞습니다. 그런데……?"

"당금 무림의 영도이신 도학 진인을 가까운 거리에서 볼 수 있는 기회가 쉬이 나는 것은 아니지요. 살수가 누구이든지 도학 진인과 가까운 거리에서 마주칠 수 있는 이번 기회를 놓치지 않으려 할 겁니다."

"무슨 말씀인지 알겠소. 하나 구파일방 중에서도… 아!"

"아셨습니까?"

장평은 무언가 깨달은 듯한 얼굴이었다. 모두는 그의 다음 말에 귀를 기울였다.

"준결승에 오를 만한 구파일방의 후기지수라면 후보가 크게 줄어들 터이니, 그 안에 사파의 세작이 있을 가능성은 없단 뜻입니까?"

"과연 무당파 장문인의 지혜가 남다르십니다. 아미타불."

모두는 무혜 대사의 말을 이해했다.

도학 진인은 십 년간 무당산을 내려간 적이 없다.

즉, 무당산의 철통 같은 방어진을 뚫고 도학 진인을 암습한다는 것은 불가능에 가깝다.

그런데 이번에 무당파에서 도학 진인이 비무대회 준결승부터 직접 참관한다고 밝힌 것이다.

겉으로는 도학 진인이 무림의 후기지수를 격려한다는 차원에서였지만, 무당파의 실제 속셈은 도학 진인을 앞세워 이번 대회에서마저 무당파의 위세를 떨치고자 함인 것을 모두는 눈치 채고 있었다.

사정이야 어쨌든 무혜 대사의 말대로 구파일방 중심의 무림 질서를 흔들려는 자는 이번 비무대회가 천우신조의 기회인 셈이다.

모두는 무혜를 보며 생각했다.

'무당에 세를 내어준 소림을 다시 끌어올릴 자가 새로운 방장이라더니, 과연 명불허전이군!'

소림사는 고래로 덕망 높은 제자가 방장 직을 맡아왔다.

그러나 수백 년 만에 무당에게 무림 영도 자리를 내어주자 무공은 물론 지혜가 남다르기로 이름난 이대제자 무혜를 새 방장으로 임명한 것이다.

공교롭게도 그는 이대제자 중에서도 막내였기 때문에 일대제자들이 죄다 방장의 사숙이자 장로가 되었고, 이대제자들도 모두 방장의 사형이 되는 기현상이 벌어졌다.

실로 파격적인 일이 아닐 수 없었다.

하지만 일대제자와 이대제자 중 그 누구도 방장 선출에 불평을 가지지 않을 정도였으니, 무혜의 무공과 지략이 어느 정도인지 감히 예상하기 힘들었다.

그만큼 소림이 그에게 거는 기대는 컸다.

무혜를 보는 모두의 생각은 동일했다.

'무당 다음에는 우리가 한번 해 먹으려 했는데, 정신 차리지 않으면 자칫하다가 소림한테 다시 무림이 넘어갈지도 모르겠다.'

장평도 그런 생각을 가지고 있었다.

하나 당장은 무혜 대사의 조언을 따르는 것 말고는 달리 방도가 없었다.

그가 제자에게 말했다.

"비무대회 예선을 통과하는 자들 중에 문파나 소속이 없는 자들을 추려서 명단을 만들어라!"

"예!"

제자가 나가자 장평은 탁자 맨 끝에 앉은 거지를 보며 말했다.

"개방 방주께서는 아직도 소식이 없으시오?"

"저희도 찾고 있습니다만, 도무지 행방이 묘연하군요."

대답한 거지는 개방의 장로인 송막이었다.

개방 방주가 현재 행방불명이기 때문에 그가 임시방편으로 개방 대표로 회의에 나온 것이다.

무혜가 합장하며 말했다.

"개방 방주께서는 평소에도 행동이 신출귀몰하셨으니 중원의 소식통을 쥐고 있는 개방이라 할지라도 쉬이 찾기는 힘들 것입니다. 너무 염려하지는 마십시오."

"말씀 감사합니다."

개방의 송막은 말은 그렇게 했지만 속은 답답했다.

'그놈의 거지새끼! 어디에 숨어 있기에 코빼기도 안 보이는 건지 원!'

장평이 말했다.

"오늘은 이것으로 마치겠소. 다음 회의는 사람을 보내 알리겠소."

모두는 자리에서 일어나서 방을 떠났다.

풍조학은 방을 나서며 생각했다.

'빌어먹을 도학 진인 놈! 십 년간 무림을 해 처먹었으면 그만 좀 물러날 일이지. 조금만 기다려라. 당문을 견제하는 것만 정리하면 장강의 북쪽은 우리 화산이 접수할 테니까.'

*　　　*　　　*

유청과 거지는 비무대회 참가를 신청하러 갔다.

거지는 자기가 나가는 것도 아닌데 콧노래를 흥얼거리며 신나 했다.

하지만 유청은 후회가 막심했다.

그가 비무대회에 나간다고 한 이유는 오직 하나다.

'무당일룡 영조명! 네놈을 반드시 개망신시켜 주마!'

바로 무당일룡이 비무대회에 나온다는 소리를 듣고 복수하고자 하는 생각에서였다.

그러나 막상 신청장에 도착하자 마음이 달라졌다.

무당일룡 영조명은 당당한 우승 후보다. 무당신검 대신 나오는 데도 사람들이 무당파가 다시 맹주 자리를 차지할 거라 말하는 것으로 봐서 그의 무공 수위를 짐작할 수 있었다.

'보나마나 절정고수겠지.'

자신이 우승 후보인 그를 상대할 수 있을까?

아니, 그보다 그와 붙기 전까지 다른 이들을 이길 수나 있을까?

흥분해서 홧김에 거지한테 말한 게 실수였다. 그는 아침에 일어나자마자 설레발을 치며 유청의 옷깃을 붙잡고 신청장으로 끌고 온 것이다.

그렇다고 핑계를 대고 빠질 수도 없었다.

어제 방 안 사람들에게 대회 참가를 호언장담하지 않았는가?

거지 앞에서 협객 행세를 하느라 한 말을 사람들이 들어버렸고, 또 그 분위기에 빠져서 막나간 게 실수라면 실수였다.

터벅터벅.

억지로 걷자니 발걸음이 천근만근이었다.

지금 자기 처지가 도살장에 끌려온 돼지 같았다.

하지만 마음을 다잡았다. 어차피 엎질러진 물동이.

'에라, 모르겠다. 무공 대련인데 설마 죽기야 하겠어?'

그렇게 생각하자 다소 마음이 편해졌다.

그는 신청 접수를 받는 무당 제자에게 다가가 말했다.

"비무대회 신청하러 왔소."

"여기 서명하시오."

무당 제자는 딱딱한 어조로 말했다.

그런데 서명을 하려고 보자 무언가 글귀가 있었다.

무당파가 개최한 무림맹대회의 비무대회에서 생명을 잃거나 중상을 입더라도 상대에게 복수하지 않을 것을 맹세한다.

입이 딱 벌어졌다.

'뭐야, 이게? 죽을 수도 있단 소리 아냐?'

"서명 안 할 거요? 바쁘니까 얼른 하시오."

"아, 예."

유청이 멍하니 있자 무당 제자가 다그쳤다.

유청은 떨리는 손으로 서명했다. 무당 제자가 재차 물었다.

"사용하는 병장기는 무엇이오?"

"그런 것 없소."

그 말에 무당 제자가 힐끗 바라봤다.

"권장술(卷掌術)로 대회에 나가겠단 말이오?"

"그렇소. 뭐, 잘못됐소?"

"아니오."

무당 제자는 유청의 이름 옆에 '적수공권(赤手空拳)'이라고 기록했다.

유청은 생각했다.

'별 이상한 놈 다 보겠네. 중원 무공의 시작이 권장이라는 것도 모르나?'

그런데 주위 시선이 이상했다. 사람들이 자신을 보며 피식 피식 웃고 있는 게 아닌가.

그들이 수군거리는 소리가 들렸다.

"검이나 병장기 없이 맨손으로 대회에 나가겠다니, 목숨이 두 개라도 되나?"

"권법에 정통한 소림사 출신도 아닌 것 같은데, 일회전도 못 버티고 떨어질 놈이군."

주위를 둘러보니 사람들 말이 옳은 것 같다.

대회에 참가하는 자들은 하나같이 서슬 퍼런 병장기를 소지하거나 최소한 허리에 검 하나씩을 차고 있었다. 무당산에 오를 때 병장기를 걷어서 주인의 이름을 기록한 다음 비무대회에 참가하는 자들에게는 다시 나눠 준 것이다.

그러고 보니 '병장기가 짧으면 그만큼 죽음도 가깝다'란 말이 생각났다. 무기가 짧아도 크게 불리한 판에 맨손으로 대회에 나간다고 했으니 사람들이 비웃는 것도 당연하리라.

'빌어먹을!'

무당 제자가 계속해서 물었다.

"문파나 소속을 말하시오."

"없소이다."

"그럼 별호라도 말하시오."

'또 별호야?'

이가장 섬서 지부에서 무심코 별호를 말했다가 창피만 당한 게 떠올랐다. 유청이 머뭇거리자 무당 제자가 톡 쏘았다.

"별호도 없소?"

"…강북일협이오."

"강북일협?"

무당 제자가 피식 웃고는 기록했다.

그때 거지가 끼어들더니 말했다.

"그냥 강북일협이 아니라 강북일협 대인배라오."

거지의 말에 모두의 시선이 유청에게 꽂혔다.

본래 별호라는 것은 남들이 존경과 두려움의 뜻으로 불러 주는 것이다. 하지만 강호에는 스스로 별호를 붙이는 자들도 많았다. 그런 자들은 대부분 싸우기에 앞서 별호를 말하면서 상대를 제압하고자 했기에 과대 포장한 별호를 붙였다.

그러나 '강북일협 대인배' 처럼 허풍을 떠는 별호는 그 누구도 들어보지 못한 것이다.

모두가 자신을 보고 비웃자 유청은 기분이 나빠졌다.

'이놈의 거지가 가만히 있지 왜 끼어들고 지랄이야?'

무당 제자가 말했다.

"당신은 십삼조요. 예선 시험은 내일부터요."

"예선이라니? 본선에 바로 나가는 게 아니오?"

그 말에 사람들은 대놓고 폭소를 터뜨렸다. 격무에 지쳐서 딱딱하던 무당 제자마저 실소를 머금으며 말했다.

"문파나 소속도 없는 자가 처음부터 대회 본선에 나갈 줄 알았소? 구파일방 소속이 아니라면 먼저 예선부터 참가해야 되오. 제아무리 강북에 하나밖에 없는 협객이라도 비무대회에서 사정을 봐드릴 순 없소이다!"

"……."

"예선장에 갈 때 이걸 가슴에 붙이고 가시오."

무당 제자가 건넨 천 조각에는 큰 글씨로 '유청―강북일협 대인배(劉淸―江北一俠 大人輩)' 라고 적혀 있었다.

이거야 대놓고 이마에 '나, 바보요' 라고 써 붙이는 것과 무엇이 다르단 말인가?

'어휴, 내가 미쳐!'

"안 붙이면 안 되오?'

"예선장엔 사람이 수백, 수천을 넘는데 시험관이 누가 누군지 어떻게 알아보겠소?'

"……."

유청은 천 조각을 가슴에 붙이고는 고개를 숙인 채 얼른 자리를 피했다.

실은 천에 이름과 별호를 크게 써서 붙이는 것은 무당과 장문인 장평이 좀 전에 막 내린 명령이었다.

소림 방장 무혜는 비무대회 참가하는 자들 중 소속과 문파가 불명확한 자가 살수일 가능성이 높다고 예측했다.

장평은 그 의견을 받아들여서 비무대회에 참가하는 사람들 모두에게 이름과 별호를 써서 붙이라고 제자에게 명한 것이다. 장평은 그리하면 살수가 움직일 수 있는 범위를 제한할 수 있으리라고 생각했다. 또한 준결승에 오를 가능성이 있는 자들의 신분을 미리 알고 대비할 수도 있었다.

그러나 그 사실을 유청이 알 리 없지 않은가?

결국 예선장으로 가는 중에 사람들이 유청의 가슴에 붙은 명찰표를 보고는 깜짝 놀랐다가 곧 파안대소하는 일이 수없이 반복됐다.

그리고 십 년 만에 새로운 무림맹주를 뽑는 비무대회가 무당산에서 드디어 시작되었다.

『대인배』 2권에 계속…

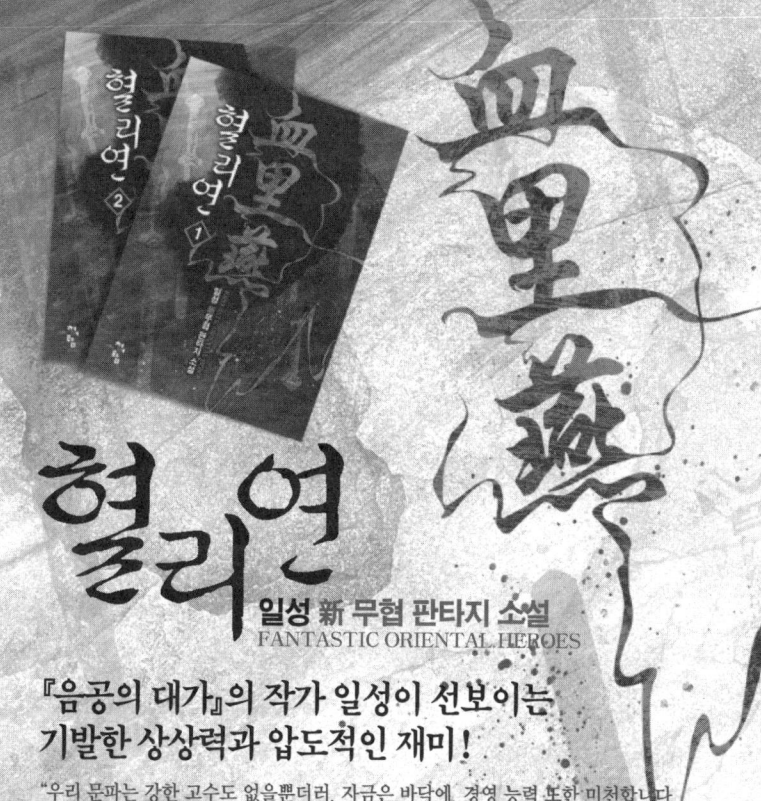

김문형 新무협 판타지 소설
FANTASTIC ORIENTAL HEROES

대인배 1

김문형 新무협 판타지 소설

초판 1쇄 찍은 날 § 2007년 9월 4일
초판 1쇄 펴낸 날 § 2007년 9월 14일

지은이 § 김문형
펴낸이 § 서경석

편집장 § 문혜영
편집책임 § 문정홈
편집 § 최하나 · 김동화

펴낸곳 § 도서출판 청어람
등록번호 § 제1081-1-89호
등록일자 § 1999. 5. 31
어람번호 § 제2-1283호

주소 § 경기도 부천시 원미구 심곡1동 350-1 남성B/D 3F (우) 420-011
전화 § 032-656-4452팩스 § 032-656-4453
http://www.chungeoram.com
E-mail § eoram99@chollian.net

ISBN 978-89-251-0894-0 04810
ISBN 978-89-251-0893-3 (세트)

절대쌍협

FANTASTIC ORIENTAL HEROES

1

김대우 新무협 판타지 소설

目次

강북일협 대인배.

그는 굶주릴 때도 음식을 타인에게 주는 덕(德)이 있었다.
—실은 사흘을 굶주려도 맛없는 건 못 먹었다.

비무 시에 상대를 배려하여 일 초식만 쓰는 혜(惠)를 지녔다.
—쓸 줄 아는 무공이 일 초식밖에 없었다.

무림맹주도 사양하는 무욕(無慾)을 갖췄다.
—정체가 드러나면 안 되기에 한사코 거절했다.

굿은일도 마다 않기에 강북일협이라 불렸다.
—한시라도 빨리 도망치려고 일을 처리한 것뿐이었다.

사람들은 당금 무림의 제일인자이면서도
겸손하고 자만하지 않는 그를 언제부터인가
대인배(大人輩)라고 부르기 시작했다.
—실은 그는 소인배였다.

第一章

완전소중 오대세가

중원무림의 서쪽에 위치한 사천. 사천은 구파일방에 속하는 아미파와 청성파, 그리고 오대세가의 하나인 사천당문이 지배하는 곳이다.

그런데 무림을 호령하는 그들의 위세도 백당(百堂)이라는 작은 마을까지는 미치지 못했다. 백당이 워낙에 사천 서쪽 끄트머리의 오지에 박혀 있었기 때문이다. 위치가 그러하니 사천과 서장을 오가는 여행객을 제외하면 백당에는 드나드는 인적조차 드물었다.

그 백당의 외곽에 한 다루(茶樓)가 있었다.

다루는 백당에서는 보기 드물게 호화로운 이층짜리 건물

이었다. 백당에서 중원 각지의 명차(名茶)를 마실 수 있는 곳은 그 다루가 유일했다.

주위의 돈 좀 있다는 부자들은 일부러 멀리까지 발걸음하여 차를 마시고 돌아갔다. 점소이들은 속으로 부자들을 비웃었지만, 그들 덕에 벌어 먹고사는 형편이라 겉으로는 말하지 못했다.

다루의 정문 앞에 펼쳐진 대나무 숲.

숲 사이로 난 작은 길을 따라 유청이 모습을 드러냈다.

터엉터엉.

그가 발로 격렬하게 땅을 구르는 무공 동작인 진각(震脚)을 펼칠 때마다 대나무 잎에 서린 이슬이 떨어졌다.

유청이 펼치는 무공은 음양오행권의 제일초식인 백호복운(白虎伏雲)이었다.

왼발을 일직선으로 허리까지 오게 들어 올린 뒤 비스듬히 앞으로 내디뎠다. 그리고 힘차게 땅을 구름과 동시에 허리를 비틀며 오른 주먹을 내질렀다.

터엉!

권격과 진각이 또 한 번 파공음을 내며 지축을 흔들었다.

유청은 숨을 한 번 고르고는 쉬지도 않고 이번에는 오른발을 들었다. 그는 그렇게 백호복운을 좌우 번갈아 펼쳐 가며 다루를 향해 한 걸음 한 걸음 전진했다.

그때였다.

다루에서 점소이 왕삼이 혀를 끌끌 차며 나왔다.

"유 총관, 오늘도 백호복운이야?"

"……."

"쯧쯧, 허구한 날 한다는 게 백호복운이어서야 언제쯤 대성하겠어?"

왕삼의 목소리에는 비웃음이 담겨 있었다.

이른 아침부터 다루에 오는 손님은 유청이 유일했다. 때문에 매일 일찍 일어나야 하는 그의 입에서 좋은 말이 나올 리 없었다.

하지만 총관(總管)이 누군가?

세가(世家)의 살림과 운영을 도맡아 하는 것이 바로 총관이다. 때문에 무림에서는 '세가의 바깥주인은 가주요, 안주인은 총관이다' 라는 말까지 있는 형편이다.

그런 총관에게 일개 점소이가 막말을 하다니?

이상한 것은 그것뿐이 아니다.

유청의 나이는 올해로 열네 살이 되었다. 그런 유청에게 총관이라 부르는 것부터가 사리에 맞지 않았다.

세상에 어느 세가가 열네 살의 어린아이에게 총관 직을 맡긴단 말인가?

그러나 유청은 괘념치 않는 듯이 대답했다.

"그런 소리 마세요. 일 권, 일 초라도 삼 년을 수련하면 소림의 문턱을 넘나들고, 십 년을 수련하면 군림천하한다는 말

도 있잖아요."

"백호복운 가지고 군림천하한다면 난 무림맹주 됐겠다!"

유청은 할 말을 잃었다.

왕삼의 말이 옳았기 때문이다.

음양오행권은 원래 복호파(伏虎派)의 비전 절기였다.

그런데 복호파가 마교와의 대전에서 멸문지화를 당한 뒤 살아남은 제자 하나가 먹고살려고 비전을 퍼뜨리기 시작했다.

개나 소나 할 것 없이 수련하자 비전은 금세 그 가치를 잃었다. 수십 년이 지나자 음양오행권은 시정잡배들이 힘 자랑할 때 쓰일 정도로 하급 무공 중의 하나가 되고 말았다.

그렇다고 음양오행권이 허튼 무공은 아니었다. 희소성이 없어지고 엉터리로 수련하는 사람들이 태반이어서 그렇지, 제대로 수련하면 쾌속 강맹한 위력을 발휘했다.

유청이 수련하는 제일초식 백호복운은 발을 격렬하게 굴러 몸을 진동시켜 발경(發勁)을 내는 진각과 전신을 소용돌이처럼 비틀며 찔러 넣는 권격으로 이루어졌다.

자세는 간단하지만 파괴력은 음양오행권의 어떤 초식보다 뛰어났다.

진각에 대나무 잎이 떨리는 것도 유청의 수련이 상당하다는 것을 의미했다.

문제는 유청이 세가에 들어와서 제대로 배운 무공이 백호

복운 단 하나뿐이라는 것이었다.

제아무리 백호복운을 극성으로 익힌다 해도 할 줄 아는 게 일 초식이 전부라면 무림의 어떤 이가 그걸 맞아주겠는가?

사정이 그러하니 유청은 한숨만 나왔다.

그런 유청의 마음도 모르고 왕삼은 다시 한 번 속을 긁었다.

"그렇게 무공을 익히고 싶으면 소림사라도 들어가는 게 어때?"

소림사란 말을 듣자 유청의 눈썹이 살짝 위로 치켜 올라갔다.

그러나 그는 금방 표정을 부드럽게 바꾸며 대답했다.

"구파일방은 한물간 지 오래예요. 무림의 진정한 주인은 오대세가란 말도 있잖아요."

"세가도 세가 나름이지. 솔직히 지금 자네가 제대로 된 총관인가? 내 보기엔 그냥 하인 같은데? 기껏 한다는 일이 매일같이 차 심부름이니. 쯔쯔, 나 같으면 진작에 야반도주했겠다!"

유청의 표정이 일그러졌다.

하지만 그는 금세 웃는 얼굴을 하며 말했다.

"알았으니까 차나 얼른 주세요."

왕삼은 더는 뭐라 하지 않고 차를 가지러 다루 안으로 들어갔다.

왕삼이 등을 돌리자마자 유청은 표정을 바꾸며 그의 뒤통수를 째려봤다.

마음 같아서는 그가 비웃는 백호복운으로 한 대 패주고 싶었다. 그러나 그럴 수 없는 사정이 있었다.

이 다루는 백당에서 유일하게 용정차(龍井茶)를 파는 곳이다. 다루의 점소이와 실랑이라도 벌였다가는 새벽부터 차를 살 수 없게 된다. 그렇게 되면 세가의 안주인인 주모(主母)한테 제대로 찍힐 것이 뻔했다.

그리고 주모한테 한 번 찍히면 최하 삼 개월은 고생길을 각오해야 한다.

'점소이 말대로 총관 따위 때려치우고 도망칠까?

도망 생각을 안 해본 것은 아니었다.

아니, 하루에도 수십, 수백 번은 도망치고 싶은 생각이 들었다.

그러나 세가 같지도 않은 기괴한 가문에서 유청이 도망치지 못하는 이유가 있었다.

*　　　*　　　*

유청이 지금의 세가에 들어온 것은 사 년 전의 일이다.

그가 태어나고 자란 곳은 하남(河南)이었다. 하남은 바로 구파일방의 하나이며 무림의 태산북두인 소림사가 있는 곳

이다.

사람들은 모이기만 하면 소림사와 소림 무공 얘기를 했다. 저잣거리에서 싸움판이 벌어져도 어설프게 익힌 소림 무공을 갖고 싸웠다. 무림의 지존은 소림이라는 것을 누구도 의심하지 않았다.

유청도 언젠가는 소림의 속가제자가 되어 강호에서 위명을 떨치고자 마음먹었다.

그러던 어느날 유청은 이상한 광경을 보게 됐다.

당시 그가 살던 동네에 이가장(李家莊)이라는 세가가 하나 있었다. 이가장은 하남에서는 알아주지만 오대세가에 미칠 만큼은 못 됐다.

유청과 또래 아이들이 모여서 구파일방 얘기를 하고 있을 때 한 아이가 허겁지겁 뛰어왔다. 그리고 숨을 헐떡이며 말했다.

"소림의… 왔대!"

"뭔 소리야? 소림의 뭐가 와?"

"소림의… 소림의 십팔나한이 이가장에 왔대!"

십팔나한!

당대 소림사의 고수 중 추리고 추려 뽑은 열여덟 명이 바로 십팔나한이다. 소림의 고수란 말은 곧 무림의 절정고수란 얘기다.

아이들이 깜짝 놀라며 자리에서 일어났을 때, 유청은 이미

이가장을 향해 달음박질하고 있었다. 누구보다도 먼저 소림
십팔나한의 위용을 확인하고 싶었다.

젖 먹던 힘까지 다해 뛰어서인지 유청은 다행히 두 명의 소
림승이 미처 이가장에 들어가기 전에 도착했다. 그리고 두 눈
으로 똑똑히 봤다.

소림승임을 알려주는 이마에 찍힌 계인.

승복 위에 걸친 번쩍이는 황금색 가사.

헐렁한 승복으로도 감출 수 없을 만큼 울퉁불퉁한 근육.

내공 수련이 깊은 무인임을 알려주는 형형한 안광.

평소에 들어왔던 무림지존 소림승의 기대에서 하나도 어
긋남이 없었다.

그런데 이상한 광경을 보게 됐다.

소림승들이 이가장의 문지기에게 머리를 숙이는 것이 아
닌가!

그 모습은 어린 유청의 가슴에 큰 파문을 일으켰다.

'십팔나한이 다 안 오고 둘만 와서 저런가?'

하지만 그 생각은 말도 안 됐다. 둘이 오든 열여덟 전부가
오든 십팔나한이 바뀔 리는 없다.

유청이 고민하다 내린 결론은, 소림승이 불가의 제자이니
만큼 무척 예의가 바르다는 것이었다.

'과연! 십팔나한은 무림의 절정고수지만 하인한테도 거드
름을 피우지 않는구나!'

그때 유청의 기대를 산산조각 내는 일이 벌어졌다.

이가장의 총관이 나오자 소림승들이 합장을 하며 허리를 수평으로 반듯하게 숙이는 것이었다.

"아미타불!"

"거참, 찾은 지 얼마나 됐다고 또 오셨소?"

"방장님이 이가주님께 꼭 전할 말씀이 있다고 하셔서 왔습니다만."

"전할 말은 무슨! 그래봤자 시주받으러 탁발 나온 것이지 않소?"

"……"

총관의 막말에도 소림승들은 꿀 먹은 벙어리처럼 아무 말이 없었다.

유청은 도무지 이해가 안 됐다. 소림의 십팔나한이라면 가주는 물론이거니와, 세가의 후계자인 소가주(小家主), 그리고 원로 격인 장로들이 모두 나와서 맞이해도 시원찮을 판이다.

그런데 달랑 총관이 나온 것도 이상한데, 거기에 막말을 하며 삿대질까지? 제아무리 소림 무공이 지존이라고 해도 저런 굴욕에 꾹꾹 참기만 해서야 무엇에 쓴단 말인가?

옆에서 문지기가 소림승들이 안쓰러웠는지 총관에게 조심스레 말했다.

"총관님, 그래도 먼 길을 오신 스님들인데 일단 안으로 들이시죠?"

소림승들은 문지기에게 고마운 눈길을 보냈는데, 유청은 그것이 더더욱 기가 막혔다.

총관은 땅에 침을 탁 뱉더니 말했다.

"우리가 소림사 호구인가? 꼭 별것 아닌 일에도 위세 떨려고 십팔나한을 보내요. 어쨌든 왔으니 들어들 오쇼."

유청은 소림승들이 받는 푸대접이 자신의 것인 양 느껴졌다.

'멍청히 서 있지 말고 한 대 쳐버려! 반야신공은 뒀다 뭐해? 대력금강수는? 금강복마권은? 나한십팔수라도 좋으니까 한 대 갈겨!'

그러나 소림승들이 총관에게 한 말은 유청의 가슴에 대못을 박는 것이었다.

"아미타불!"

소림승들은 안도의 한숨을 내쉬며 총관을 따라 사라졌다.

유청은 어이가 없다 못해 다리의 힘이 풀려 땅바닥에 털썩 주저앉았다.

소림의 절정고수로 이루어진 십팔나한이 일개 세가의 총관에게 굽신거리다니, 하늘을 날고 땅을 흔든다는 소림의 신공절학은 대체 어디로 갔단 말인가?

실망도 이만저만이 아니었다.

유청의 입에서 저절로 욕지거리가 나왔다.

"빌어먹을 아미타불!"

그때였다. 옆에서 누군가의 목소리가 들렸다.

"킬킬킬! 빌어먹을이라……. 소림에 딱 어울리는 말이구나!"

고개를 돌리던 유청은 코부터 움켜쥐었다. 지독한 고린내가 풀풀 풍기다 못해 코가 썩을 것 같았다.

목소리의 주인공은 웬 거지였다.

태어나서 한 번도 감지 않은 듯한 까치집 머리.

세수는커녕 물을 묻혀본 적도 없는 듯한 얼굴.

수십 년은 족히 입었을 듯한 너덜너덜하게 찢어진 옷.

보기만 해도 냄새가 절로 나는 몰골이었다.

그런데 거지의 다음 말이 유청의 귀에 쏙 들어왔다.

"무림의 태산북두 소림? 웃기시네. 당금 무림의 지존은 오대세가야, 오대세가!"

"오대세가라뇨?"

"이런 밥 빌어먹지 못해 굶어 뒈질 놈! 소림의 십팔나한 떨거지는 눈을 부라리고 구경하는 놈이 오대세가를 모르느냐?"

거지의 입은 행색만큼이나 지저분했다. 그러나 유청은 거지의 말에 귀를 기울였다.

그 이유는 거지가 허리춤에 두 개의 매듭을 묶고 있어서였다. 그것은 거지가 구파일방에서 일방을 말하는 거지들의 연합체, 개방(丐幫)에 있다는 소리다. 두 개의 매듭은 이결(二結)의 지위를 갖는다는 뜻이다.

개방은 허리에 매듭을 묶어 지위를 표시하는데, 최고 구결부터 최하 일결까지가 있었다. 또한 처음 개방에 들어간 자는 백의제자(白衣弟子)라 하여 매듭 없이 삼 년을 보내야 했다.

당연히 백의제자와 일결제자만 해도 그 수가 상당했다. 때문에 이결이라고 해서 결코 낮은 위치라 볼 수는 없었다.

거지들이 강호의 사정에 밝다는 것도 유청이 그의 말을 흘려 버리지 못하는 이유였다.

거지의 얘기는 다음과 같았다.

달마 대사가 소림에 역근경과 세수경을 전하며 무림이 형성된 이후, 무림을 영도해 온 것은 소림을 포함한 구파일방이었다. 하지만 구파일방이 마교와의 연이은 전투로 힘이 약해진 틈을 타 새로운 세력이 무림을 잠식하기 시작했다.

그들이 바로 세가였다. 그리고 사람들은 세가 중에서도 무림에 크게 세를 떨치는 다섯 개의 가문을 오대세가(五大世家)라고 불렀다.

오대세가의 구심점 역할을 하는 남궁세가(南宮世家).

명 재상 제갈량의 후손인 제갈세가(諸葛世家).

근골이 튼튼하여 무장(武將)을 많이 배출한 하북팽가(河北彭家).

독과 암기에 정통한 사천당문(四川唐門).

연나라 황실의 후손이라 말하는 모용세가(慕容世家).

세월이 흐르면서 오대세가의 위치는 더욱 확고해졌고, 구

파일방도 오대세가를 거스르는 일은 함부로 벌이지 못했다.

무엇보다 소림은 원명 교체기에 숱한 고수가 죽고 무공 비급을 보관하는 장경각이 불타 과거의 힘을 잃어버렸다.

결국 소림은 같은 하남에 있는 이가장의 눈치를 보는 데에도 급급하게 되었다는 것이 거지의 얘기였다.

"이제 알았냐? 예전의 구파일방이 아냐. 특히 소림은 한물 간 지 오래됐어."

거지는 더러운 손으로 코를 후비며 말했다.

그러나 유청은 받아들이기 힘들었다. 말과 글을 배우고 나서 지금까지 키워온 구파일방에 대한 꿈을 거지의 말 한마디에 접을 수는 없었다.

"그래도 소림이 무공은 제일 세지 않나요?"

"허허, 좋다. 내 하나만 묻자. 당금 무림맹주가 누구냐?"

"무당파의 도학 진인이요."

"수백 년 동안 소림이 무림맹주를 내준 적이 없었다. 그런데 이번엔 왜 무당파에서 맹주를 하게 됐지?"

"그건 무림맹 비무대회에서 무당파 도학 진인이……."

유청은 말을 멈췄다.

거지의 말이 옳았다. 비무대회에서 소림이 무당에게 패하여 맹주를 넘겨준 참에 소림 무공이 천하제일이라 할 수는 없는 일이었다.

거지의 신랄한 비판은 거기에서 멈추지 않았다.

"하남의 최고 주루인 명월루와 청화루의 주인은 이가장이다. 무림지존 소림이 하남에 있는데 왜 이가장에서 최고 주루를 다 접수했을까?"

"……."

"오늘 소림승들이 이가장에 온 이유를 아느냐? 명월루와 청화루에 훨씬 못 미치는 삼류 주루인 호화루의 운영권을 자신들의 속가에게 빌려 달라고 온 것이다."

"주루를 달라는 게 아니라 빌려요?"

딱!

거지는 들고 있던 시커먼 죽장으로 유청의 머리를 쳤다.

"왜 때려요?!"

"지금까지 뭘 들어 처먹었어? 감히 어떤 놈이 하남 이가장의 주루를 달라고 해? 멸문지화를 당하고 싶어 안달이라도 났나? 소림이 주루를 빌리는 것은 거기에서 관리비를 받아 굶주린 입에 풀칠이라도 하려는 게야. 이가장 총관의 말마따나 시주받으러 탁발 나온 셈이지. 그나마 소림이니까 총관이 나왔지, 구파일방에 못 드는 문파였으면 문지기가 쫓아냈을지도 모르지. 암!"

이번에는 유청이 크게 반발했다.

"그럴 리가 없어요! 소림이 굶주리다뇨?"

거지는 유청의 반발이 의외였는지 잠시 뜸을 들이다가 조용히 말했다.

"애초에 구파일방이 무엇이냐? 무공만 익히는 곳도 있지만 대개 그 시작은 불가(佛家)나 도가(道家) 둘 중 하나야. 그건 알고 있지?"

"네."

"염불이나 외고 도나 닦던 놈들이 돈에 대해 뭘 알겠어? 장사에 대해 뭘 알아? 구파일방이 무공이 센 것은 맞아. 하지만 정말 절정고수 놈들은 하나같이 성격이 개차반이라 산속에 틀어박혀서 수련만 한다고. 생각해 봐라. 면벽수련을 삼 년 하면 어디서 황금이 떨어지냐?"

"……."

"주루나 객잔을 운영하면 뭐 해? 시간이 지날수록 벌어놓은 돈을 본전도 못 찾고 다 까먹는데. 그렇다고 대놓고 장사를 배울 수도 없는 판이지. 구파일방이 어디어디 주루의 주인이라는 소문이 나돈다 치자. 그러면 그 문파는 끝장이야. 너 같은 어린애도 구파일방 하면 무림 질서를 지키는 수호자라고 믿고 있지 않느냐? 그런 판국에 돈놀이를 해봐라. 돈도 못 벌고 위신만 땅에 떨어지는 거지. 결국 좀 전의 소림처럼 여기저기에 빌붙어 먹고사는 게 당금 구파일방의 본모습이란 말이다!"

유청은 하늘이 흔들리는 것 같았다.

거지의 말은 하나같이 일리가 있었다. 무엇보다 먼저 이해되지 않던 십팔나한의 옹색한 모습을 거지의 말이 정확히 설

명하고 있었다.

거지는 누런 가래침을 퉤, 뱉더니 말했다.

"돈이 없으면 무공이 있어도 쓸모없어. 아니, 돈 있으면 무공도 살 수 있는 게 무림이다. 네놈도 싹수가 노랗구나. 어린것이 돈 소중한 것 모르고 구파일방만 외치고 자빠졌으니."

거지는 얘기가 끝났는지 죽장을 어깨에 걸치고 몸을 돌렸다. 그러나 유청은 충격 때문에 자리에서 꼼짝도 할 수 없었다.

문득 무슨 생각이 났는지 유청이 고개를 돌리며 소리쳤다.

"구파일방이 그렇게 별 볼일 없다면서 당신은 왜 개방에 들어갔어요?!"

거지는 기가 차다는 얼굴로 말했다.

"그렇게 듣고도 몰라서 물어?"

거지는 마지막 말을 남기고는 어디론가 사라졌다.

"돈이 없으니까 거지가 됐지!"

그날 이후로 유청의 생활은 바뀌었다.

아이들이 구파일방과 소림사에 빠져 있을 때, 유청은 어른들 어깨 너머로 세가 얘기를 수집하고 다녔다. 그리고 들으면 들을수록, 알면 알수록 거지의 말이 옳다는 것을 느꼈다.

구파일방은 돈 문제에 있어서 자유롭지 못했다. 명색이 명

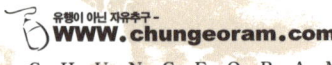